하늘이여 땅이여 I

하늘이여 땅이여 1

초판 1쇄 발행 | 1998년 1월 15일
개정판 1쇄 발행 | 2010년 4월 9일
개정판 12쇄 발행 | 2017년 4월 13일

지은이 김진명 **발행인** 이대식
편집진행 김화영 **마케팅** 배성진 박중혁 **디자인** 모리스

주소 서울시 종로구 평창길 329(우편번호 03003)
문의전화 02-394-1037(편집) 02-394-1047(마케팅)
팩스 0505-115-1037(02-394-1029)
홈페이지 www.saeumbook.co.kr
전자우편 saeum98@hanmail.net

발행처 새움출판사
출판등록 1998년 8월 28일(제10-1633호)

ISBN 978-89-93964-15 03810

하늘이여 땅이여 I

김진명 장편소설

새움

차례

작가의 말

만주의 창춘에 가면 아직도 거대한 위용을 자랑하는 일본 육군의 관동군 사령부가 있다. 그 건물은 공중에서 보면 클 대(大) 자의 형상을 하고 있다. 철거가 시작된 서울의 중앙청 건물은 날 일(日) 자의 형상이고, 부산시청은 뿌리 본(本) 자로 이루어져 있다. 만주에서부터 한반도로 내려오며 읽으면 대일본(大日本)이 되는 것이다.

중앙청을 철거하자 그 지하에 빽빽이 박혀 있던 수백 개의 석주가 온 국민의 눈앞에 드러난 바 있다. 석주들은 무슨 이유로 그 자리에 박혔던 것일까? 일본인들은 무슨 이유로 하필 그 위치에 중앙청을 지었을까?

대답은 어렵지 않다. 그것은 만주와 한반도를 물리적으로뿐만 아니라 정신적으로도 지배하고자 했던 일본인들의 바람 때문이었다. 조선총독부와 일본의 법술사들은 인재가 날 만한 명산을 찾아서 혈을 막고 구릉을 자르고 물길을 막는 등 현대 과학으로는 쉽사리 수긍할 수 없는 일들을 벌였다.

나는 그들의 치밀한 음모에 섬뜩함을 느끼면서도 하나의 강렬한 의문에 사로잡혔다. 그들의 그러한 비과학적인 행위가 과연 효과가 있었을까?

나는 숨겨진 우리의 역사를 추적하는 과정에서 이런 의문에 대해 해답을 얻을 수 있었다. 뿐만 아니라 놀랍게도 보이지 않는 곳에서 우리나라를 지켜오고 있는 신비한 힘에 대해서도 새롭게 인식하게 되었다.

그러나 본질적인 문제는 계속 앙금처럼 가라앉았다. 일견 비과학적인 것으로 생각되는 이런 시각과 문제 제기가 의미가 있는가? 과학의 범위를 벗어나는 현상을 소설의 주제로 다루는 것이 과연 온당한 일인가?

소설은 사실보다 더 진실이어야 한다고 믿는 나에게는 논리의 비약을 동반할 이런 주제에 대해 거부감이 생겼다. 그러나 한동안 망설이며 시간을 보내던 내게 어느 순간인가 준열한 반성이 차올랐다.

이것이야말로 우리에게 닥친 가장 절실한 문제가 아닌가. 5천년 역사 동안 형성된 우리의 정신문화와 신비주의가 과학에 의해 철저히 부정당하고 폐기처분당하는 마당에, 이 땅의 작가에게 더 이상 절실한 문제가 어디 있는가.

반성은 의문으로 이어졌다. 기독교도 불교도 이슬람교도 굳건한데, 유독 굿이니 부적이니 서낭당이니 제사니 하는 우리

문화만 과학의 속죄양이 되어버린 것은 무슨 까닭인가. 그들의 종교는 과학적이고 우리의 정신문화는 비과학적이기 때문인가.

나는 이러한 문제들을 독자들과 함께 생각해보고 싶었다.

그리고 경제 위기. 나는 작금의 경제 위기를 포함한 우리 사회의 제반 위기의 본질은 우리 민족의 고유한 정신문화의 파괴에서 비롯되었다고 생각한다.

지금의 우리는 고유한 전통문화와는 너무도 다른 서양의 물질문명 앞에 맹목적으로 노출되어 있다. 내일로 달려갈 중심 사상, 우리가 단군의 자손으로서 한 핏줄을 가진 형제, 한 민족이라는 사상은 잊혀지고 있다.

일본의 법술사와 조선총독부가 파괴하려 했던 우리의 근간이 바로 이 사상, 우리 민족의 뿌리 의식이 아니었던가.

우리가 한 뿌리를 가진 형제라는 것을 받아들일 때에야 비로소 과거 불꽃처럼 타오르던 우리 경제는 살아날 것이다.

나는 21세기를 목전에 둔 과학과 기술의 시대에 세계와 나란히 경쟁할 수 있는 우리 젊은이들의 무한한 잠재력을 믿는다. 하지만 우리의 젊은이들이 과학으로 규명되지 않는 것은 믿을 수 없다는 태도로 과학을 맹신함으로써, 우리 고유의 전통문화를 외면하고 신비한 정신세계를 망각하는 것이 안타까웠다.

우리의 젊은이들에게 한민족의 맥은 보이지 않는 곳에서 끊이지 않은 채 계속 이어져오고 있으며, 모두가 힘겨워하는 어려운 시기에 그들을 격려하고 일으켜 세우는 힘의 원천이 되고 있다는 사실을 알려주고 싶었다.

언젠가 정재정 교수로부터 신비한 토우(土偶) 얘기를 들었다. 도쿄대학교의 한 교수가 컴퓨터 장애를 일으키는 토우의 정체를 규명하기 위해 한국에 온 적이 있다는 얘기였다. 이것이 이 소설을 쓴 직접적인 계기가 되었다.

나는 세계로 진출해가는 우리의 젊은 세대와 전통적 세대와의 화해와 조화를 주제로 삼았다. 그러기 위해 고유한 민족정신을 순수하게 대변할 수 있는 신비로운 상징적 존재를 만들어냈다. 그리고 그와 함께 서구 문명의 정신적 식민지배와 억압 속에서도 민족 고유의 혼과 정체성을 담아낼 우리의 젊은이 또한 만들어냈다. 우리의 과거와 미래, 정신문화와 과학을 대변하는 이 두 인물의 조화가 우리 민족의 역동적인 발전을 이루어내리라는 바람에서였다.

이 소설을 쓰면서 나는 보이지 않는 곳에서 우리나라의 정신문화를 지키기 위해 묵묵히 일하고 있는 분들이 있음을 알게 되었다.

일본에 빼앗긴 문화재를 한 점이라도 더 밝혀내려 애써오신

이구열 선생, 한평생 팔만대장경에 대한 애정과 걱정으로 노심초사해오신 서수생 교수(이미 정년이 넘었지만 아직도 그분의 유일한 바람은 도난당하고 훼손된 팔만대장경의 경판들을 깨끗하게 정리하여 후대에 물려주는 것이다), 일본에 의해 신화 수준으로 도태되어버린 민족의 역사 단군을 되찾기 위해 연구를 거듭한 끝에 이제는 학문적으로 굳건하게 토대를 세운 윤내현 교수 같은 분들이다.

이 자리를 빌려 감사의 뜻을 표한다.

2010년을 맞아 개정판을 낸다. 경황없이 놓쳤던 부분을 보완하고 새롭게 가필할 기회가 주어진 것은 전적으로 이 책을 읽어준 독자분들 덕분이다. 감사를 표하며 이문규 선생께도 고마움을 전하고 싶다.

2010년 4월

용두산 자락에서 김진명

의문의 사건

기미히토 교수는 도쿄대학교의 교정에 들어서면서야 비로소 학교를 떠나 미국의 실리콘밸리연구소로 옮긴 것이 벌써 3년이나 되었다는 것을 깨달았다.

정말이지 바쁜 삶이었다. 그리고 바쁜 만큼 성공적인 삶이기도 했다. 기미히토는 감개무량함을 느끼며 아카몬의 기둥 옆에 잠시 멈춰 섰다. 기미히토의 뇌리에 20여 년 전 도쿄대학교에 입학하며 처음 이 기둥 옆에서 가족들과 사진을 찍던 기억이 새삼 떠올랐다.

그 후로 세월이 흐르는 동안 모든 것이 변했다. 이제 청춘도 날개를 접고 중견 교수가 되었지만 기미히토는 한 번도 자신이 나이 들었다고 생각해본 적이 없었다. 그 이유가 늘 학교에 있었기 때문이라고 생각하는 그에게 아카몬은 새로운 의미로 다가왔다.

그러나 기미히토의 기분 좋은 상념은 그다지 오래 지속되지 못했다. 며칠 전 미국에서 받았던 전화 내용이 떠올랐기 때문이다.

「기미히토 교수님, 안녕하십니까? 하세가와입니다.」

「아니, 하세가와 교수님이 웬일이십니까?」

「연구는 잘되십니까?」

「네, 덕분에 모든 일이 순조롭게 되어가고 있습니다. 그런데 어쩐 일로 이 시간에 전화를 다 하셨습니까?」

기미히토는 일본은 지금 한밤중이란 사실을 상기하며 신경을 곤두세웠다. 더군다나 전화를 걸어온 상대방은 전산학부의 학부장이었다. 몇 년간이나 학교를 떠나 있는 자신에게, 그것도 미국으로까지 전화를 걸어왔다면 이것은 예사로운 안부 전화 같은 것은 결코 아닐 것이다.

「사실은 사정이 좀 생겨서요. 약간 복잡한 일이라 전화로 얘기를 나누기는 뭣하고…… 괜찮으면 학교로 한번 와주실 수 있을지 해서 전화를 드렸습니다.」

「네? 학교로요? 도쿄로 말입니까?」

더욱 알 수 없는 일이었다. 미국에 있는 자신에게 갑자기 도쿄의 학교로 와달라고 요청하는 것은 상식적으로 도저히 납득할 수 없는 일이었다. 추측조차 하기 힘든 중에도 기미히토는 혹시 자신이 아직도 보유하고 있는 교수직과 관련된 일이 아닐까 생각했다. 만약 그것 때문이라면 비행기를 타고 태평양을 건너 도쿄까지 갈 필요도 없는 일이었다. 그는 언제나 한마디로 '예스'라고 대답할 준비가 되어 있었다.

그러나 기미히토는 곧이어 이 전화가 자신의 교수직 유임과 관련된 일이 아니라는 것을 또렷하게 깨달았다. 교수직을 내놓으라는 내용이라면 남에게 나쁜 소식을 전하는 것을 무엇보다 싫어하는 하세가와가 한밤중에 자신에게 전화를 할 리도 없으려니와, 그의 교수직은 학교에서 강권하다시피 하여 유지시켜온 것이라는 사실을 떠올렸기 때문이다. 자신은 자타가 공인하는 도쿄대학교의 자랑이 아닌가.

기미히토는 전화기 옆에 놓여 있는, 그 전날 도착한 편지를 눈으로 더듬었다. 그것은 총장이 정기적으로 자신에게 보내오는 안부 편지 중 하나였다. 도대체 하세가와 교수가 연구에 몰두하고 있는 자신에게 태평양을 건너서 학교로 와달라고 하는 이유가 무엇일까.

「전화로 설명을 드릴 수 없어서 죄송합니다.」

기미히토는 어느새 여행 일정을 잡고 있었다. 하세가와의 인품을 누구보다도 잘 아는 그로서는 이 시간에 이런 전화를 받았다면 자신이 잠시 연구소를 떠나 일본으로 가야 하는 것은 필연이라고 결론을 내렸던 것이다.

「알겠습니다. 모레쯤 떠나도록 하겠습니다.」

「고맙습니다. 그러면 모레 오전에 출발하는 일본항공의 좌석을 예약해두죠. 요금은 학교에서 지불하겠습니다. 일등석입니다.」

「그렇게까지 하실 필요는 없는데…….」

「와주시기만을 바랄 뿐입니다. 그럼 학교에서 뵙도록 하죠. 정말 죄송합니다.」

「학교에 일이 있다면 당연히 가봐야지요.」

그렇다. 자신도 도쿄대학교의 한 가족이었다. 3년 만에 돌아오는 학교지만 아카몬을 들어서면서부터 학교의 모습 하나하나가, 학생들의 표정과 옷차림이 너무나 친근하게 눈에 들어오고 있었다. 자신이 팀장이 되어 진행하던 그 수많은 프로젝트들, 함께 밤을 새운 팀원들을 이끌고 새벽에 시작한 해장술이 하루 종일 이어지던 기억들에 기미히토는 다시 한 번 입가에 미소를 머금었다.

그 당시 조교였던 기무라는 이제 어엿한 교수가 되어 자신의 뒤를 잇고 있다. 그리고 박사 과정에 있던 이케다는 히타치의 선임연구원이 되었고, 기쿠지는 통산성의 엘리트 관리로 살아가고 있다고 한다.

사랑하는 도쿄대학교, 그리고 사랑하는 후배들과 제자들이라는 생각에 기미히토는 흐뭇했다. 이제 기무라가 어느 정도 경력을 쌓으면 자신이 책임자로 있는 실리콘밸리연구소로 불러 다양한 연구를 하도록 도와주어야겠다고 생각했다.

'그런데 하세가와 교수가 도대체 나를 왜 불렀을까?'

교정을 걸으면서 곰곰 생각하던 기미히토는 뭔가 자신의 능력을 필요로 하는 난제가 생겼을 것이라고 최후의 결론을 내렸다. 그것밖에 다른 이유는 떠오르지 않았다.

기미히토는 학교에서 감당할 수 없는 일이 일어났을 때 자신에게 도움을 청했다는 사실을 기분 좋게 음미하며 하세가와 교수의 방문 앞에 섰다.

어떤 종류이든 그것이 컴퓨터에 관한 것이라면 문제가 없었다. 자신은 어떤 난제이든 해결할 것이고, 만약 자신이 해결하지 못한다면 인류에게 그런 문제는 아직 시기상조인 것이다.

「아, 기미히토 교수님. 어서 오십시오. 여행은 힘들지 않았습니까? 갑자기 오시게 해서 정말 죄송합니다.」

역시 그랬다. 기미히토의 출현에 활짝 펴지는 하세가와의 얼굴에는 확고한 기대감이 서려 있었고, 그 기대감은 얼굴 한쪽에 아직도 강하게 남아 있는 짙은 근심의 그림자와 뚜렷한 대비를 이루고 있었다. 이 뚜렷한 대비는 하세가와의 낙천적인 성품을 잘 아는 기미히토에게 강렬한 의문으로, 그리고 동시에 약간의 불쾌감으로 다가왔다.

'내가 왔는데도 불구하고 이 노인에게는 아직 걱정할 것이 남아 있다는 얘기인가.'

그래서 약간의 인사말이 오고 간 후 바로 자신의 팔을 잡아끄는 하세가와 교수의 성급함은 오히려 마음을 편하게 했다. 쓸데없는 군더더기 설명보다는 현장을 직접 보는 것이 낫기도 했지만, 전산 분야에서는 몇 안 되는 구세대에 속하는 하세가와의 근심 어린 설명에 어떤 표정으로 동조하는 태도를 보여야 할지 난감하던 참이었다.

「잘 아시겠지만 이번 문제는 철저한 보안이 필요합니다. 문제가 해결되든 안 되든 말입니다.」

「…….」

「너무나 괴이한 일이라 사람들의 쓸데없는 호기심을 끌까봐 걱정도 되고, 또 우리 학교의 명성도 있고 하니…….」

하세가와는 말꼬리를 흐렸다. 그의 얘기는 기미히토에게 매우 이상하게 들렸다. 컴퓨터로 다루고 있는 자료에 대해서는 말을 안 해도 보안을 유지하는 것이 당연하지 않은가. 기미히토는 하세가와가 어딘지 당황하고 있다고 생각했다.

「전산 시스템의 문제가 아닙니까?」

「물론 그렇습니다만…….」

하세가와의 대답은 뭔가 석연치 않았다. 컴퓨터에 관한 한 판단은 분명할 수밖에 없다. 시스템 작동이 되거나 안 되거나의 둘 중 하나다. 모든 것은 기계적이고, 기계적인 결론은 언제나 명백하다. 뭔가가 안 되면 안 되는 이유가 있고, 그 이유는 누구에게나 납득될 수 있는 것이다. 그것이 과학이 아닌가. 그 과학적 분석에 따라 시스템이 제대로 작동될 수 있도록 환경을 바꾸어주는 것, 그것이 바로 자신이 할 일이고 이제 제대로 갖추어진 전산실에 도착하기만 하면 되는 것이다.

기미히토는 세상에 과학으로 설명할 수 없는 일은 하나도 없다는 철통같은 신념을 가진 사람이었다. 사람들이 신비 현상이니 뭐니 떠들어대는 것들도 모두 관찰의 오류에서 나온다는 것을 그는 너무도 잘 알고 있었다.

'동양문화연구소.'

현대식으로 새로 지은 건물이었다. 현관 안에 들어서자 한쪽에 전시되어 있는, 오래된 것으로 보이는 토우 한 쌍이 유독 눈에 띄었다.

「최근에 전산실 내부를 거의 개조하다시피 했습니다.」

계단을 올라가 연구소 입구에 들어서면서 나지막하게 건네는 하세가와의 말에 기미히토는 대답 없이 고개만 끄덕였다. 그러나 하세가와가 전산실을 개조했다고 말하는 의도는 선뜻 이해되지 않았다.

「그래도 문제는 풀리지 않고 있어요.」

기미히토는 무슨 소리인가 하는 표정으로 하세가와의 얼굴로 시선을 돌렸다. 그러나 하세가와는 마치 아무 말도 하지 않았다는 듯이 기미히토를 소장실이라 쓰인 방으로 데리고 들어갔다.

동양문화연구소장은 기미히토도 아는, 역사 전공의 야스나리 교수가 맡고 있었다. 소장은 수년 전 연구소의 자료를 모두 전산화할 때 기미히토의 도움을 받은 것을 기억하는지 자리에서 일어나 고개를 숙였다.

「아, 기미히토 교수님. 와주셔서 고맙습니다.」

「오랜만입니다. 수고가 많으시지요.」

소장은 의자를 권했다.

「자, 이제 기미히토 교수님이 오셨으니 문제가 풀릴 것으로 기대합니다. 만약에 기미히토 교수님조차도 원인을 알아내시지 못한다면 이 일은 그야말로 불가사의라 하지 않을 수 없겠지요.」

하세가와가 그답지 않게 과장된 어투로 운을 뗐다.

「우리 모두는 좋은 결과가 있을 걸로 믿어 마지않습니다.」

기미히토가 듣기에 우리 모두란 동양문화연구소와 전산학부의 모든 교수들을 말하는 것 같았다.

「소장님이 설명을 하시지요.」

하세가와의 권유에 때마침 여직원이 가져온 차를 권하던 야스나리 소장은 기대 섞인 표정으로 운을 뗐다.

「기미히토 교수님을 예까지 오시게 한 것은 다름이 아니라 우리 연구소의 전산실에 있는 컴퓨터 때문입니다.」

기미히토는 차를 들며 고개를 끄덕였다. 역시 컴퓨터가 문제였다. 그렇다면 문제는 없다.

「정확히 얘기하자면, 아마 컴퓨터 시스템에 관한 문제일 겁니다. 그렇게 얘기해도 되겠습니까, 하세가와 교수님?」

하세가와는 고개를 끄덕였다.

「이상하게도 우리 전산실의 컴퓨터가 언제부터인가 말을 안 듣기 시작했습니다.」

「말을 안 듣는다는 것은 어떤 현상을 얘기하는 겁니까?」

「납득 못할 에러가 종종 생기기 시작했습니다. 며칠간 아니 몇 주일간이나 작업해둔 자료가 하루아침에 저절로 지워진다든지, 드물긴 하지만 컴퓨터의 명령체계가 갑자기 말을 안 들어 아예 작업을 하지 못한다든지 하는 겁니다. 애써 작업한 자료들이 모두 사라지는 바람에 지난 석 달간 우리 전산실은 엉망이었습니다.」

「석 달이나요?」

기미히토는 깜짝 놀라 되물었다.

「그렇습니다. 그럼에도 불구하고 아직 그 이유를 밝혀내지 못하고 있습니다.」

「어떻게 그런 일이 생길 수 있죠? 전산실에서 석 달이나 컴퓨터를 쓰지 못하다니?」

기미히토는 자신도 모르게 하세가와 쪽으로 얼굴을 돌렸다. 그러나 하세가와는 지그시 눈을 감은 채 기미히토와 시선을 마주치지 않았다. 아마 당분간 눈을 감고 있는 것이 편하다고 생각하는 모양이었다.

「우선 컴퓨터 회사의 서비스팀을 불렀습니다. 문제가 생길 때마다 불렀지요. 그러나 아무리 점검을 해도 컴퓨터 자체에는 문제가 없다는 겁니다.」

기미히토는 고개를 끄덕였다. 컴퓨터와 관련하여 생기는 문제는 반드시 기계적인 이유 때문만은 아닌 경우가 더 많은 법이다. 그리고 기계적인 문제라면 자신을 여기까지 부를 필요도 없었을 것이다.

「컴퓨터에 문제가 없는 상황에서 자꾸 같은 현상이 반복되기에 전산실 내부를 개조하다시피 할 정도로 대대적으로 수리를 했습니다.」

기미히토는 아까 하세가와가 전산실을 개조하다시피 했는데도 문제가 풀리지 않았다고 했던 말을 떠올렸다.

「그럼에도 불구하고 문제가 해결되지 않았다는 얘기군요.」

「바로 그렇습니다. 그래서 전산학부의 모든 교수들이 달려들었지요.」

충분히 짐작이 가는 상황이었다. 그리고 하세가와가 보안을 지켜달라고 하던 얘기나 학교의 명성이 달려 있다고 하던 얘기도 이해가 되었다. 요는 전산학부의 교수들이 모두 달려들었으나 아무 소용이 없었다는 얘기였다.

「고명하신 교수님들이 모두 애를 써주셨지만 기이하게도 이유조차 파악하지 못하고 있습니다.」

기미히토는 동료 교수들의 얼굴을 떠올렸다. 미나미, 오카모토, 스즈키, 누구 한 사람 할 것 없이 쟁쟁한 실력파들이었다.

'이상한 일이군, 이들이 달려들었는데도 시스템 오류의 이유조차 파악하지 못했다는 것은 도저히 이해가 되지 않는데…….'

그러나 그럴수록 기미히토는 어떤 종류의 은근한 기대가 가슴 밑바닥으로부터 솟아오르는 것을 느꼈다.

「내일 아침에 시스템 진단을 할 수 있도록 해주십시오.」

바이러스 추적

기미히토는 동양문화연구소를 나와 학부 시절부터의 동기인 오카모토 교수의 연구실을 찾았다.

「여어, 드디어 나타나셨군. 도쿄대학 전산학부의 구세주가 드디어 오셨어.」

「무슨 소리야, 구세주라는 건?」

「전산학부의 명예를 회복시켜줄 주인공이라는 뜻이지.」

「나라고 별수 있겠어, 일본 제일의 천재들이 못 해내는 일을.」

「이거 왜 이러시나. 약관 20세에 《컴퓨터 논리구조》를 저술한 사람이 우리 같은 소인배를 천재라고 부른단 말이야?」

「실없는 소리 그만하고 나가세. 좀 이르지만 저녁이나 먹으면서 얘기를 나눠보세.」

학교 앞의 로바다야키 식당 구석에 자리를 잡고 정종을 한 순배 나누고 나자 오카모토는 고개를 가로저으며 얘기를 꺼냈다.

「알 수 없는 일이야. 잘못된 것은 아무것도 없어. 아니, 우리 눈에 보이질 않아.」

「그런데 시스템이 제대로 작동을 안 한단 말이지?」

「그래, 정확히 얘기하자면 오작동을 하는 거지.」

「무슨 간섭 현상은 아닐까?」

「그래서 기계도 모두 바꾸고 설비 환경도 모두 점검했지. 종내는 조금이라도 의심스러운 건 모두 교체하거나 새로 설비를 해버렸단 말이야. 동양문화연구소가 아니라 전산학부의 자존심이 걸린 일이 돼버렸거든.」

「프로그램 점검도 했을 테고?」

「물론이지. 특히 중형 스테이션에는 자체의 점검 프로그램이 있잖아. 어떤 때는 그것마저도 의심스러워 하나부터 백까지 철저히, 문자 그대로 철두철미하게 훑었단 말이야. 아마 수십 번은 족히 점검했을 거야.」

기미히토는 고개를 끄덕였다. 그런 것은 기본에 속하는 일이라 이들이 실수를 했을 리가 없었다. 미국을 떠나면서부터 만만치는 않을 것이라 생각했지만 막상 오카모토의 얘기를 듣고 나자 어려움이 피부에 느껴져왔다. 기미히토는 낮은 신음을 내뱉으며 정종을 한잔 들이켰다.

「그렇다면 지금 생각해볼 수 있는 유력한 가능성은 바이러스 감염이 아닐까? 기존의 점검 프로그램에는 나타나지 않는 괴이한 놈 말이야.」

「그것이 가장 유력한 가능성이긴 한데…… 꼭 그렇게 볼 수도 없는 것이 시설을 바꿀 때 컴퓨터와 기존에 쓰던 디스켓이나 프로그램까지도 모두 바꾸어버리는 등 감염 가능성을 완전 차단했는데도 시스템 장애가 계속 발생했거든.」

「해커가 수시로 침입하여 바이러스를 심어두었을 가능성도 체크했겠지?」

「물론이지. 아예 통신을 차단하고 점검했으니까.」

「…….」

역시 그들은 조금의 실수도 하지 않고 모든 것을 점검했다. 쉽게 결론이 나지 않을 것이라 예상은 했지만 어떻게 접근해야 할지 난감했다.

「미국에서 여기까지 날아와 웃음거리가 되는 건 아닌지 몰라.」

「이 사람, 무슨 소릴! 자네가 못하면 일본에서는 해결할 사람이 아무도 없는 거야.」

오카모토가 진심으로부터 해준 이 한마디는 기미히토의 가슴에 강한 자신감을 회복시켜주었다.

'그래, 내가 못하면 인류에게는 아직 이른 문제야.'

다음날 아침 기미히토는 편한 옷차림으로 전산실에 나타났다. 두 명의 조교와 컴퓨터를 판매한 후지쓰 선임연구원의 지원을 받아 일을 시작했다.

우선 정압 트랜스의 전압을 재고 바닥의 수평도를 확인하며 공기 중에 떠다니는 먼지의 알갱이 수를 측정하는 등 환경 점검부터 했다. 물론 이상이 있을 리 없었다.

계속해서 컴퓨터의 프로그램 해석체계 해부 및 실행과정 점검이 이어졌다. 후지쓰에서 만든 스테이션 타입의 중형 컴퓨터와 단말기들의 논리구조는 꽤 복잡하긴 했지만 기미히토에게는 전혀 일거리가 되지 못했다.

그렇게 사흘을 보냈다. 그러나 사흘이 지나도록 아무런 결과를 얻지 못하자 기미히토는 은근히 초조해졌다.

「프로그램 수용체계는 잘못된 것이 없군. 그렇다면 이제 나도 만인의 웃음거리가 되는 일밖에는 남은 것이 없겠어. 내일 마지막으로 바이러스 감염을 조사해보자구.」

기미히토는 말은 이렇게 하면서도 바이러스 감염에 큰 희망을 걸었다. 자신이 생각하기에 가장 가능성이 있고 다른 사람들이 찾아내지 못했을 걸로 생각되는 것은 역시 바이러스 감염이었다.

아마 아직 일본 열도에는 상륙하지 않아 교수들에게 낯선 바이러스가 있을 것이다. 통신망을 통해서 누군가가 심어놓은 악성 바이러스, 혹은 어느 해커가 보낸 트로이의 목마가 컴퓨터 깊숙한 곳에 숨어 있다가 가끔 자료를 잡아먹었을 것이다. 이제껏 조사한 결과 그것 말고는 다른 이유가 있을 수 없었다.

어쩌면 자신은 이미 결론은 내려놓고 이제껏 그 결론을 실행하기 위한 준비작업을 천천히 진행시켜왔는지도 모를 일이었다. 진짜 작업은 내일에야 비로소 시작한다는 생각을 하며 기미히토는 주먹을 움켜쥐었다.

자신감의 표시였다. 컴퓨터 바이러스에 관한 한 자신은 일본뿐 아니라 세계에서 타의 추종을 불허하는 백신 전문가이고, 자신이 만든 기미히토 백신은 아직도 세계적인 베스트셀러였다.

다음날 아침, 기미히토는 인원을 대폭 지원받아 침착하게 작업 지시를 했다.

「이제껏 사용되었던 모든 디스켓과 CD를 점검하여 바이러스 감염 여부를 확인하게. 외부로 유출된 것이 있다면 회수하여 단 한 장도 놓치지 말고 조사해야 하네. 그리고 스테이션에 접속했던 모든 통신도 점검하게. 각 회선마다 일일이 본인에게 확인하여 그 도용 여부도 철저히 체크해야 하네.」

기미히토의 접근법은 광범위하면서도 치밀했다. 기미히토의 지시를 받는 작업자들의 얼굴에 그 어느 때보다도 희망 서린 기색이 드러나기 시작했다.

기미히토는 작업자들에게 지시를 내려놓고 자신은 스테이

션의 감염 여부를 직접 조사하기 시작했다. 기미히토는 이제껏 누구에게도 공개한 적이 없는 자신의 감염 체크 프로그램을 작동시키면서 미국의 연구소에서 개발한 프로그램을 모교인 도쿄대학교에서 맨 처음 쓰게 되었다는 사실에 아이러니와 더불어 보람을 느꼈다. 어떤 종류의 바이러스도 찾아낼 수 있는 이 프로그램은 미국의 유수한 메이커들이 모두 탐내던 것이다.

아무리 컴퓨터를 바꾸었다 하더라도 전산실에서 필요한 프로그램들을 깔기 위해서는 여러 종류의 기존 디스켓이나 CD를 썼을 것이고, 그렇다면 역시 바이러스 감염의 위험이 높다. 결론은 역시 도쿄대학교의 교수들에게는 전혀 생소한 최악성 바이러스의 잠복일 수밖에 없다.

탐지 프로그램을 작동시키는 기미히토의 손길에는 자신감이 배어 있었다.

그러나 서너 시간에 걸친 탐지 작업이 끝나면서, 그리고 작업자들로부터 각자 맡은 분야에 아무런 이상이 없다는 보고가 속속 들어오면서 기미히토의 안색은 차츰 변하기 시작했다. 이윽고 밤늦게 스테이션에 통신으로 접속했던 사람들을 만나러 나갔던 작업자들로부터도 아무런 이상이 없다는 보고를 듣는 순간 기미히토는 온몸에서 힘이 쭉 빠져나가는 것을 느꼈다.

'세상에 이런 일이 있을 수 있단 말인가.'

기미히토는 자신도 모르게 의자에 털썩 주저앉았다.

저녁 무렵부터 동양문화연구소로 건너오기 시작한 전산학부 교수들의 얼굴에도 침통한 기색이 감돌았다.

이럴 수는 없었다. 도쿄대학교의 전산학부에서 아무런 기계적 이상이 없는 컴퓨터의 오작동에 대해 이유를 모르겠다고 물러설 수는 없는 일이었다. 그러나 지금 결과로 봐서는 더 이상 어찌할 방법이 없다.

하세가와를 비롯한 몇몇 교수들은 이제 남은 문제는 보안을 유지하는 일뿐이라고 생각했다. 이 사실이 공개될 경우 도쿄대학교는 전국에서 몰려드는 아마추어 컴퓨터 전문가들로 북적댈 것이고, 그들은 당당하게 자신이 문제를 해결하겠다고 나설 것이다. 그러면 도쿄대학교 전산학부의 명예는 땅에 떨어지고 만다. 그들이 해결하든 해결하지 못하든 간에.

「이제 다시는 문제가 발생하지 않을 수도 있지 않겠습니까?」

침묵을 깨고 던진 기무라 교수의 한마디였지만 누구도 동의하지 않았다. 원인을 규명하지 못한 채 다시는 문제가 생기지 않을 것이라고 기대한다는 것은 너무나 무책임하면서도 비과학적인 사고였다. 그러나 기무라가 왜 그런 말을 했는지 모두는 잘 알고 있었다. 상황은 종료될 수밖에 없었고, 기무라는 그 물꼬를 트는 발언을 했을 뿐인 것이다.

하지만 기미히토는 골똘히 생각에 잠긴 채 앉아 있었다. 몇 사람이 일어나 같이 늦은 저녁이나 먹자고 권유했으나 기미히토는 아무런 대답도 하지 않은 채 아예 눈을 감고 묵묵히 앉아 있을 뿐이었다.

「기미히토 교수가 무엇을 생각하는지 모르겠지만 지금은 방해를 하지 않는 것이 나을 것 같소.」

하세가와 교수를 필두로 하여 사람들이 하나 둘 자리를 뜨기 시작했다. 모두 지금은 기미히토를 그냥 내버려두는 것이 낫겠다고 생각했다. 얼마간의 시간이 지나자 기미히토는 텅 빈 전산실에 혼자 남아 있게 되었다.

눈을 감은 채 생각에 잠겨 있던 기미히토는 어느 순간 묵직한 것이 온몸을 내리누르는 듯한 중압감에 눈을 떴다. 희미한 물체가 자신을 내리누르는 듯했다. 기미히토는 버둥거리면서 억지로 눈을 뜨고 올려다보았다. 이게 뭘까?

아! 동양문화연구소 입구에서 보았던 토우였다. 바로 그 토우가 주름진 얼굴에 지그시 미소까지 띠고 기미히토를 내려다보고 있는 게 아닌가?

「헉!」

다음날 아침, 출근한 동양문화연구소의 직원들은 기미히토가 밤을 새우며 전산실에 남아 있었다는 것을 알게 되었다. 야스나리 소장은 피로에 휩싸인 기미히토의 얼굴을 보는 순간 감동을 느꼈다. 문제를 해결하든 못하든 간에 미국에서 온 지 며칠도 안 된 기미히토가 보여주고 있는 성실한 태도는 존경할 만했다.

「아, 이거 너무 고생이 심하시군요. 이렇게 애쓰시는데 저희들은 집에서 편안히 잠을 잤다니 도리가 아닙니다.」

야스나리 소장은 인사를 하면서 기미히토의 얼굴을 가까이에서 들여다보고는 흠칫 놀랐다. 다만 피곤할 뿐이라고 생각했던 기미히토가 기이한 표정으로 자신을 바라보고 있었던 것이다.

소장이 놀라는 것을 본 기미히토는 손으로 얼굴을 한 번 쓰윽 문지르고는 조금 웃어 보이며 말했다.

「소장님, 제게 좀 더 여유를 주십시오.」

터미널 다운-고통의 3분 27초

맨해튼에 있는 페닌슐라 파이낸스사의 회계부장 제스만은 아침에 출근하여 직원들로부터 몇 가지 보고를 받고 그에 따른 간단한 지시를 내리고는 자신의 컴퓨터를 켰다.

'편지가 일곱 통 와 있습니다.'

제스만은 편지의 제목을 살폈다. 광고나 별 의미 없는 동호회의 일방적인 선전문이 많아 오는 편지마다 다 읽을 수 없는 노릇이기 때문에 제스만은 제목만 보고 읽어야 할 편지인지 아닌지를 분별했다.

치밀하고 깐깐한 성격의 회계부장은 단 한 번도 이 식별 작업을 실수한 적이 없었다. 하긴 일방적으로 선전문을 보내는 측에서는 어딘지 모르게 광고 냄새가 나는 제목을 달기 때문에 그런 것을 무슨 재주라 할 수도 없는 노릇이긴 했다.

제스만은 제목을 훑으며 다섯 통의 편지를 넘겼다. 여섯 번째 편지의 제목을 보는 제스만의 얼굴에 미소가 번졌다. 이제 막 인터넷을 배우기 시작한 시애틀에 사는 손자로부터 온 편지였다.

'할아버지, 안녕하세요?'

편지를 읽는 제스만의 표정은 내내 행복해 보였다. 그는 다음 달의 정기휴가 때에는 손자나 보러 가야겠다고 생각하며 다음 편지로 눈길을 넘겼다.

'터미널 다운—고통의 3분 27초.'

틀림없는 광고였다. 이런 것은 보통 컴퓨터 주변기기를 파는 업자들이 즐겨 사용하는 문구였다. 제스만은 편지를 넘겨버리고 회계 정리 프로그램을 불러 익숙한 솜씨로 회사의 상반기 예상 순익을 계산해나갔다. 연방준비위원회의 이자율 배려 때문에 상반기의 순익은 대폭 증가했다.

지구가 멸망하는 그날에야 금융회사도 망한다는 것이 평소 제스만의 지론이었다. 사람들은 언제나 돈을 필요로 한다. 이것은 돈이 있는 사람이나 없는 사람이나 마찬가지이다. 그들은 고개를 숙이며 돈을 가져가고는 언제나 충성스럽게 이자를 붙여 되가져온다. 땅 짚고 헤엄치기이다. 돈만 가지고 있으면 시간이 갈수록 이자가 붙는다. 자본주의란 멋진 제도이다.

대충의 계산만으로도 순이익이 5천만 달러가 넘는다는 것을 확인한 제스만은 부사장의 비서에게 전화를 해서 손님이 없다는 것을 확인하고는 기분 좋게 자리에서 일어섰다. 좋은 정보는 누가 묻기 전에 먼저 보고한다는 것이 제스만의 원칙이었다.

경영자 앞에서 일부러 눈살을 찌푸리고 매우 걱정스러운 표정으로 이번 분기의 순익은 얼마라고 보고할 때가 제스만에게는 가장 기쁜 순간이었다. 아무리 순익이 많아도 반드시 심각한 표정으로 말해야 한다. 이것은 제스만이 30년 세월 회계업무를 보면서 경영자의 신임을 얻기 위해 터득한 기술이었다.

「수고했네, 제스만.」

돈을 누가 벌었는지는 확실하지 않지만 적어도 이때만큼은 자신의 존재가 가장 부각되는 순간이라고 제스만은 믿었다. 부사장실이 있는 20층으로 올라가기 위해 기분 좋은 표정으로 걸어가던 그는 한 여직원의 날카로운 고함소리에 뒤를 돌아보았다.

「온라인이 이상해요.」

곧이어 여기저기서 웅성거리는 소리가 들려왔다. 제스만은 황급한 걸음으로 직원들에게 다가갔다.

「무슨 일이야?」

「숫자들이 엉망이에요. 입금액은 10분의 1로, 출금액은 열배로 자동 확장되고 있어요.」

「뭐라고, 그게 도대체 무슨 얘기야?」

제스만은 모니터를 들여다보았다. 혼란은 모니터상에 그대로 나타나고 있었다.

「어? 아니, 안 돼!」

제스만은 급히 스테이션으로 뛰어갔다. 스테이션에서는 이미 기술자들이 자체 점검 프로그램이 자동적으로 작동하는 것을 멀거니 바라보고만 있을 뿐 손쓸 엄두조차 못 내고 있었다.

「왜 그런 거야, 도대체 왜 이런 일이 일어나고 있는 거지?」

「…….」

「대답을 해봐. 왜 이놈의 기계가 갑자기 미쳐버렸는지, 말을 해야 할 것 아냐.」

그러나 아무도 대답이 없었다. 제스만은 황급한 손길로 전화기를 들었다.

「부사장님 대줘, 급해!」

「통화 중입니다.」

「끊어버려! 그 전화 끊고 빨리 연결해.」

「연방준비위원회와 통화 중인데요.」

교환원은 끄떡도 하지 않고 통화의 상대방을 알려주는 것으로 세상의 누구라도 이 전화를 끊을 수는 없다는 사실을 주지시켰다. 그러나 다음 순간 교환원은 짐승의 울부짖음에 가까운 제스만의 절규에 얼이 빠져버렸다.

「빨리 전화 끊고 바꾸란 말이야, 이 정신나간 계집애야!」

교환원의 놀란 신음에 뒤이어 부사장의 목소리가 흘러나왔다.

「제스만 부장, 도대체 무슨 일이오?」

「온라인이 혼란에 빠졌습니다.」

「혼란이라니?」

「입출금이 몇 십 배씩 뒤바뀌고 있습니다.」

「뒤바뀐다는 것이 무슨 말이오? 진정하고 차분히 설명을 해보시오. 당황해서는 제대로 일을 해결할 수 없소.」

제스만은 무미건조한 부사장이 평소에 이렇게 말하는 것을 수없이 들었지만 이토록 위급한 상황에서도 마찬가지로 얘기하는 데에는 질리지 않을 수 없었다.

「원인 모를 전산 장애가 일어나 전국의 현금자동지급기에서 입금자들이 넣는 돈은 10분의 1로, 출금은 열 배로 나가고 있습니다.」

「뭐라고, 도대체 그것이 말이나 되는 소리요?」

「믿을 수 없지만 현재 일어나고 있습니다.」

「언제부터 그런 혼란이 일어났소?」

「약 3분가량 됐습니다.」

「이유는? 무슨 이유인지 모른단 말이오?」

「확인이 되지 않고 있습니다.」

「일단 터미널을 끄시오.」

「알겠습니다.」

제스만이 전화기를 내던지는 순간 직원 중 하나가 손가락으로 모니터를 가리켰다. 제스만의 가슴은 다시 한 번 덜컹 내려앉았다. 맙소사! 이번엔 또 무슨 일이 생겼다는 거지? 그러나 다음 순간 제스만은 가슴을 손으로 쓸어내렸다. 컴퓨터는 기적처럼 정상으로 돌아와 있었다.

「정확히 3분 27초간 장애를 일으켰습니다. 손실금은 즉시 계산하겠습니다.」

「즉각 계산해봐. 가만, 지금 뭐라 그랬지? 뭐라고, 3분 27초?」

제스만은 망치로 머리를 얻어맞은 듯한 충격을 느꼈다. 그는 자신의 자리로 뛰어가 컴퓨터를 켰다.

'터미널 다운—고통의 3분 27초.'

「제스만 부장, 그러니까 아침에 출근해서 컴퓨터를 켜니까 그런 제목의 편지가 와 있었다는 거지요?」

「그렇습니다.」

「여러 이사님들이 들을 수 있도록 한번 읽어보시오.」

「결산서에 우리 몫으로 3백만 달러를 계상하시오. 쓸데없는 짓을 하면 회사는 망할 거요. 다시 연락하겠소.」

제스만은 자신이 지어낼 수 있는 가장 심각한 표정으로 편지를 읽었다.

「들으셨다시피 아주 간결한 문구입니다. 제스만 부장, 잠깐 자리를 비켜주겠소?」

「네.」

회의를 주재하던 부사장은 회계부장이 나가는 것을 기다렸다가 침통한 표정으로 이사 한 사람 한 사람의 얼굴을 들여다보며 무겁게 입을 뗐다.

「어떻게 하는 것이 좋겠습니까?」

「일단 FBI에 수사를 의뢰하는 것이 어떨까요?」

「안 돼요. 너무 위험해요. FBI가 범인을 잡으면 다행이지만 못 잡으면 회사는 끝장이오. 그런 위험에 회사를 노출시킬 수 없어요.」

「맞습니다. 우리는 지난번 시티은행의 경우를 생각하지 않을 수 없습니다. 시티은행은 처음에 상대방의 요구에 대해 코웃음을 치고 FBI에 신고했습니다. 그런데 그 결과는 어땠습니까?」

한 이사의 지적에 모두 입을 다물었다. 입금 요구를 거절한 시티은행의 온라인망은 붕괴되기 시작했고, 시티은행은 하루를 넘기지 못하고 범죄자의 요구에 굴복하고 말았다. 그 과정에서 FBI가 해낸 것은 아무것도 없었다. 시티은행은 그 사고로 매우 큰 손실을 입었다. 무엇보다도 큰 손실은 거액의 입금주들이 시티은행에 넣어둔 자신의 돈에 불안을 느꼈다는 사실이다.

그 틈을 노려 경쟁 은행들은 예금주들을 부추겼다.

'시티은행의 전산망은 범죄자들에게 노출되어 있다. 자칫하면 돈을 분실한 책임조차 떠맡아야 할지 모른다. 가장 보안이 잘돼 있는 우리 은행으로 오는 것이 최선이다.'

이런 말을 듣고도 불안해하지 않을 예금주는 없었다. 많은 거액 예금주들이 시티은행을 떠났다.

「거의 모든 금융기관들이 이런 종류의 협박을 당하면 해결하는 방식이 있습니다.」

이사들의 얘기가 갈래가 잡혔다고 생각했는지 사회를 보던 부사장이 입을 열자 모든 사람의 눈이 그에게로 쏠렸다.

「어떤 방식입니까?」

부사장은 약간 뜸을 들이다 입을 열었다.

「상대와 협상하여 금액을 깎는 것입니다.」

대다수의 이사들은 부사장의 말에 고개를 끄덕였다. 그들은 지금 자신들이 처해 있는 상황을 너무도 잘 이해하고 있었다.

「범인들도 그렇게 무도한 편은 아닙니다. 어떻게 보면 아주 치밀한 자들이죠. 무엇보다도 기업의 회계 원리를 잘 아는 자들입니다.」

「어째서 그렇게 생각하죠?」

「그들은 결산서에 자신들의 몫을 넣어두라고 했습니다. 이것은 바로 협상의 가능성을 제시하는 얘기라고 생각합니다.」

「잘 이해가 되지 않는군요.」

「이제 곧 결산입니다. 그들은 일단 우리에게 3백만 달러를 제시했지만 우리가 근본적으로 반발하는 상황까지 계산에 넣고 있습니다. 즉, 우리 회사의 상반기 실적이 좋지 않을 경우엔 아무리 협박을 해도 우리가 그들에게 돈을 줄 수 없다는 것을 알고 있는 것입니다.」

「매우 치밀한 자들이군요. 그러니 결산 결과에 따라 협상을 할 수 있다는 얘기군요.」

「그렇다면 중요한 것은 우리 회사의 상반기 실적이군요. 우리 회사의 상반기 결산은 어떻습니까?」

부사장은 제스만이 가져온 서류를 읽었다.

「5천2백만 달러의 흑자입니다.」

「저런!」

이사들의 입에서 탄성이 터져나왔다.

「아무 문제 될 것이 없군요, 그렇다면.」

부사장의 얼굴에도 자신만만한 표정이 펴졌다. 협상액이 얼마가 되든, 혹은 전혀 협상이 안 돼 전액을 다 주든 문제 될 것이 없었다. 순이익이 5천2백만 달러나 된다면.

「그러면 어떻게 상대와 협상을 하죠?」

엄청난 금액의 순이익에 고무된 이사 한 사람이 성급하게 물었다. 다른 이사들도 부사장의 얼굴에 눈길을 모았다. 모두 문제는 없다는 표정이었다. 부사장도 자신만만한 얼굴로 이사들의 얼굴을 훑었다. 역시 돈은 좋은 것이다. 돈이 많이 벌리니 이런 협박도 두려울 것이 없었다. 비상 이사회에 모인 일동의 관심은 이제 다른 데로 가 있었다.

「이사회에서 동의하기만 한다면 협상은 그리 어려울 것이 없습니다. 범인들은 다시 연락을 해올 것입니다. 그때 순이익 중 상당 부분이 차입금 상환으로 나가야 한다고 사정하고 협상을 벌이면 분명히 통할 것입니다.」

「그것은 부사장이 알아서 하시오. 우리는 모두 동의하니까.」

이사들의 의견은 이미 통일이 되었다는 듯이 자신 있는 목소리가 한 사람의 대주주로부터 흘러나왔다. 이사회에 참석한 대다수의 이사들은 고개를 끄덕였다. 이것은 싸울 수 없는 싸움이다. 피해 가는 것만이 유일한 방법이다. 천하의 시티은행도 무릎을 꿇었는데야…….

그러나 다음 순간 이사들은 귀를 의심하지 않을 수 없었다.

「안 돼요. 그럴 수는 없어요.」

저항과 타협

반대가 있을 수 없는 상황에서 터져나온 바로 그 반대의 목소리에 사람들은 웅성거렸다. 모두 목을 길게 뽑고 반대 의사를 표명한 쪽을 바라보았다. 사람들의 웅성거림은 더욱 확산되었다. 목소리의 주인공은 여자였다. 이 자리에 참석한 유일한 여자. 부사장은 황급히 그녀를 소개했다. 얼마 전에 사망한 대주주 스튜어트의 딸이었다.

「이런 항복은 있을 수 없어요. 여러분은 뭔가 잘못되었다는 느낌이 들지 않으세요?」

여자의 표정은 이런 불의에 너무나 쉽게 타협하는 것에 대한 불만으로 가득 차 있었다. 그러나 이사들은 단순하고 강경했다. 이미 계산을 끝낸 그들은 중간에 나선 이 여자에 대한 공격적인 적개심으로 가득했다.

「대단한 숙녀분이군요. 상식을 과감하게 깨뜨리고 반대를 하다니. 부친을 그대로 닮은 스튜어트 양의 용기에 우리는 감탄했습니다. 그러나 스튜어트 양, 우리 한번 잘 생각해봅시다.

이것은 전쟁이에요. 상대는 드러나지 않은 강자입니다. 우리는 모든 것이 노출되어 있고 실력조차 턱없이 부족해요. 이 전쟁에서의 실력이란 바로 컴퓨터 해킹입니다. 상대는 이미 우리 전산망의 논리구조를 손바닥 위에 올려놓고 있어요. 물론 우리는 FBI에 신고할 수 있습니다. 그러나 그것은 시티은행의 경우에서 보았듯이 아무런 도움이 되지 못해요. 지는 것이 너무나 명백한 전쟁입니다. 이런 전쟁은 피해야만 합니다.」

평소 상당한 영향력을 행사하던 한 주주가 설득조로 현재의 상황을 짚었다.

「그러나 이대로 타협하는 것은 비굴해요. 타협하면 그 범죄자들이나 우리나 다를 게 없잖아요. 여러분은 그런 생각이 들지 않으세요?」

「스튜어트 양, 젊은 나이에는 그런 생각이 들 수 있겠지요. 그러나 돈을 보호하려면 모든 것을 참아야 해요. 돈이란 벌 때나 지킬 때나 인내가 필요한 법이오. 돈은 인생의 또 다른 진실이오. 어쩌면 진리란 말을 쓸 수 있을지도 모르지.」

스튜어트는 무엇인가 말하려고 입술을 달싹거리다 그냥 입을 꽉 다물어버렸다. 이런 속물과 더불어 돈에 대해 얘기를 나눈다는 것이 불쾌해서인지, 아니면 모두가 뿜어내는 강렬한 분위기에 눌려서인지는 알 수 없었다.

「자, 그러면 회의의 결론을 내립시다. 굳이 거수를 할 필요는 없겠지.」

스튜어트를 설득하던 주주는 더 이상 지체할 필요가 없다는 듯 부사장에게 눈짓으로 재촉했다. 그러자 부사장은 구석 자리에 앉아 있는 사십대 초반의 한 사나이를 지그시 바라보았다. 아시아계로 보이는 신사였다. 그는 부사장의 눈길에 조용히 고개를 가로저었다.

스튜어트가 입을 다물어버린 이 시점에서 회의의 결론은 명백해졌다. 이사들은 스튜어트 역시 내심으로는 타협을 바라고 있을 것이라고 생각했다. 여기선 타협하는 것이 상식이다. 그러나 부사장의 태도는 조심스러웠다.

「거수하는 것이 좋겠습니다.」

「그러면 그렇게 합시다.」

「먼저 타협에 찬성하는 분들은 손을 들어주십시오.」

거의 모든 사람의 손이 올라갔다.

「반대하는 분들은 손을 들어주십시오.」

스튜어트의 오른팔에 눈길을 모으고 있던 사람들 사이에서 놀라움에 가득 찬 웅성거림이 일었다. 또 한 사람의 팔이 천천히 올라가고 있는 것이 시야에 들어왔기 때문이다. 이 사람이 누구이기에 이사회에 참석할 수 있었는지, 사람들은 이해할 수 없다는 표정으로 부사장을 쳐다보았다. 그들의 눈초리에는 의아함과 불만이 가득했다.

「웬 작자야?」

누군가가 귓속말로 옆사람에게 속삭였다. 그러나 이번에는 사람들의 웅성거림이 있기도 전에 사나이의 유창한 영어가 사람들을 침묵시켜버렸다.

「타협이란 있을 수 없습니다.」

목소리에는 자신감과 단호함이 실려 있었다. 마치 모든 것은 이미 결정되었다는 듯한 투였다. 사람들의 웅성거림이 다시 시작되었다.

「저 친구 누구요?」

「글쎄, 모르겠는데. 처음 보는 친구요.」

「그런데 건방지잖소. 감히 모두의 뜻을 반대하다니, 그런다고 뭐가 달라지기나 하나.」

「가만, 어쩌면 저 사람이 바로 그 사람 아닐까?」

「그 사람이라니?」

「쉿, 조용히 해요.」

몇 마디 귓속말이 오간 후에야 이사들은 새로이 회사의 지배주주로 등장한 사람이 있었다는 사실을 떠올렸다. 얼마 전 그들은 한국의 거대 기업군인 대일그룹이 순식간에 몇 사람의 대주주 지분을 인수한 후 추가로 공개매수를 하여 새로이 지배주주가 되었다는 통보를 받았던 것이다.

「대주주님의 부탁이 있어 회의가 끝나면 소개드리려고 했는데, 지금 소개드리겠습니다. 이번에 새로 우리 회사 주식의 51퍼센트를 인수한 대일그룹의 김정완 이사십니다.」

「저 사람이!」

이사들은 모두 경악했다.

김정완은 간단한 인사를 끝내고 바로 본론으로 들어갔다.

「지금까지 우리는 회사에 발생한 문제가 무엇인지 부사장님으로부터 들었습니다. 물론 어떻게 하는 것이 가장 간단하게 문제를 해결하는 방식인지 저도 압니다. 그러나 여러분, 저는 이러한 문제 해결방식이 우리 회사의 미래에 결정적인 장애가 될 것을 두려워하지 않을 수 없습니다.」

비록 경영권을 행사하고 있진 않지만 김정완은 이미 회사에 가장 큰 영향을 미치는 사람이었다. 그것도 단독으로 51퍼센트를 갖고 있는 막강한 지배주주이기에 사람들은 숨을 죽이고 그를 지켜볼 수밖에 없었다.

「우리 회사는 정의로운 금융을 표방하고 있습니다. 정의란 약간의 편의를 위해 불의와 타협하거나 고개를 숙이지 않습니다.」

김정완은 사람들의 표정을 읽으면서 자신 있는 목소리로 말을 이었다.

「게다가 우리는 전세계의 어린이들에게 용기와 희망을 주는 커리지 앤드 호프(C&H) 프로그램의 주요 스폰서입니다. 어린이들에게 용기를 갖고 부정한 일에 굴하지 말라고 가르치고 있단 말입니다. 그러면서 우리 자신이 범죄자들에게 무릎을 꿇을 수는 없습니다.」

김정완의 말이 채 끝나기도 전에 남부 억양의 탁한 목소리가 뒤를 이었다.

「저흰들 몰라서 그들과 타협하려는 게 아닙니다. 그러나 해결 방법이 없지 않습니까. 아까와 같은 사고가 한 시간만 터진다면 현금카드 가진 놈들은 벌떼처럼 달려들어 열 배씩 돈을 인출해갈 테고, 거액 예금주들은 모두 돈을 빼갈 겁니다. 그러면 뭐가 남습니까? 파산 아닙니까, 파산. 알량한 정의감의 대가로 우리 회사는 파산하고 맙니다. 그리고 우리 모두는 가진 것을 모두 잃고 맙니다. 무슨 말인지 아시겠지요? 그러고도 정의를 지키자는 말씀입니까? 우리 회사는 FBI가 아닙니다. 아마 FBI라도 이런 때는 타협할 거요.」

머뭇거리며 김정완의 얼굴을 살피던 이사들 중 한두 사람이 손바닥을 마주치더니 이윽고 여기저기서 박수가 터져나왔다. 사람들은 이렇게 많은 이익을 올리는 회사에서 그런 모험을 한다는 것은 있을 수 없는 일이라고 생각했다. 그들의 눈에는 김정완이란 동양인이 이상하게 보일 수밖에 없었다.

대다수 주요 주주들은 더욱 세게 손바닥을 마주쳐댔다. 이 세상 물정 모르는 동양인에게 자신들의 센스를 보여주어야 한다는 생각이었다. 어쩌자고 이런 자가 지배주주가 되었단 말인가. 사람들은 자신들의 박수 소리로 이 동양인을 압도할 수 있으리라 믿었다. 도대체 방법이 없지 않은가. 천하의 시티은행도 무릎을 꿇었는데 감히 우리 회사가…….

그러나 짙은 눈썹에 다부진 눈매의 작은 동양인은 전혀 동요하지 않았다.

「저는 이 회사의 지배주주로서 분명히 말씀드립니다. 우리는 결코 범죄자들에게 무릎을 꿇지 않을 것입니다. 그 대가가 어떤 것이든 끝까지 싸울 것입니다. 회사는 돈을 벌기 위해서만 존재하는 집단이 아닙니다. 불의와 타협하여 얻은 더러운 돈을 세며 즐거워할 수는 없단 말입니다.」

「그렇다면 당신이 회사의 파산에 대한 책임을 질 수 있겠소?」

넓은 아래턱을 가진 한 이사의 목소리가 가늘게 떨리고 있었다. 젊은 동양인에 대한 그의 분노는 이미 인내의 한계를 넘어서고 있었다.

「본인의 책임 한도 내에서는 응분의 책임을 지겠습니다.」

「어떻게 책임을 지겠다는 말이오? 그런 모호한 말로는 우리를 설득할 수 없소.」

다른 이사들의 표정도 험악하게 변해 있었다. 스튜어트는 이런 분위기를 견디기 어려운지 아예 눈길을 창밖의 하늘로 던지고 있었다.

김정완은 눈을 감았다. 잠시 뭔가를 깊이 생각하는 듯하던 그는 이윽고 결연한 표정을 지었다. 그리고 눈을 번쩍 뜨고 단호한 목소리로 내뱉었다.

「경영권을 포기하지요.」

사람들은 다시 한 번 경악했다. 도대체 이 사나이는 어떻게 되어먹은 친구인가. 대일그룹은 어떤 회사기에 이런 친구를 보냈으며, 이 친구는 어떻게 자기 마음대로 이런 엄청난 결정을 한단 말인가. 대일그룹의 오너라도 된다는 말인가.

그러나 그런 것은 아무래도 좋았다. 이사들은 보복의 제물을 찾은 것이다. 일이 잘못되면 대일그룹은 엄청난 타격을 입을 것이고 일은 백 중 구십구 잘못될 것이다. 그리고 이 무례한 인간의 삶은 진창이 되어버릴 것이다.

「좋소. 그러면 우리는 두고 보겠소.」

토우의 흔적

일주일이 다 돼가도록 기미히토는 임시로 배정받은 도쿄대학교의 연구실을 떠나지 않았다. 원래가 프로젝트를 한번 맡으면 끝이 날 때까지는 쉬는 법이 없는 그의 성품을 잘 아는 동료 교수들도 이번에는 예사롭지 않다고 느끼고 있었다.

더욱 이상한 것은 처음 이틀 동안만 전산실에 들어가 작업을 하더니 그 후로는 아무도 부르지 않은 채로 혼자 자신의 임시 연구실에 들어앉아 있는 것이었다. 하루에 한 번 정도 잠깐 전산실에 들어가보는 것이 그가 하고 있는 일의 전부였다. 이런 종류의 일은 많은 지원자들과 더불어 시스템을 검색하는 것이 필수적인데, 기미히토는 무엇을 하는지 모르지만 일주일 동안 혼자 연구실에 틀어박혀 있었다.

기미히토의 방에 식사를 배달하러 들어간 식당 종업원들의 얘기에 따르면, 그는 책상 앞에 앉아 양손으로 턱을 괴고는 한없이 무엇인가를 생각하고 있다는 것이었다. 이것은 밖에 있는 사람들에게는 기미히토가 문제를 해결할 수 있는 단서를 전혀 찾지 못하고 있다는 얘기로 들렸다. 뭔가 단서를 잡았다면 당연히 컴퓨터에 매달려야 하는 것이 아닌가.

일주일에서 하루가 더 지나고 나서야 기미히토는 자신의 연구실에서 나와 동양문화연구소의 야스나리 소장을 찾아갔다. 소장은 전산실에서 무슨 작업인가를 하고 있다가 그를 맞았다. 그동안 면도는커녕 세수조차 하지 않았는지 기미히토의 얼굴은 꺼칠했지만 눈빛만은 살아 있었다.

소장은 얼마 전 기미히토의 얼굴에서 발견했던, 마치 넋이 나간 듯한 기이한 표정을 기억했다. 그 표정은 아직도 그의 얼굴에서 사라지지 않고 있었다. 소장은 이러다가 기미히토가 어떻게 될지도 모른다는 생각이 들어 흠칫 두려움을 느꼈다.

소장은 기미히토를 말려야 한다고 생각했다. 자칫 잘못하면 일본 제일의 컴퓨터 천재를 잃을 수도 있다는 불안감이 엄습해왔다. 근성으로 유명한 이 사나이는 어쩌면 자신의 목숨을 걸고 이 문제에 몰두하고 있는지 몰랐다.

그의 얼굴을 살핀 소장은 확실히 이 문제는 기미히토에게 자신의 존재 이유를 내건 한판 승부라는 것을 깨달았다. 시스템 컨트롤에 관한 한 기미히토는 틀림없는 세계 제1인자였다. 소장은 기미히토가 다시 한 번 전산실의 모든 환경 설비를 바꾸자고 제안해올 가능성도 있다고 생각했다.

그는 맨 처음부터 다시 시작하고 싶어 할 것이다. 남들이 한 것에 대한 철저한 불신, 그것은 천재들의 공통된 특징이다. 그러나 소장의 예상과는 달리 기미히토는 전혀 다른 질문을 해왔다.

「소장님, 지금까지 연구소의 전산실에서 작업하던 자료들에 대해 알고 싶은 것이 있습니다.」

「네, 뭐든지 대답을 해드리지요.」

「석 달 전부터 작업해오던 〈묘제의 연구〉라는 자료는 누가 작업하는 것입니까?」

「기다려보십시오.」

소장은 수화기를 들어 전산실의 직원과 통화를 했다.

「아, 그것은 야마자키연구소와 이치로 교수님이 공동 작업을 하던 것입니다.」

「그 이치로 교수님이 돌아가신 분입니까?」

「알고 계셨군요. 참 안된 일입니다. 이치로 교수님은 심야 작업을 마치고 퇴근하시다가 계단에서 굴러떨어져 돌아가셨습니다. 경찰 검안 결과는 과로로 인한 실족사로 나왔습니다.」

「전산실에서 작업을 하셨습니까?」

「그렇습니다.」

「그런데 아까 말씀하신 공동 작업은 무엇을 말합니까?」

「야마자키연구소에서 가지고 온 자료를 토대로 이치로 교수님이 논문을 작성하는 형식이었던 것으로 알고 있습니다.」

「그랬군요…….」

기미히토는 뭔가를 이해하겠다는 듯이 무의식적으로 고개를 끄덕이고 있었지만 얼굴은 여전히 형언하기 어려운 복잡한 표정으로 얽혀 있었다. 소장은 이런 기미히토가 안타깝게 생각되었다. 미국에서 잘 지내고 있는 기미히토를 불러온 것이 후회되어 소장은 조심스럽게 말을 꺼냈다.

「기미히토 교수님, 이제 여기 일은 잊으시고 다시 미국으로 돌아가는 것이 좋을 듯합니다.」

소장의 말에 기미히토의 입가에는 묘한 미소가 떠올랐다.

「하긴 이제 저도 그만둘 때가 된 것 같습니다.」

「그동안 연구소를 위해 애써주시던 모습은 정말 감동적이었습니다. 이제 최후의 방법으로 컴퓨터의 기종을 한번 바꿔보려 합니다.」

「아니, 소장님. 그러실 필요는 없습니다.」

「현재로선 방법이 없기에…….」

「제 얘긴 그게 아니고, 시스템은 이미 정상이 되었다는 말씀입니다.」

「아니, 그게 무슨 말씀입니까?」

「모든 것이 정상으로 돌아왔습니다.」

「그럴 리가, 그럴 리가……?」

소장은 말을 잇지 못했다. 한참 동안 기미히토의 얼굴을 살피는 소장의 시선에는 강한 의혹과 더불어 불안의 그림자가 스며 있었다. 소장은 기미히토가 이 일에 너무 몰두한 나머지 착란 상태에 빠진 것은 아닌가 하고 의심했다. 그러나 소장의 시선과 마주친 기미히토의 눈길에는 자신감이 담겨 있었다.

다음 순간 소장은 급히 전화를 걸었다.

「시스템 작동을 해보고 결과를 나에게 알려줘.」

그날 저녁 전산학부의 모든 교수들은 코가 삐뚤어지도록 마셨다. 모두 악몽으로부터 헤어난 기분이었다. 평소 술을 석 잔 이상은 절대로 마시지 않는 하세가와 교수마저도 얼마나 취했는지 혀 꼬부라진 소리를 해댔다.

「기미히토 교수님, 교수님이 우리를 살렸어요. 우리 학교를 살렸어요. 역시 기미히토님은 천재입니다. 이 하세가와가 백 번 죽었다 다시 살아나도 도저히 못 따라가는 천재란 말입니다. 자, 우리 모두 이 천재를 위해 건배합시다. 기미히토 만세.」

「만세.」

「만세.」

「만만세.」

그러나 정작 당사자인 기미히토의 얼굴은 굳어 있었다. 그 역시 옆에서 권하는 대로 많은 양의 술을 마셨지만 얼굴에는 형언하기 어려운 수많은 갈래의 표정이 담겨 있었다. 아니, 마시면 마실수록 오히려 그의 눈동자는 더욱 광채를 발하고 있었다. 무엇인가 매우 강렬한 의문에 부딪힌 것이 분명해 보였다.

이윽고 술판이 파장에 이르자 기다렸다는 듯이 자리에서 일어난 기미히토는 술 마신 사람답지 않게 신속한 동작으로 거리로 걸어나가 택시를 불렀다. 기미히토가 택시에 올라타려는 순간 뒤에서 누군가가 그의 어깨를 탁 쳤다.

「이봐, 구세주! 어딜 그렇게 바쁘게 가는 거야?」

오카모토였다.

「아, 오카모토. 같이 가지 않으려나?」

「어디 좋은 데가 있는 모양이지? 예쁜 아가씨라도 숨겨놓은 집이 있어?」

「후후, 이 사람. 쓸데없는 소리 말고 어서 타.」

「어딜 가는지 알아야 동행을 하든지 말든지 할 거 아냐?」

「술 마시고 가는 데가 다 뻔하지 뭘 그래. 안 타면 나 혼자 가서 재미 볼 거야.」

「그렇게는 안 되지. 이 오카모토를 빼돌려선 좋을 게 없다구.」

그러나 택시에 올라탄 오카모토는 기미히토의 목적지를 알고는 깜짝 놀랐다.

「도쿄대학교로 갑시다.」

「아니, 자네 이 시간에 학교에 가서 뭘 하려는 거야?」

「좀 가볼 일이 있어.」

「어디, 동양문화연구소에?」

「그래.」

「다 잠겨 있을 텐데?」

「현관문만 열면 돼.」

기미히토의 이 말은 더더욱 이해할 수 없었다. 오카모토의 생각으로는 자정이 다 된 이 시각에 잠긴 전산실 건물에 들어가 할 수 있는 일이란 아무것도 없었다. 그러나 기미히토가 하는 대로 따라가볼 수밖에 없는 노릇이었다.

전산실 건물 앞에서 내린 기미히토는 수위를 불러 문을 열게 하고는 1층 중앙현관 안의 편평한 석대를 살필 뿐이었다. 오카모토는 보통의 경우 대형 화분이나 장식용 조각품 따위를 올려놓는 양편의 석대 위에 얼마 전까지 한 쌍의 토우가 있었던 것을 기억해냈다.

「이봐, 천재 양반. 아무것도 없는 돌바닥에서 무엇을 찾겠다고 이 시각에 그리 열심이야?」

「응, 아무것도 없군.」

「도대체 뭐가 없다는 거지? 돌바닥 위에는 아무것도 없는 게 당연하지 않나?」

「글쎄, 혹시 무슨 흔적이라도 있을까 해서 왔던 거야.」

「무슨 흔적 말이야?」

「자네, 여기에 한 쌍의 토우가 있던 것 생각나나?」

「생각나고말고. 한 석 달 전에 갖다놓은 것인데 이제 보니 없어졌군. 나는 없어진 것도 모르고 있었어. 지금 자네가 얘길 하니 알겠구먼.」

「나는 그 토우들의 흔적이 있나 조사한 거네.」

「토우들의 흔적이라구? 그런 걸 왜 조사해야 하지? 이 늦은 시각에.」

기미히토는 잠시 생각하는 표정을 짓더니 갑자기 뭔가 생각난 듯 말했다.

「참, 하나 물어볼 게 있네.」

「뭔가?」

「얼마 전 이 연구소의 전산실에서 사람이 죽은 일이 있지, 이치로 교수라던가?」

「그래, 맞아. 밤늦게까지 남아 작업을 하고 나오다가 죽었다더군.」

「그 사람 어떻게 죽었지?」

「계단에서 발을 헛디뎌 굴러떨어져 죽었대. 경찰이 그렇게 판정했지. 장시간 작업에 매우 피곤했던 모양이야.」

「현장에 다른 사람들은 없었나?」

「작업을 하던 사람들이 서넛 있었대. 하지만 목격자는 아니야.」

「그랬겠지.」

「뭐가 그랬겠진가?」

「그랬을 거라구.」

「음, 자네 좀 이상하군. 여기서 사람 죽은 것은 어떻게 알았나? 누가 미국까지 편지를 보냈을 리도 없는데…….」

「뭐 별로 이상한 일은 아니네. 전산실의 업무일지를 보고 알았을 뿐이니까.」

「업무일지라. 자네는 별걸 다 보는군.」

「비웃지 말게. 결국은 그 업무일지가 오늘의 술판을 만들었으니까.」

「그게 무슨 소린가?」

「그 업무일지를 보고 시스템 장애를 해결했다는 말이야.」

「점입가경이군그래. 그 업무일지가 시스템 가이드북이라도 된단 말인가?」

「결과적으로는 그렇게 되었네.」

「술이 확 깨는군. 우리 어디 조용한 데라도 가서 좀 앉자구. 자네의 그 이상한 얘기에 나는 홀려버리고 말 것 같네.」

「자네가 홀리더라도 조금도 이상할 것 없네. 나는 이미 홀려 있으니까.」

힘의 정체

두 사람은 말없이 걸어 학교 부근의 작은 카페에 마주 앉았다. 시원한 음료수를 한잔 마시고 난 오카모토가 이제는 조금도 농담기가 없는 얼굴로 파고들었다.

「얘기해보게. 자네가 바이러스를 찾아낸 게 아니라면 어떻게 그 시스템 장애를 해결했지? 업무일지와는 또 어떤 관계가 있는 건가?」

「너무 수수께끼 같은 일이라 나도 무척 오래 생각했네.」

「…….」

「처음에 나는 완전히 실패했네. 온갖 방법을 동원해서 점검을 해봤지만 아무것도 나타나지 않았잖나. 물론 바이러스도 검출되지 않았고 말이야. 나는 절망 상태에 빠졌었네. 어떻게 해볼 방도가 없었지.」

오카모토는 말없이 고개를 끄덕였다. 자신도 훤히 지켜본 사실이었다.

「그날 밤새 고민하던 나는 한번 거꾸로 생각해보기 시작했지.」

「거꾸로라니?」

「매우 간단한 방식이지. 일본 제일의 전문가들이 해결하지 못했다면 혹시 문제는 없는 것이 아닌가 하고 말이야.」

「…….」

「나는 석 달 전부터 전산실에 생긴 모든 변화를 체크했네. 모든 변화 말일세. 아주 사소하거나 외견상 아무런 관계가 없을 것 같은 사실도 놓치지 않고 말이야. 철저히 주관을 배제했네. 아주 사소한 것이라도 체크를 하자니 자연스럽게 전산실의 업무일지까지 보게 되었어.」

「…….」

「학교란 참 변화가 없는 곳이야. 석 달 전부터 달라진 것은 크게 세 가지밖에 없더군.」

「그게 뭔가?」

「우선 하나는 그 〈묘제의 연구〉라는 자료가 전산실에 들어왔다는 사실이야.」

「또 하나는?」

「여기에 토우가 놓였다는 것.」

「마지막 하나는?」

「한 달 전 이치로 교수가 죽었다는 거지.」

「그 세 가지 사실이 서로 연관이 있다는 얘긴가?」

「처음에 나는 그 두 가지 사실이 서로 연관이 있다고 생각했어.」

「어떤 두 가지 사실 말인가?」

「토우와 〈묘제의 연구〉.」

「그런데 이제는 달라졌나?」

「그렇네.」

「어떻게?」

「교수의 죽음까지도 관계가 있다는 생각이야.」

「어느 쪽으로 조합해야 하지?」

「토우 쪽으로.」

「그렇다면 그 토우가 이치로 교수를 죽였다는 얘긴가?」

「바로 그렇네.」

이제 오카모토는 함부로 말을 하지 못했다. 이 믿을 수 없는 얘기를 오히려 기미히토보다도 더욱 심각한 표정으로 듣고 있었다. 이 천재는 아무도 주목하지 않았던 사실에 주목함으로써 결국은 아무도 해결하지 못했던 문제를 깨끗이 처리해버렸잖은가.

「지금 나는 몹시 당황스럽네.」

「이해하네.」

「자네 말이 맞다면 어째서 〈묘제의 연구〉만 방해를 받았을까? 다른 작업들은 멀쩡하게 진행이 되었잖은가.」

「그게 더욱 이해할 수 없는 점이야. 토우는 〈묘제의 연구〉에 대해서만 선택적 장애를 일으켰거든.」

「그런 일이 과연 가능할까?」

「가능했어. 그러니까 해결된 것이 아닌가.」

「그렇다면 자네의 해결책이란 그저 그 토우를 치우는 것이었단 말이지?」

「바로 그렇네.」

「아, 너무도 혼란스럽군.」

「그러니 아무에게도 얘기하지 말게, 의심받을 테니까.」

오카모토는 조용히 고개를 끄덕였다. 자신도 이해하지 못하는 얘기를 남들에게 해봤자 기미히토의 말마따나 정신이상자로 의심받을 게 뻔했다.

「그 토우가 지능이 있다는 얘긴가?」

「그럴 리야 없지.」

「그렇다면 어떻게 선택적 장애를 일으킨단 말인가?」

「그걸 확인하기 위해서 우선 토우의 내력을 알아봐야겠어. 또 〈묘제의 연구〉가 어떤 내용인지도.」

「그렇겠군.」

「하지만 더욱 중요한 것은 일개 토우가 어째서 그렇게 신비한 힘을 발휘했는가 하는 근본적인 문제를 이해하는 일이야.」

「나로서는 정말 이해할 수가 없네.」

「그렇겠지. 나도 이 결과를 받아들이기까지 며칠을 고민했으니까.」

기미히토를 물끄러미 바라보던 오카모토는 갑자기 무슨 생각이라도 떠올랐는지 정색을 하고 물었다.

「자네 혹시 미국에 돌아가지 않으려는 것 아닌가?」

「바로 맞혔네. 지금 나는 매우 중대한 문제에 봉착했어. 미국에 돌아가서 시스템 연구를 계속한다는 것이 이제는 아무런 의미도 없는 일이 되어버렸단 말이야.」

오카모토는 고개를 끄덕였다. 기미히토의 성격상 있을 법한, 아니 어쩌면 당연한 일인지도 몰랐다. 언제나 현상보다도 그 현상의 뿌리를 파헤치지 않고는 견디지 못하는 기미히토가, 토우가 컴퓨터에 영향을 주었다는 기묘한 결론을 가슴에 어정쩡하게 묻은 채로 순순히 미국으로 돌아갈 리는 없었다.

「그럼 자네는 무엇을 할 작정인가?」

「이 현상의 뿌리를 규명해야만 해. 말도 안 되는 이 현상이 어째서 일어났는가를 과학적으로 설명할 수 있어야만 해. 그러고 나서야 지금까지 해오던 일을 계속할 수 있을 것 같아.」

「우리는 컴퓨터 천재를 잃는 셈인가?」

「현재로선 뭐라 말할 수 없네. 다만 지금 뭔가 느낌이 아주 특별해. 왠지 이제껏 내가 접해보지 못했던 이상한 세계와 대면할 것 같은 기분이야.」

잠적

제천경찰서 정보과장 이 경감은 동향 감시 대상자 명단을 앞에 두고 한동안 생각에 잠겨 있었다.

제천에서 태어나 순경에서부터 시작하여 이제 경정 진급을 눈앞에 두고 있는 그로서는, 이 도시에서 약간이라도 문제점이 있는 사람에 대해서는 직업이나 경력은 물론 조상의 내력까지도 훤히 파악하고 있는 터였다.

그것은 이 도시를 잠시 스쳐간 사람이라도 마찬가지였다. 범죄와 연관되는 희미한 고리라도 있다면 이 경감의 머릿속에 이름이든 신체적 특징이든 최소한 한 가지는 각인되어 있게 마련이었다.

제천이라는 고장은 동서남북 어느 방향에서 들어오더라도 반드시 높다란 고개를 하나는 넘어야 한다. 남쪽에서는 죽령, 동쪽에서는 영월재, 북쪽에서는 치악재, 서쪽에서는 다릿재와 박달재 두 고개를 한꺼번에 넘어야 비로소 분지에 자리 잡은 이 유서 깊은 도시에 발을 디딜 수 있다. 범죄와 관련 있는 사람이 이 고개를 넘어오는 것은 바로 이 경감의 머릿속으로 걸어들어오는 것과 같은 일이었다.

그러나 지금 이 경감은 벌써 30분이 넘게 이마를 찡그리고 감시 대상자 명단에 신경을 집중하고 있었다.

〈동향 감시 대상자〉

성명 : 사도광탄

직업 : 무

의뢰 기관 : 국제형사기구

혐의 : 르투케 하이재킹 사건 배후 조종자로 추정

이 경감은 찌푸린 얼굴을 펴지 않은 채로 인터폰을 눌렀다.

「박 형사 오라 그래.」

곧이어 노크와 함께 들어선 박 형사는 이 경감의 찌푸린 얼굴과 책상 위의 명단을 보고는 이내 무슨 일인지 알아차렸다. 자신에게 전담시킨 사도광탄의 동태와 관련하여 불렀을 것이란 생각이 들자 땅딸막하고 힘 좋아 보이는 박 형사는 몸집에 어울리지 않게 선수를 쳤다.

「이상한 일입니다. 그 사람 전혀 이상한 동태를 보이지 않습니다. 제가 찰거머리처럼 감시를 하고 있지만 수상한 기미라고는 여태껏 조금도 보이지 않았습니다.」

「만나는 사람도 없어?」

「이지영이라고 세명대학교 교수가 한 사람 있긴 한데 가끔 낚시에 동행하는 정도입니다. 그 밖엔 혼자서 죽어라 낚시만 다닐 뿐 누구를 만난다거나 하는 일이 전혀 없습니다.」

「서울도 올라가지 않아?」

「제천에 뼈를 묻을 작정인지 아예 꼼짝도 하지 않고 있습니다.」

「골치 아픈 작자야, 골치 아픈 놈이라구…….」

이 경감은 연신 고개를 흔들어대며 감시 대상자 명단 옆에 있는 또 한 장의 서류에 시선을 던졌다.

〈진단서〉

환자명 : 사도광탄

병명 : 과대망상증

치료 기간 : 미정

「이게 도대체 무슨 얘기야. 테러분자란 얘기야, 아니면 미친 놈이란 얘기야?」

「뭐하는 놈인진 모르지만 하여간 희한한 놈입니다.」

「이해할 수 없는 일이야. 이런 놈이 항공기 납치사건 관련자로 국제형사기구의 감시 대상이라니.」

꼼꼼하다 못해 다소간 신경질적인 이 경감에게 이 사람은 못내 골칫덩어리였다. 국제형사기구라면 흔히 말하는 인터폴이 아닌가. 서울 같은 대도시라면 모르겠으되 이 작은 도시 제천에 인터폴의 감시 대상 인물이 있다는 사실, 그리고 그 인물의 감시가 전적으로 자신의 책임이라는 사실이 하루도 빠짐없이 이 경감의 신경을 건드리고 있었다.

「도대체 그 항공기 납치의 내용이 뭐랍니까?」

박 형사가 작은 키를 책상 앞으로 기울이며 서류에 눈길을 모았다. 그러나 박 형사도 그의 서류에 국제 항공기 납치사건 관련자라는, 자신도 익히 알고 있는 사실 외에는 아무것도 적혀 있지 않다는 것을 모르는 바 아니었다.

「없어! 인터폴인지 뭔지 새끼들, 감시 대상자면 어디서 무슨 짓을 한 놈인지는 알려줘야 할 거 아냐?」

「그러게 말입니다.」

박 형사가 재빨리 맞장구를 쳤다.

「이봐, 자네 오늘부터 아무것도 하지 말고 하루 종일 그놈만 감시해. 당직이니 뭐니 다 빼줄 테니까 당분간은 그놈만 쳐다보고 살아.」

가뜩이나 신경질적인 이 경감은 이제 코앞에 다가온 경정 진급의 기회를 사도광탄이라는 인물 때문에 날려버릴까 봐 노심초사하는 표정이 역력했다.

합수머리에는 가을이 깊어가고 있었다. 오대산 부근에서 시작되는 주류와 금당계곡을 비롯하여 미탄 등에서 내려오는 지류가 도돈리를 거쳐 판운쯤에서는 본격적으로 강의 모습을 보이기 시작하는 평창강과, 법흥계곡에서 내려오는 차고 맑은 물이 수주면에서 깊어지는 주천강이 합쳐진다 해서 붙여진 이름이 합수머리다.

여기서 합쳐진 평창강과 주천강은 일단 영월로 올라가 동강과 합쳐진 후 영춘을 거쳐 단양으로 가서는 잠시 충주호에서 머물렀다가 여주를 거쳐 이포나루를 타고 팔당으로 흘러들어가는 남한강의 상류를 이룬다.

아직은 남한의 수계 중 가장 깨끗하다는 이 강에서는 깨끗한 물에만 서식하는 팔뚝만한 쏘가리가 노냥 잡히고 빠가사리, 꺽지 등 소주맛 나게 하는 놈들이나, 간장에 무를 넣고 흐물흐물하게 조려내면 식욕을 되찾는 데는 최고라는 참마자가 많이 잡혀 낚시꾼의 발길을 이끈다.

이 강에는 비단 이런 고기뿐만 아니라 멸종 위기에 처해 보호 어족으로 지정된 어름치나, 한때 멸종되었다고까지 알려진 수달도 심심찮게 나타난다. 밤에 푸르스름한 안광을 내쏘며 낚시꾼의 어망을 노리는 수달은 전국에서도 이 지역에만 서식하는 것으로 알려져 있다. 그래서 낚시꾼들뿐만 아니라 동물학자들까지 하릴없이 낚싯대를 펴놓고 소주잔을 기울이며 어둠 속에서 빛나는 푸르스름한 눈동자를 기다리게 만드는 곳이다.

물속까지 투명하게 들여다보이는 주천강을 바람이 쓸고 지나가자 물결은 살아 움직이는 새떼처럼 출렁거렸다. 얕은 물살이 밀려드는 강변에는 부드러운 모래가 밟히는 대로 흩어지며 낚시꾼들의 벗은 발바닥을 자극했다.

몇 사람의 낚시꾼들이 간지러운 햇살을 가득 받으며 찌를 노려보고 있었다. 강변은 흘러가는 물결만큼이나 여유롭고 한가했다.

「선주에게서 전화가 왔었어.」

산을 안고 여유롭게 흘러가는 강물에 낚싯대를 던져놓고 있던 두 사람 중의 한 사람이 한참 동안이나 강물 위에 떨어지는 나뭇잎을 보고 있다가 마침내 결심한 듯한 표정으로 말했다. 그러나 나머지 한 사람은 전혀 감정의 변화를 보이지 않은 채 무심한 동작으로 드리워져 있던 낚싯대를 들어 미끼를 새로 달아서는 능숙한 동작으로 던졌다.

「얼마 전에 국내로 들어왔대.」

「…….」

「자네를 꽤 찾은 모양이던데……. 나하고 같이 있다고 얘기했어.」

「…….」

「만나러 오겠다더군.」

「…….」

「만나만 보는 것은 괜찮지 않은가?」

사도광탄은 천천히 고개를 가로저었다. 그러고는 톡톡 입질이 오는 찌를 뚫어지게 쳐다보다가 날쌔게 챘다. 낚싯줄에 잔뜩 힘이 실리며 세 칸짜리 낚싯대가 팽팽하게 휘어졌다.

「큰 놈이야!」

사도광탄이 흥분한 목소리로 외쳤다. 낚싯대가 좌우로 심하게 요동질치더니 텀벙 소리와 함께 은빛 비늘의 고기가 높이 솟구쳤다. 사도광탄은 낚싯대의 끝을 배에 누르고 두 손으로 낚싯대를 꽉 잡은 채 천천히 일어섰다.

고기는 계속 낚싯대를 좌우로 흔들어대며 물속에 잠겼다 솟구쳤다를 반복했으나 사도광탄의 능숙한 동작 앞에서는 헤어나지 못하고 버둥거리기만 할 뿐이었다. 서두르지 않고 여유 있는 동작으로 낚싯대를 잡고 있는 사도광탄의 얼굴에 시원한 바람이 불어왔다. 이윽고 힘이 빠져버린 고기를 사도광탄은 서서히 들어올렸다.

「이야, 이놈 엄청나게 큰데. 월척은 충분히 되겠어.」

옆에서 이지영이 감탄사를 연발했다.

「근래에 잡은 고기 중 제일 큰 놈이군.」

「우리 학교에 탁본 잘 뜨는 분이 있는데 내가 부탁해서 어탁이라도 떠놔야겠어.」

「그럴 필요 있나.」

사도광탄은 주둥이에 박힌 낚싯바늘을 빼더니 두 손에 꽉 차는 고기를 들어서는 물속으로 던져버렸다.

「이렇게 큰 놈은 아쉽잖아, 한 자도 넘는데. 물론 자네가 고기를 늘 놔주는 건 알고 있지만.」

「놔주면 언젠가 또 잡는 기쁨을 맛보게 해줄지도 모르지.」

사도광탄은 떡밥을 새로 개기 위해 신문지로 싼 떡밥 가루를 통에 풀었다. 여유 있고 한가로운 동작으로 강물을 조금 떠서는 통에 담고 떡밥을 개기 시작하던 사도광탄의 무심한 눈길이 어느 순간 신문에 선명하게 박힌 사진에 멈추었다.

그는 떡밥 가루가 다 쏟아지는 것도 개의치 않고 신문을 앞으로 확 잡아당겼다. 이지영은 그의 갑작스런 동작에 의아한 눈초리로 신문의 사진을 살폈다.

수백 개나 되는 석주가 일부 해체된 중앙청 지하에 빽빽이 박혀 있는 사진이었다.

「어, 이게 뭔가?」

이지영의 눈길이 사진의 설명을 따라갔다. '중앙청 지하의 석주'라는 제목의 짤막한 기사가 눈에 들어왔다.

일제강점기 일본인들이 북악의 기를 막고 조선의 국운이 쇠하도록 경복궁의 대문이 있던 자리에 수많은 석주를 박은 사실이 중앙청 철거로 인해 드러났다. 일제는 서울의 지기가 북악에서 흘러 경복궁 바로 앞에서 솟아난다는 풍수 사상에 따라 조선에서 인물이 나오는 것을 막고 민족정신을 흩뜨리기 위해 이곳에 석주를 박고는 중앙청을 지어 은폐했다. 이제껏 정부나 사학계에서는 이런 사실을 모르다가 이번에 중앙청의 해체 공사에서 드러났다.

기사를 다 읽고 난 이지영은 사도광탄의 얼굴을 쳐다보다가 깜짝 놀랐다. 뭔가를 골똘히 생각하는 듯한 그의 눈에서 이제껏 한 번도 보지 못했던 강렬한 광채가 뿜어져나오는 것이었다. 한참이 지나자 사도광탄은 생각이 정리되었는지 눈빛이 정상으로 돌아왔다. 그리고 마치 아무 일도 없었던 것처럼 자연스럽게 말했다.

「그 녀석, 일부러 잡혀준 것 같아. 마지막 선물로 말야.」

「마지막 선물이라니, 이제 낚시를 안 할 건가?」

「음, 이제 낚시철이 끝나가잖나.」

한겨울에는 얼음을 깨고라도 낚시를 할 듯하던 사도광탄이었다. 그런 그가 낚시철이 끝나간다고 하는 것은 이지영에게 뭔가 심상찮은 느낌을 주었다. 그러고 보니 사도광탄이 말한 마지막 선물이라는 단어도 의미심장하게 다가왔다. 이지영은 어쩌면 그가 이제 이곳을 떠나려는 게 아닌가 하는 생각이 들었다.

사도광탄은 아주 오랫동안이나 소식이 없어 외국으로 이민 갔거나 죽었나 보다며 잊고 지내던 친구였다. 그런 그가 일 년 전 갑자기 자신을 찾아 내려왔다. 그때 지영은 무척 놀랐었다.

그동안 지영은 늘 사도광탄은 언제고 갑자기 떠날 사람이라고 생각해오던 터였다. 다만 사도광탄이 왜 중앙청의 석주가 드러난 기사를 보고 갑자기 떠날 결심을 했는지 이해할 수 없었다. 사실 사도광탄에게는 이해하지 못할 점이 한두 가지가 아니었지만 중앙청의 석주와 그의 결심 사이의 상관관계는 더욱 짐작조차 할 수 없었다.

다음날 제천경찰서에서는 경찰청 국제형사과로 긴급 보고를 올렸다.

사도광탄이 잠적했습니다. 목격자들에 의하면 서울행 열차를 탔다고 합니다.

컴퓨터 천재

「이봐요, 미스터 체인저. 이 기계 언제 점검했어요?」

「그건 왜 묻죠?」

「기계가 이상해요.」

「어떻게 이상하단 말입니까?」

「평균 확률이 현저히 떨어지잖아요. 80퍼센트도 안 된단 말이에요. 여기 세 번째 릴은 무조건 같은 그림을 피해 가고 있어요. 이 정도면 조작도 너무 심한 조작 아녜요?」

「우리 카지노에는 기계 조작 같은 것은 없습니다.」

「그래요? 그럼 매니저를 좀 불러다 줘요. 내가 무엇이 어떻게 조작되었는지 직접 보여줄 수 있으니까요.」

「잠시 기다리세요.」

얼마 후 정장을 깔끔하게 받쳐 입은 신사가 눈이 휘둥그레져 탐스런 검정 머리를 길게 늘어뜨리고 슬롯머신 앞에 앉아 있는 한 젊은 여자 옆에 섰다. 환전 직원으로부터 기계 조작 운운하는 손님이 찾는다는 말만 들은 그는 당연히 우람한 체구의 말썽꾼이 돈을 잃고 화풀이 겸 시빗거리를 찾아 씩씩대고 있을 것으로 생각했다. 그런데 와서 보니 매끈한 피부에 윤기가 흐르는 머릿결을 가진 젊은 여자가 앉아 있는 것이 아닌가. 연신 고개를 끄덕이며 릴을 당기고 있는 여자를 잠시 지켜보던 매니저는 곁에 다가서서 나직한 목소리로 인사를 건넨다.

「안녕하세요? 클라크입니다. 슬롯머신 매니저죠.」

「수아예요. 근데 이쪽 기계들이 좀 이상한 것 같은데요.」

돌아본 여자를 동양, 그중에서도 일본이나 한국계라고 판단한 매니저는 여자의 나이를 스물, 혹은 그보다 한둘 정도 더 되었겠다고 생각했다. 균형 잡힌 얼굴도 얼굴이지만 새까만 눈동자에 넘쳐흐르는 총명함이 적대적 상황에서도 매니저로 하여금 한껏 친절하게 대하도록 했다.

「하하, 어떻게 이상한 것 같습니까?」

「동시동작 감응장치를 해둔 것 같아요. 세 번째 릴은 반드시 두 번째 릴을 피하게 되어 있단 말이에요. 내가 백 달러를 가지고 해본 결과에 의하면 이 기계는 연방 기준에 형편없이 떨어져요.」

「그럴 리가 있습니까? 때때로 오랫동안 안 터지는 기계가 있을 수 있죠. 이쪽으로 한번 앉아보세요. 아마 행운을 기대할 수 있을지 모르지요.」

수아가 자리를 옮기자 매니저는 뒤에서 한동안 지켜보다 자리를 떴다. 백 달러를 집어넣은 수아가 한창 기분을 올리며 3백 달러를 막 올라서는데 뒤에서 목소리가 들려왔다.

「대단하군! 내 추측이 맞다면 학생의 이름은 수아겠지?」

수아는 누가 자신의 이름을 부르자 흠칫 놀라 뒤를 돌아다보았다.

「놀랐다면 미안한데, 나는 페닌슐라 파이낸스사의 김정완이라고 해. 어젯밤 뉴욕에서 왔지.」

「놀러 오셨어요?」

「아니, 수아를 만나려고 스탠퍼드를 거쳐 이리 오는 길이야. 친구들이 알려줬어. 수아가 매주 주말을 리노에서 보낸다고.」

그제야 수아는 긴장을 풀고 다시 릴을 당기기 시작했다.

「뭐, 쏠쏠한 학비 정도예요. 그런데 제 이름은 어떻게 알았죠?」

「자세한 것은 우리 앉아서 얘기하면 어떨까?」

「무슨 얘긴지 모르겠지만 전 지금 바쁜데……. 그럼 잠시 기다리실래요? 지금 이 기계가 잘 터지고 있거든요.」

「그래, 그러지. 아니, 수아가 게임을 끝낼 때까지 나도 옆에서 게임을 하지.」

「그러세요.」

정완은 수아와 같이 3백 달러를 넣고 게임을 시작했으나 돈이 다 내려갈 때까지 한 번도 잭팟을 잡지 못했다. 그러나 수아는 쉴 새 없이 크고 작은 잭팟을 잡아내어 결국 8백 달러를 채웠다.

「미안해요. 저 땜에 잃으셨군요.」

「그래도 재미는 있었어. 근데 바로 옆의 기계인데도 어쩌면 그렇게 차이가 나지?」

「그거야 카지노 측에 물어봐야 하지 않을까요?」

「하하하.」

「호호호.」

두 사람이 자리를 옮긴 곳은 VIP 라운지였다.

「어머! 세상에, 이렇게 호화로운 방이 있다니! 융단의 감촉이 너무나 부드러워요. 구름 위를 걸으면 이런 느낌일까요? 대관절 어떤 사람들이 이런 라운지를 이용하죠?」

「글쎄, 잘 모르겠는데. 아마 최고의 고객들이겠지.」

「그럼 아저씨는요?」

「나는 고객은 아니야. 하지만 호텔은 나 같은 사람이 오면 기꺼이 이런 시설을 제공하고 싶어 하지. 그러면서 언젠가는 도박을 시작할 것이라고 기대하지. 하지만 나는 오늘 돌아가야 해. 일이 있거든.」

「이렇게 늦게요?」

「그래.」

「그런데도 일부러 절 찾아 여기까지 오셨어요? 스탠퍼드를 거쳐서?」

「그렇단다. 뭘 좀 마시겠니?」

「네. 콜라, 아니 맥주 주세요.」

정완은 룸바에서 맥주를 꺼내왔다. 수아는 상하층으로 이루어진 호화로운 라운지가 신기한 듯 연신 고개를 돌려 이것저것 살피다가 대형 유리창을 통해 바깥을 내다보았다. 리노의 밤풍경이 그대로 한눈에 들어왔다.

「수아, 사실은 부탁이 있어 찾아왔다.」

수아는 이미 짐작하고 있었는지 말없이 맥주를 들이켜며 정완을 물끄러미 주시했다. 정완은 침착하고 잔잔한 목소리로 자신의 회사가 처한 곤경을 설명했다. 정완의 얘기가 진행됨에 따라 수아의 표정에도 변화가 생기기 시작했다.

「그런데 하나 궁금한 게 있어요. 아저씨는 왜 모두가 원하는 타협을 하지 않나요? 제가 볼 때에도 이 일은 타협하는 것 외에는 별다른 방법이 없을 것 같은데요.」

「물론 나도 타협을 하고 싶은 마음이 간절하단다. 그러나 이번에 우리 대일그룹이 페닌슐라 파이낸스사를 인수한 것은 단순히 금융업에 종사하기 위해서가 아니란다. 이것은 극비에 속하는 일이지만 너에게는 알려주어야 할 것 같구나. 우리는 내년부터 미국 시장에, 아니 세계 시장에 완벽한 보안성이 있는 칩을 내장한 중형 스테이션을 판매할 예정이다. 지금 연구가 상당히 진척돼 있어. 이 금융회사는 사실은 그 제품을 판매하기 위한 금융 지원 회사인 셈이지. 즉, 구매력이 약한 소비자에게 돈을 빌려주면서 제품을 사게 하는 거야. 그렇기 때문에 우리가 해커의 위협에 굴복해 돈을 지불하게 되면 내년부터 시작될 보안성 스테이션 판매는 절망적이야. 해커에게 돈을 뜯긴 회사의 제품을 사서 해커에게 대비하자는 건 말이 안 되지. 그런 면에서는 이번에 아주 운이 나빴어. 하필이면 악성 해커에게 걸리다니…….」

「불특정 다수의 고객과 거래하는 온라인망을 가지고 있으면 아무래도 해커의 노림 대상이 되기 싶죠. 하지만 이번 위기만 극복하면 내년부터의 제품 판매는 대성공이겠네요.」

「바로 그거야. 그렇기 때문에 이번의 전쟁은 천국이냐 지옥이냐를 가르는 피나는 싸움이지. 모든 것은 이번에 그 해커들로부터 우리 회사의 전산망을 보호하느냐 못하느냐에 달려 있는 거야. 수아가 이 일을 맡아주면 좋겠어.」

「제가요?」

수아는 깜짝 놀라 그제껏 입에 대고 있던 맥주잔을 황급히 내려놓으면서 소리를 질렀다.

「그래, 수아가 말이야.」

정완은 목소리에 힘을 주면서 지그시 수아의 눈 깊은 곳을 들여다봤다.

「안 돼요, 저는 도저히 할 수 없어요. 이제 곧 학기말 시험이 있거든요.」

「시험?」

「네.」

「그 시험을 좀 연기할 수 없을까?」

「안 돼요. 시험을 끝내고 나서 친구들과 캐나디언 로키로 캠핑을 가기로 했거든요.」

「그 캠핑도 좀 연기할 수 있지 않을까?」

「캠핑 후에는 아르바이트를 해야 해요. 다음 학기 등록금과 생활비를 방학 동안에 벌어야 하거든요.」

「수아, 이렇게 하면 어떨까? 일이야 해결하든 못하든 수아가 이 일을 맡아주면 내가 졸업할 때까지 등록금과 생활비를 다 대주고, 또 무엇이 되었든 수아가 원하는 것은 모두 들어주기로 하면 말이야. 물론 수아는 얼마가 되든 돈을 요구할 수도 있지.」

정완의 이 제안은 실은 얼마가 되든 수아가 원하는 대로 돈을 주겠다는 것이었다. 그리고 세상에 이런 제안을 거절할 사람은 없는 법이다. 더군다나 방학 동안 뼈 빠지게 아르바이트를 해야 하는 여건에 있는 유학생이라면.

「안 돼요. 아버지가 허락해주시지 않을 거예요.」

정완은 혀를 끌끌 찼다. 보통의 대학생이라면 신이 나서 달려들 일을 이 여학생은 턱이 닿지 않는 이유를 들어 거절하고 있는 것이다. 그 나이에 아버지에게 허락을 받아야 한다고?

우습게 생각되기도 했지만 미국의 젊은이들에게서는 절대로 들을 수 없는 이 대답에 한편으로는 마음이 푸근해짐을 느꼈다. 아버지와 매사를 의논한다면 이 여학생은 틀림없이 곧고 바르게 자라났을 것이다. 그렇게 생각해서 그런지 수아의 얼굴은 비할 데 없이 해맑아 보였다.

「그렇다면 우리가 아버지를 찾아뵙고 같이 의논해보는 것은 어떨까?」

「아버지는 한국에 계세요.」

「가는 것이 어렵다면 3자 동시통화 방식으로 전화로 의논하는 것은 어떨까?」

「일단 제가 한번 깊이 생각해보겠어요. 아버지께 의논도 드리구요. 하지만 아버지는 그런 큰돈 받는 것을 허락하지 않으실 거예요.」

「아버지는 뭐하시는 분이지?」

「오랫동안 공무원 생활을 하시다가 여러 해 전에 그만두고 낙향하셨어요.」

「어디 계시지?」

「시골에 계세요. 그곳에서 과수원을 하세요.」

「과수원?」

「네. 사과를 주로 하세요. 한때 양봉도 하셨는데 요즘은 그냥 과수원만 하세요.」

「잘되시니?」

「그저 먹고살 만하면 된다고 하세요. 제게도 공부는 원하는 만큼 하도록 도와주겠지만, 재산 같은 건 절대 물려줘서도 안 되고 그럴 수도 없다고 하시죠. 동네의 어려운 사람들도 돌보고 계세요.」

「훌륭하신 분 같은데. 아버지가 자랑스럽겠군.」

「저는 아버지를 도저히 따라가지 못해요. 아버지는 고집이 대단하세요. 인간이란 자연과 같이 있는 시간이 많을수록 행복하대요. 그런데 저는 자연을 접하며 호연지기를 길러야 한다는 아버지의 가르침을 따르지 못하겠더라구요. 아버지처럼 물질적 유혹에 강하지도 못하구요. 아버지의 피를 물려받았는데도 어쩌면 이렇게 다른지 저도 모르겠어요. 제가 장학금을 못 받았으면 유학은 생각도 못했을 거예요. 스탠퍼드나 예일 같은 유명 대학이 아니면 가지도 말라고 하셔서 고생 좀 했어요.」

「세대 차이 때문이겠지.」

「그런 생각도 해봤어요. 우리 세대는 자유롭고 편안한 것만 좋아하지요. 지나치게 재미만 추구하기도 하구요.」

「지금처럼 좋은 세상에서는 당연하지. 아무도 돌보지 않는 사이에 조국이 가라앉을 수 있다는 생각도 필요하긴 하지만.」

「아버지 같으면 당장 아저씨를 도와드릴 거예요. 물론 그 대가는 바라지도 않으시구요. 아버지는 나라와 민족을 먼저 생각해야 한다고 늘 말씀하시니까요. 근데 저는 그게 그렇게 쉽게 되지 않아요. 솔직히 왜 남을 위해 살아야 하는지 이해가 안 돼요.」

「그런 삶은 보통 사람으로선 이해하기 어려운 게 당연하지.」

「그런데 아버지는 저를 영원한 고민에 빠뜨리셨어요. 이해하기 싫다고 해서 그렇게 쉽게 끝나버리지가 않는단 말이에요.」

「그건 무슨 말이지?」

「아버지는 사람에게는 단순히 먹고사는 일 이외에 조국이니 정신이니 하는 더 중요한 것이 있다고 늘 말씀하시지요. 예를 들어 전쟁이 나면 가족도 저버리고 싸우러 나가겠다고 하셨어요. 저는 그런 아버지를 도저히 이해할 수가 없었죠. 하지만 시간이 지날수록 그런 아버지에게 뭔가 미안한 감정이 생기기 시작했어요. 딱히 뭐라 그럴 수는 없지만 내가 너무 이기적인 삶을 사는 것은 아닌가 하는 반성이 들 때도 있단 말이에요. 아버지와 딸이라는 관계를 떠나서 한 사회를 살아가는 사람으로서 말이죠.」

「그 문제는 내가 뭐라 말할 수 없을 것 같구나. 얘기를 듣고 보니 무턱대고 아버지와 같이 의논하자고 할 수도 없는 문제고. 어쨌든 수아, 나는 너의 도움이 절실히 필요해.」

「참으로 대답하기가 어렵군요. 더군다나 문제를 해결할 수 있을지도 의문이구요.」

「하지만 수아, 나는 정말 시간이 없단다.」

「어쨌든 곧 연락드릴게요.」

정완은 수아에게 명함을 주었다.

「오늘 밤에 여기서 잘 계획이라면 내가 펜트하우스를 얻어주지. VIP로 등록된 이상 이 호텔 내에서는 무엇을 먹든지, 어떤 서비스를 받든지 모두 무료니까 하고 싶은 대로 뭐든지 해. 하루 더 있고 싶으면 프런트 데스크에 전화해서 연장해도 되고.」

「아녜요, 그러지 않겠어요.」

「왜? 어차피 잘 거라면 그게 나을 텐데.」

「부담돼요.」

「알았어. 그럼 여기서 작별하지. 연락 기다리마.」

「좋은 연락 못 드릴지도 몰라요.」

「…….」

정완은 뉴욕으로 돌아가는 밤 비행기 안에서 묘한 느낌에 사로잡혔다. 수아가 얘기하는 아버지라는 사람의 모습이 떠올랐다. 그녀의 아버지는 돈으로 수아의 마음을 충분히 움직일 수 있을 거라고 너무 쉽게 판단한 자신을 부끄럽게 만들었다. 비록 수아가 돈에 혹하는 눈빛을 보이긴 했지만 이내 아버지와 의논하겠다고 대답한 것은 신선한 느낌을 주었다. 미국의 젊은이들에게서는 도저히 볼 수 없는 아름다운 모습이었다.

의자를 뒤로 젖히고 몸을 파묻는 그의 머릿속에는 한국과학기술원 최 박사의 목소리가 되살아나고 있었다.

'자네 혹시 연전의 CIA 해킹 사건 생각나나? CIA에서 감시하는 한국인 명단을 몽땅 빼내버린 사건이었지. 열흘에 걸쳐 작업을 했으면서도 감쪽같이 은폐하여 온 미국을 발칵 뒤집었던 사건 말일세. 글쎄, 당시 대학 신입생에 불과하던 한 여학생이 저지른 사건이라구. 내가 아는 바로는 컴퓨터에 관한 한 그녀를 따라갈 만한 사람이 없네. 지금 스탠퍼드에 다니지, 아마.'

기이한 환자

조세형 교수는 병원 문을 열고 들어서며 어딘지 모르게 약간 위축되는 느낌이 들었다. 수납처라든지 약제실 안으로 통해 있는 진료실과 원장실 등의 간단한 병원 구조는 일반 개인 병원과 조금도 다를 것이 없었지만, 선입견 때문인지 이곳 정신병원에서는 왠지 모를 음산한 기운이 느껴졌다.

입원 환자인 듯 환자복을 입은 한 여인이 진료실 밖에 있는 의자에 앉아 있었다. 조 교수는 진찰 중인 원장을 기다리기 위해 그녀 곁에 앉았다. 그녀는 슬리퍼를 곁에 벗어놓은 채 맨발로 바닥에 뭔가를 쓰고 있었다. 조 교수는 여인의 하얗고 보드라운 맨발이 무척 예쁘다고 생각했다.

이 여인은 무슨 이상이 있기에 이토록이나 음침한 병원에 입원하고 있을까. 조 교수는 궁금증이 일어 슬그머니 고개를 돌리고는 그녀의 얼굴에 시선을 맞췄다. 예쁜 얼굴이었다. 이런 곳에서 만나는 젊은 여인에 대한 호기심은 조 교수로 하여금 어떤 종류의 상상을 하게 했고, 그녀의 얼굴과 표정을 자세히 들여다보게 했다.

「아악!」

날카로운 비명이 여인의 입에서 터져나왔다. 맨발로 바닥에 글씨를 쓰느라 정신이 없던 그녀는 고개를 들다가 조 교수와 눈이 마주치자 잔뜩 겁을 먹은 듯 연신 비명을 질러댔다.

조 교수는 극도로 당황했다. 함부로 말릴 수도, 자리를 비켜버릴 수도 없는 상황에서 조 교수는 간호사가 나타나기만을 기다렸다. 그러나 그녀가 비명을 지르다 못해 숨넘어갈 지경이 되도록 아무도 나타나지 않았다.

혹시 여인이 어떻게 되기라도 할까 봐 조바심이 난 조 교수가 당황한 목소리로 몇 번 간호사를 불러대자 그제야 수납실 문을 열고 고개를 빼꼼 내민 간호사가 아무렇지도 않다는 듯 싸늘한 목소리로 그녀를 제지했다.

「조용히 해!」

별로 크지도 않은 목소리였지만 마치 거짓말처럼 여인은 조용해졌다.

「위로 올라가!」

이어진 간호사의 목소리에 여인은 온순하기 그지없는 태도로 2층으로 난 계단을 걸어올라갔다. 그제야 조 교수가 와 있는 것을 의식한 간호사가 표정을 바꾸며 말했다.

「놀라셨죠? 남자만 보면 저래요.」

간호사의 안내를 받아 원장실의 문을 열고 들어서면서야 조 교수는 정신병원에서는 소독약 냄새가 나지 않는다는 것을 깨달았다. 환자들이 치료받아야 할 것은 육신이 아니었다.

「어서 와. 기다리고 있었어.」

「오랜만이야.」

사십대 후반인 서영인 원장은 걸걸한 목소리로 조 교수를 맞았다. 초등학교 시절 친구인데다가 대학까지 동창인 두 사람은 각기 자기 분야에서 명성을 쌓고 있었으나 하는 일이 달라서인지 자주 만나는 편은 아니었다.

조세형 교수는 큰 키에 비해 지나치게 마른 체격이었지만, 때 이르게 희끗희끗해진 머리로 인해 점잖고 원숙한 인상을 풍겼다. 조 교수는 손을 내밀어 서 원장과 악수를 나누었다.

서 원장은 화장기 없는 얼굴에 긴 머리를 아무렇게나 둥글게 말아올리고 있었지만, 서글서글한 눈매와 붉은 입술은 그녀가 타고난 미인임을 보여주고 있었다. 그러나 걸걸한 목소리와 큼직큼직한 행동거지는 그녀가 여자라는 사실을 상대방이 전혀 느끼지 못하게 했다.

외국에서 공부를 마치고 박사학위까지 따온 서 원장은 귀국과 동시에 국내 유수의 종합병원에서 몇 년간 신경정신과 과장을 맡다가 비교적 일찍 개원을 한 편이었다.

돈만 된다면 어떤 환자라도 받아들이는 보통의 병원과는 달리 서 원장은 환자를 골라 받았다. 가벼운 환자만 받는 것은 아님에도 불구하고 서 원장이 맡은 환자들은 거의 완치되는 편이어서 병원은 이내 이름이 알려졌다.

간호사가 내온 차를 마시는 동안 두 사람 사이에는 동창들의 소식 등 가벼운 이야기가 오갔다. 그러기를 얼마 후 조 교수가 찻잔을 내려놓자 서 원장은 기다렸다는 듯이 본론을 꺼냈다.

「바쁜 조 교수를 여기까지 오게 한 것은 보여줄 사람이 있어서야. 너무나 특이한 사람이지.」

「남자인가?」

「그래.」

「몇 살이지?」

「사십대 초반이야.」

그 정도 나이에 정신과 전문의로부터 특이하다는 평가를 받고 있다면 결코 가볍지 않은 이유가 있을 것이었다. 사람이란 젊은 나이에는 특이하니 어쩌니 하는 평가를 받기도 하지만 나이가 삼십대 중반에만 이르러도 이미 그런 비유는 더 이상 어울리지 않게 되는 법이다.

「서 원장 환자인 모양이지?」

「그래.」

「어디가 아픈가? 정신질환에도 여러 종류가 있잖아?」

그러나 서 원장은 환자의 병명에 대해서는 쉽게 고개를 끄덕이지 않았다.

「설마 천하의 서영인이가 환자의 병명도 모른다는 건 아니겠지?」

「보통의 환자가 이런 말을 하면 과대망상증 환자라고 볼 수 있는데, 이 사람의 경우는 꼭 환자라고 얘기하기가 어려운 측면도 있고 해서 말이야.」

「하하, 그렇다면 서 원장은 환자도 아닌 사람을 병원에 잡아놓고 있다는 말인가?」

「아주 특이하다는 측면에선 환자이긴 해. 달리 얘기하면 그가 환자라고 생각되는 유일한 이유는 너무 특이한 인간이란 것이지.」

조 교수는 왜 서 원장이 그런 사람을 자기에게 보여주려고 하는지 궁금증이 일었다.

「그 사람과 내가 무슨 관계가 있다고 생각하나?」

조 교수는 서 원장이 이런저런 일로 바쁘기 짝이 없는 자신을 병원으로 불렀을 때, 틀림없이 가볍지 않은 이유가 있을 것이라고 생각했다. 서 원장이 의료계에서 명성을 얻었다면 그 역시 학계에서 그녀 못지않은 명성을 갖고 있는 바였다. 아직 독신인 서 원장은 결코 남에게 의존하는 성격이 아니었다. 혹시 결혼하게 되었나? 조 교수는 그럴 리가 없다는 생각에 고개를 저으며 학교 문을 나섰었다.

「한번 만나봐. 그리고 그의 얘기에 대한 평가는 조 교수가 직접 하는 것이 좋을 것 같아.」

「내가 의학박사도 아닌데 서 원장의 환자에 대해 어떤 평가를 할 수 있겠어?」

「조 교수 분야의 얘기 같아서 말이야.」

「내 분야라고?」

「꼭 그렇다고 할 수 있을진 모르겠지만 그와 얘기를 나누면서 조 교수가 떠올랐어.」

조 교수는 왠지 이상한 기분이 들었다. 자신은 정신병의 치료 방법에 대해서 문외한이기도 하거니와, 서 원장이 환자의 얘기나 하려고 자신을 오라고 했다는 것은 납득이 가지 않았다.

정신질환자란 원래 이상한 말들을 늘어놓는 사람이고, 의사란 환자의 그 이상한 얘기를 치유하고 정상으로 돌려주는 사람이 아닌가. 환자가 어떤 얘기를 한다고 해서 그 분야의 전문가를 불렀다는 데 대해, 그리고 그 대상이 자기가 되었다는 데 대해 조 교수는 의아함과 더불어 불쾌감을 느꼈다.

서 원장은 조 교수의 기분을 알아차렸는지 부드러운 목소리로 환자에 대한 설명을 시작했다.

「이 사람은 우리 병원에 온 이래 내가 아무리 진료를 하려해도 여간해서는 입을 열지 않았어. 그런데 며칠 전 갑자기 말문을 열고 내게 정중하게 부탁을 해왔어.」

「…….」

「굿을 할 수 있도록 도와달라더군.」

「굿을?」

「음.」

「그래서?」

「치료에 도움이 되는 굿이라면 할 수도 있다고 대답했지. 그 다음 나는 왜 이 사람이 그런 얘기를 하는지 알고 싶어졌어. 그와 더 얘기를 나눠보고 싶었던 거야.」

「무슨 소리야, 의사가 환자에게 굿을 해준다니?」

「그 사람이 아무런 이유도 없이 굿 얘기를 하진 않았을 거라고 생각되었기 때문이지. 그 얘기가 나오게 된 동기를 알고 싶어서 굿을 할 수도 있다고 대답한 거야.」

「물론 환자를 알기 위해 그런 대답을 했다는 것은 이해해. 그러나 그런 소문이 퍼지면 사람들이 얼마나 서 원장을 비웃겠나? 아마 의사협회 같은 데서도 서 원장을 질책할 것 같은데.」

조 교수는 은근히 서 원장이 이 환자를 단순한 정신질환자 이상으로 대우하고 있다는 생각이 들었다.

「치료에 도움이 된다면 무엇이라도 할 수 있다는 게 내 생각이야.」

「시대를 완전히 거꾸로 가는 치료법이군.」

조 교수는 비아냥거리면서도 호기심이 생겼다. 의사의 입에서 나온 굿이란 단어와 의사로 하여금 이런 단어를 입에 담게 한 환자, 그리고 무슨 이유인지 모르지만 사려 깊은 서 원장이 일부러 자신을 불러 이런 얘기를 하는 상황이 흥미롭지 않을 수 없었다.

서 원장은 조 교수의 반응에 개의치 않고 진지한 표정으로 계속 얘기를 이어나갔다.

「그런데 이 환자가 요구하는 것은 간단한 굿이 아니야. 문화계와 학계에서 대거 참여하는 굿을 해야 한다는 주장이고, 그 이유는 우리 역사 언저리에 떠도는 한 혼령을 위로하고 편안히 쉴 수 있도록 해야만 한다는 거야.」

「역사 언저리에 떠도는 혼령이라고? 그게 누구의 혼령인데?」

조 교수는 그제야 서 원장이 자신을 부른 이유를 알 수 있었다. 자신의 전공 분야인 역사와 관련된 얘기였던 것이다.

그러나 그렇다 하더라도 너무나 엉뚱한 얘기였다. 역사 언저리에 떠도는 혼령은 무엇이고 요즘 세상에 굿이라니, 이건 또 무슨 엉뚱한 말인가. 조 교수는 의식적으로 손목시계에 시선을 돌렸다. 서 원장의 장난 같은 얘기를 받아주기에는 시간이 아깝다는 제스처였다.

「그는 태조 이성계의 혼을 위로해야 한다고 하더군.」

「태조 이성계?」

「그래, 태조 이성계의 원혼이 조선왕조 5백 년 내내 왕실을 저주했다는 거야. 그뿐 아니라 청와대에 머무르는 지금의 대통령들까지도 그 저주를 받고 있다는 거지.」

「하하하하.」

조 교수는 자신도 모르게 웃음을 터뜨리고 말았다. 이제 서 원장의 얘기는 뭐라고 대꾸할 가치도 없는 유치한 수준으로 치닫고 있었다. 그러나 정작 서 원장은 진지하기 짝이 없는 표정이었다.

「삼각산에 맴도는 그 원혼을 달래야만 청와대의 주인도 무사하고 나라의 우환도 가라앉는다는 거야.」

「그래서 해원굿을 해야 한다는 건가?」

「이 환자의 얘기야.」

노골적으로 비웃는 조 교수의 표정에 서 원장은 머쓱해졌다.

「나를 부른 것은 학계가 그 굿에 동참하도록 앞장서라는 뜻인가?」

「그게 그가 바라는 바일 거야.」

서 원장은 조 교수를 부른 것은 자신이 아니고 환자라는 사실을 분명히 했다. 그 사실이 조 교수를 더욱 화나게 했다. 이 친구가 정신질환자들만 오래 상대하더니 자신도 환자가 된 게 아닌가 하는 생각이 들었다.

「이봐, 서 원장. 나는 그만 가봐야겠어. 그리고 무슨 이유인지는 모르지만 환자의 얘기에 너무 빠져 있는 것 같아. 이러다간 서 원장조차 어떻게 될 것 같아 걱정되는군.」

「글쎄, 그럴지도 모르지. 어떨 때는 환자 입장이 되어보고 싶을 때도 있어. 이 환자 같은 사람은 그 머릿속에 한번 들어가보고 싶은 생각이 든단 말이야.」

말을 마친 서 원장은 일어나려는 조 교수의 팔을 잡아 다시 앉히면서 버튼을 눌러 보조원을 불렀다.

「최 군, 사도광탄 씨를 데려오게.」

조 교수는 낭패감이 들었지만 기왕 시간을 내서 여기까지 온 이상 그를 만나지 않을 이유는 없다고 생각했다.

그는 매우 느리게 걸었다. 한쪽 팔은 자연스럽게 내려져 있었지만 나머지 한쪽 팔은 손바닥을 약간 구부린 채 가슴 아래께에 올려놓고 걸어들어오는 것이 어딘지 눈에 익은 듯했다.

기억을 더듬던 조 교수의 뇌리에 한 장의 그림이 떠올랐다. 누구의 그림인지는 언뜻 생각나지 않았지만 소크라테스와 플

라톤이 수많은 학자들과 더불어 걸어나오는 그림이었다.

신경계통의 환자란 으레 발작을 하거나 얼굴을 찌푸리고 어딘지 모르게 안정되지 못한 느낌을 주는 것으로 알고 있는 조 교수에게 이 사람은 너무나 다르게 보였다. 훤칠한 이마와 사회생활에 결코 찌들지 않은 것 같은 맑은 얼굴을 보며 조 교수는 아주 특이한 사람이라고 하던 서 원장의 얘기를 떠올렸다. 이런 얼굴을 가진 사람이 정신병원에 입원해 있다는 게 믿기지 않았다.

자리에 앉은 환자는 서 원장이 조 교수를 서울대학교의 국사학과 교수라고 소개하자 눈길은 돌리지도 않은 채 고개를 끄덕이고는 이내 무표정한 얼굴로 눈을 감아버렸다. 조 교수는 평소 이런 경우를 당했다면 크게 화를 냈을 터이지만 왠지 차분해졌다. 정신질환을 앓는 환자라는 생각 때문이기도 했지만, 그보다도 사회에서 늘 대하는 그런 유형의 인간이 아니라는 판단에서였다.

그리고 일단 그의 얼굴을 대하자 서 원장이 결코 사소한 일로 가볍게 자신을 부를 사람이 아니라는 생각이 다시금 떠올랐다.

함흥차사의 비밀

환자의 얘기를 듣고 자신을 병원까지 부른 것이나 환자를 대하는 눈길로 보아 서 원장은 사도광탄이라는 이름의 이 환자에게 빠져 있는 것 같았다. 그런 생각이 들자 조 교수의 심중에는 여성임에도 불구하고 정신질환계의 중진으로 자리 잡을 만큼 정확하고 유능한 서 원장을 이렇게 만들어버린 사도광탄이라는 인물은 도대체 어떤 사람인가 하는 호기심이 생겼다. 비록 그들의 얘기가 유치하긴 했지만, 그럴수록 사람에 대한 흥미는 더해졌다.

조 교수는 사도광탄의 얼굴에 시선을 던지며 낮은 목소리로 물었다.

「듣기로는 태조 이성계의 혼령을 위한 굿을 해야 한다고 했다는데, 어째서 굿을 해야 한다는 거지요? 이미 제사를 지내고 있는 터에.」

사도광탄은 천천히 눈을 떴다. 넓고 환한 이마 밑에서 빛나는 두 눈에는 광채가 서려 잔잔한 미소와 더불어 어질고 현명한 인상을 풍겼다.

조 교수는 약간 부끄러워하는 듯한 그의 미소를 보며 결코 독선과 아집을 부릴 사람이 아니라는 느낌을 받았다. 게다가 그가 환자라는 생각도 전혀 들지 않았다.

「제사는 살아 있는 인간들의 예례일 뿐입니다. 공자는 귀신에 대해서는 말하지 않는 법이라 했으니 제사를 통해서는 원혼을 달래줄 수 없어요.」

「그렇다 하더라도 어째서 태조를 달래기 위한 굿을 해야 한단 말인가요?」

「태조는 한을 품고 죽었고, 그의 죽음은 왜곡되었지요.」

「태조의 죽음이 왜곡되었다구요?」

사도광탄은 말없이 고개를 끄덕였다.

「이상한 얘기로군.」

「천수를 누린 것으로 기록되어 있지만 사실은 그렇지 않아요.」

「어떻게 함부로 그렇게 얘기할 수 있단 말이오?」

조 교수는 사도광탄의 첫마디에서부터 기분이 상했다. 생소한 얘기도 그랬지만 교수인 자기 앞에서 강의하듯 하는 사도광탄의 말투가 여간 기분 나쁘지 않았다.

추궁하는 듯한 조 교수의 말투를 대하자 사도광탄은 더 이상 말이 없었다. 조 교수는 자신이 좀 심했나 싶어 서 원장을 쳐다보며 다소 누그러진 목소리로 물었다.

「조선왕조실록에 분명히 나와 있지 않은가요?」

조선 전기사는 조 교수의 전공 분야였다. 사도광탄은 안다는 듯 고개를 끄덕였다.

「그런데 어떤 근거로 그런 얘기를 하는 겁니까?」

「바로 실록에 그렇게 나와 있기 때문이지요.」

「그게 무슨 얘기요?」

조 교수의 물음에 대답 없이 한동안 뭔가를 생각하는 듯하던 사도광탄은 다른 물음을 던졌다.

「교수님은 함흥차사라는 말에 대해 생각해본 적이 있는지요?」

「함흥차사?」

조 교수의 시선이 닿는 곳에서 사도광탄은 조용히 고개를 끄덕이고 있었다. 의외의 질문이었다. 함흥차사라면 어린아이도 다 아는 얘기였다. 조선 개국 초기 왕자의 난 직후 태조 이성계가 이방원의 꼴이 보기 싫어 함흥으로 가버렸으며 자신을 찾아오는 사신들을 활을 쏴서 죽이곤 했다는 이야긴데, 거의 정사에 가까운 비중을 가지고 있는 야담이었다.

사학과 교수인 자신이지만 따로 생각해보거나 한 적은 없었기에 사도광탄의 물음은 생소하게 느껴졌다. 그러나 함흥차사에 대해 따로 특별히 생각할 것이 있다고는 생각되지 않았다.

「함흥차사란 이태조가 함흥으로 찾아오는 사신들을 죽였다는 얘긴데, 그것이 이태조 자신의 죽음과 무슨 관계가 있소?」

「관계가 있어요. 함흥차사는 이태조의 억울한 죽음을 말해주는 열쇠거든요.」

「설명을 해보시오.」

조 교수의 목소리는 여전히 냉랭했다.

「이태조가 억울한 죽음을 당했다는 생각이 들면 해원굿을 도와주실 건가요?」

뜻밖에도 사도광탄은 여유 있는 미소를 띠며 조 교수를 은근히 밀어붙였다. 조 교수는 어이가 없었다. 도대체 실록에 엄연히 나와 있는 역사적 사실을 반박하는 일에 자신이 어떻게 동조할 수 있단 말인가. 게다가 굿을 하자고 학계의 동료들을 설득하다간 웃음거리가 될 것이 뻔했다. 조 교수는 피식 웃음을 흘렸다.

「그 문제는 들어보고 나서 생각합시다.」

사도광탄은 다시 웃었다. 조 교수의 생각을 훤히 헤아리는 듯했다.

「먼저 왜 실록을 믿을 수 없는지 생각해보기로 할까요.」

사도광탄은 전문가를 앞에 두고 무슨 강의라도 하는 양 천연스러웠다.

「실록을 믿을 수 없다니? 수백 수천 종의 우리 역사책 중에 조선왕조실록만큼 정확한 것이 또 어디 있겠소?」

그러나 사도광탄은 아랑곳하지 않고 말을 이어나갔다.

「태조 이성계가 죽자 태종은 하륜에게 실록의 편찬과 감독을 맡겼지요?」

「그랬소.」

「하륜이 어떤 인물인지는 잘 아시지요?」

「뭘 말하는 거요?」

「그는 태종의 심복 중 심복이었어요.」

「그래서요?」

「그는 이방원과 같이 정도전을 죽이고 쿠데타를 주도한 인물이지요. 그가 태조실록 편찬과 감독의 우두머리였다면 실록은 안 봐도 뻔하지 않을까요? 비유하자면 전두환이 집권 중 장세동에게 12·12 쿠데타를 쓰게 한 꼴이 되겠지요.」

「으음…….」

사도광탄의 이야기는 실록의 절대적 권위를 믿고 있는 조 교수에게 날카로운 칼끝이 되어 찌르는 듯했다.

「왕조시대니까 가능했던 일이겠지요. 하긴 현대와 같은 민주시대에도 광주학살 당시의 발포 책임자를 못 가리니 전제왕권 시대인 당시에는 오죽했을까요.」

냉정하게 따지면 그럴 법한 얘기였다. 사도광탄의 얘기는 태종이 하륜으로 하여금 태조실록의 편찬을 감독하도록 했다면 실록의 진실성은 이미 물 건너갔다는 것이었다.

「하륜이 감독한 실록은 완성된 후에도 발표되지 못했지요. 춘추관의 관리들이 모두 반발했으니까요. 춘추관의 사관들은 이방원이 태조실록을 쓰도록 사초를 제출하라 했을 때도 반발하여 조정에 나오지 않았지요. 이에 격노한 이방원이 곤장을 치고 장남을 옥에 잡아가두며 벌금을 물린다고 했을 때에야 마지못해 나왔지요.」

「으음.」

틀림없이 그랬다. 태조실록은 사실 형식상으로는 부정할 수 없는 하자가 있었다.

「하륜은 태조실록이 나오자 사초를 거두어 폐기해버립니다. 이러한 태조실록의 편찬 경위를 볼 때 이방원이 자신의 혈육들을 죽이고 권력을 찬탈한 부분과 관련해서는 실록은 결코 믿을 수 없어요.」

간결하지만 정확한 논리였다. 조선사에 태산처럼 버티고 선 조선왕조실록을 단 몇 마디로 흔들어버리는 이 사람의 정체에 대한 의문이 조 교수의 뇌리에 홍수처럼 밀려들었다. 하지만 조 교수는 그의 말을 그대로 받아들일 수는 없었다. 아무런 경력도 내력도 없는 정신병 환자의 얘기에 고개를 끄덕여줄 수는 없는 것이었다. 그러나 그의 말이 논리적으로 파고드는 것은 사실이 아닌가. 머리를 번개같이 돌린 조 교수는 한 사람의 진지한 인물을 생각해냈다.

「실록의 감수에는 변계량 같은 명신도 참여했소. 그는 곧은 인물로 곡학아세(曲學阿世)할 사람이 아니오.」

「그랬지요. 하지만 곧은 인물인 그 변계량조차도 당시의 공포 분위기에서는 어떻게 해볼 도리가 없었어요. 다만 그는 세종조에 이르러서야 태종의 비문을 쓰면서 이방원의 난과 관련해서는 실록이 잘못 써졌다는 양심의 고백을 하지요. 이것은 세종을 극도로 당황하게 만들었고, 명군이라는 세종조차도 그 비문을 없애고 말았어요.」

「음, 그렇다 하더라도 그것이…… 그 실록을 믿을 수 없다는 것이 이태조가 억울한 죽음을 당했다는 주장과 관계가 있는 것은 아니지 않소?」

「일단 거기에서 출발하자는 거지요. 그 당시의 정황을 그려내는 데 믿지 못할 실록에 의지하지 말고 상식과 순리에 따라 판단하자는 거지요.」

「…….」

「이방원이 쿠데타를 일으키는 데 있어 가장 두려운 상대는 누구였을까요?」

「…….」

「텔레비전의 사극에서 흥미를 부풀리기 위해 과장한 대로 정도전이었을까요?」

조 교수는 잠시 생각한 후에 대답했다.

「당신은 이태조라고 생각하는 거요?」

「그렇지요. 어려서부터 용맹하기로 이름난 장군 중의 장군인 태조 이성계였지요. 게다가 그는 현왕이 아닌가요? 쿠데타를 일으킨다는 것은 바로 이성계에게 대항하는 일이고, 이성계를 제압해야만 쿠데타는 성공하는 것이 아닌가요?」

「그래서요?」

「이방원의 쿠데타군은 바로 궁으로 들어가 이성계의 호위군을 격파하고 이성계를 수중에 넣었습니다. 이성계는 대로하지만 군사들에게 붙들려서 어쩔 도리가 없었겠지요. 도검 앞에 왕명이 무슨 소용이 있었겠습니까?」

「그 다음은?」

조 교수의 목소리는 사도광탄의 실수를 기다리기라도 하는 것처럼 말이 끝나기 무섭게 감아들었다.

「이방원은 자신의 친부인 이태조를 궁궐 깊숙한 곳에 가두었겠지요. 물론 다른 사람들이 접근할 수 없도록 엄중한 통제를 했을 테구요.」

「그것은 당신의 단순한 짐작에 불과하오. 이방원이 그토록 이태조를 핍박했다는 것은 실록뿐 아니라 어떤 기록에도 없소.」

「당연하지요. 그 부분의 기록은 있을 수가 없지요. 우선은 아는 사람이 별로 없고, 기록을 하거나 그 기록을 보관하기만 해도 모두 죽을 따름이었으니까요.」

조 교수의 뇌리에 하륜이 실록 편찬을 감독했다면 이방원의 만행을 그대로 기록하지는 않았을 것이라는 사도광탄의 처음 얘기가 퍼뜩 스쳤다.

「그런데 선생은 어떻게 그런 단언을 할 수 있지요?」

조 교수의 호칭이 당신에서 선생으로 변했다.

「바로 그 함흥차사 때문이지요.」

「어떤 관계가 있다는 말이오?」

「함흥차사란 무엇이지요? 이태조가 자신을 찾아오는 사신들을 죽인다는 것인데, 그 궁극적인 뜻은 결국 함흥에 가면 죽는다는 것 아닌가요? 모든 신화나 야담의 비의는 이런 식이 아니던가요? 그런데 과연 누가 죽일까요? 이태조가 죽일까요?」

「명궁인 이태조가 활을 쏘아 죽인다는 것 아니오?」

「그렇지 않아요. 아들한테 붙잡혀 함흥에 유폐당한 이태조가 자신을 찾아오는 사람들을 활을 쏘아 죽인다구요? 사신이 되었든 뭐가 되었든 자신을 따르는 사람들과 친구와 부하들이 줄을 이어 몰려드는데 그들을 죽인단 말입니까? 상식이 아니지요. 사람이 그리운 이태조가 손을 맞잡고 눈물을 흘리며 반가워해야 할 사람들을 죽일 리가 없단 말이에요.」

「그 정확한 뜻은 이방원이 보내는 사신만을 죽인다는 것 아니오?」

「왕이 자신의 부친이자 태상왕인 이태조에게 보내는 사신이라면 미관말직의 관리는 아니겠지요. 조정의 원로이거나 적어도 당상관입니다. 그런데 실록에 혹은 어느 역사 기록에 이태조에게 사신으로 가서 죽었다는 관리들의 이름이 있나요? 단 한 사람도 없어요. 게다가 이태조에게 보내는 사신 중에는 이성계의 친구이거나 부하이거나 따르던 사람도 많았겠지요. 그들을 모두 죽였을까요? 아니면 이야기를 나눠보고 사신의 목적으로 왔다고 하면 가는 길에 활을 쏘았을까요? 얼토당토않은 이야기예요. 함흥차사란 말만 있고 실제로 가서 돌아오지 않은 사신은 없는 것입니다.」

사도광탄의 논리는 치밀했다. 조 교수는 어느 기록에서도 이태조에게 사신으로 갔다가 돌아오지 못한 사람의 이름을 본 적이 없다는 사실을 떠올렸다.

「그렇다면 어째서 함흥차사란 얘기가 생겨난 거요?」

「사람들이 함흥에 가지 못하도록 하기 위해서 만들어낸 이야기라고 볼 수밖에 없어요. 즉, 이태조를 찾아가려는 사람들에 대한 경고란 말이지요.」

「그럼에도 불구하고 함흥에 가는 사람은?」

「죽어요.」

「이태조가 아닌 이방원에게?」

「바로 그렇지요. 그게 함흥차사에 숨어 있는 뜻입니다.」

「그렇다면 이방원이 태조를 음해하고 조선 5백 년간, 아니 지금에 이르기까지 우리들은 그 함흥차사란 말에 의해 속아 왔다는 말이오?」

「그렇지요. 이방원의 쿠데타 이후 태조는 죽는 순간까지 단 한 번도 마음대로 살 수 없었을 겁니다.」

「그러나 선생의 가설은 지나친 비약이 아니오?」

「잘 생각해보면 지극히 상식적이지요.」

조 교수는 이제 흥미 있는 표정으로 귀를 기울이고 있었다. 사도광탄의 주장은 혹세무민의 근거 없는 이야기가 아니라 상당히 치밀하고 논리적이었다. 이야기를 듣고 있노라니 역사를 전공하는 사람으로서 한 번쯤은 생각해봤어야 할 부분이라는 생각도 들었다.

확실히 태조실록에는 문제가 있었다. 하륜이 이미 손을 댄 데다가 세종 8년에 그 쿠데타 부분을 다시 한 번 고쳤기 때문에 정확한 사실을 담고 있다고 보기에는 한계가 있었다.

사도광탄의 일면 근거 있는 논리 전개에 조 교수는 반박하기는커녕 희미하나마 동조하고 싶은 기분마저 들었다.

역사를 전공하지도 않은 이 사람이 5백 년 이상의 세월이 흐르는 동안 아무도 의심하지 않았던 함흥차사란 야담을 꿰

뚫고 이런 정도로 근거 있는 이의를 제기하고 있다는 것을 생각하자, 조 교수는 문득 소름이 끼치며 섬뜩한 느낌마저 들었다.

도대체 이 사람은 누구일까? 정신병자란 사람이 이토록 치밀할 수 있을까?

외국의 예술가나 문학가 중에 정신병자가 많듯이 정신병원에 입원하고 있는 이 사람도 주위 사람들에게 이해받지 못하는 천재가 아닐까 하는 생각이 스쳐 지나갔다.

「그러니까 유교를 통치이념으로 하던 조선 초기에 이방원은 사람들이 자신의 아버지를 만나러 가는 것을 내놓고 막을 수는 없었다. 엄청난 불효자식이 되고 민심이 이반하니까. 그러나 사람들이 이태조를 마구 찾아가도록 해서도 안 되었다. 그래서 이태조가 찾아오는 사람들을 죽인다는 소문을 만들어 퍼뜨렸다. 그게 함흥차사의 비밀이란 얘긴가요?」

조 교수는 사도광탄의 이야기를 정리해보았다.

「지극히 상식적이지요. 그 무렵의 역사에는 또 하나의 수수께끼가 있어요.」

「또 하나의 수수께끼?」

「그렇지요. 이방원의 쿠데타는 바로 얼마 후 수양대군의 쿠데타로 맥이 이어지고, 이 두 난의 와중에 권력에 빌붙지 않은 의인 지사들이 씨가 마르게 되었어요. 그 나쁜 전통은 수백 년을 두고 이어졌지요. 바로 이것이 지금의 우리 사회에서 눈에 불을 켜고 보아도 지조 있는 인간을 찾아볼 수 없게 된 이유지요.」

「조선 초의 그 두 난이 조선조 인물들의 성격을 결정지었다는 얘기인가요?」

「그렇지요. 그 사이에 한 의인이 있었지만 애석하게도 역사는 그분으로부터 등을 돌리고 말았어요.」

「또 하나의 수수께끼란 그분을 말하는 것이오?」

「그렇습니다.」

「그분은 누구요?」

「양녕대군이지요.」

「양녕대군? 어째서 그분이 수수께끼란 말이오?」

「다음에 다시 만날 때 얘기하도록 하지요.」

「지금 듣고 싶은데, 다음에 얘기하겠다고 하는 것은 무슨 이유라도 있는 거요?」

「교수님께서 다소 생각을 정리하는 것이 필요할 것 같군요. 왜냐하면 양녕대군도 태종 이방원의 쿠데타와 관계가 있으니까요.」

「또 하나의 함흥차사 같은 이야기가 있단 말이오?」

「오늘 우리가 나눈 이야기를 뒷받침할 만한 사실이 있어요. 그 얘기는 다음에 하도록 하지요. 지금은 좀 피곤하군요.」

「…….」

말을 마치고는 덤덤히 일어나는 사도광탄에게 조 교수는 손을 내밀었다. 사도광탄은 손을 맞잡는 대신 고개를 숙이고는 들어왔던 문으로 천천히 걸어나갔다. 머쓱해진 채 내밀었던 손을 거두며 조 교수는 저 사람의 정체가 과연 무엇인가 하는 생각이 들었다.

어떠냐는 표정으로 바라보는 서 원장에게 조 교수는 말없이 고개를 좌우로 흔들었다.

역사의 수수께끼

사도광탄을 만나고 온 후 조 교수는 마음이 편치 않았다. 벌써 희끗희끗해지기 시작한 머리카락을 쓸어올리며 조 교수는 한 정신질환자를 만나고 왔을 뿐인데 왜 이렇게 마음이 불편한지 자문해보았다.

사도광탄의 해석을 한낱 가상에 불과하다고 비하하면서도 진실이 어떻든 간에 그의 해석이 원래의 야담보다 훨씬 설득력이 있다는 생각이 조 교수를 혼란에 빠뜨렸다.

어느 비 오는 날 오후, 조 교수는 한 세미나의 참석을 취소하고 서 원장의 병원을 찾았다. 하루 종일 비가 추적거려서 그런지 병원에 가는 동안 기분이 많이 가라앉았다.

「갑자기 웬일이야? 연락이나 하고 오지.」

「서 원장 환자의 얘기를 들어보려고.」

「어때? 의미가 있는 얘기던가?」

「글쎄, 아직 잘 정리가 되지 않는군. 그런데 그 사람은 무슨 문제가 있어서 입원하고 있나?」

「그걸 참 알 수 없어. 본인이 통 말을 안 하니 종잡기가 어려워.」

「발작을 하거나 하진 않나?」

「정반대야. 너무 조용해. 속에서 무슨 일이 일어나고 있는지는 모르지만 적어도 겉으로는 아무 이상 없어. 모든 걸 억누르고 있는 환자 유형 같기도 하고…… 일반 환자에게서 보이는 증세가 하나도 없어.」

「혹시 아무 이상이 없는 건 아닐까?」

「때로는 그런 생각을 해보기도 해. 본인이 아무 얘기도 안 하니 깊이 있는 진단을 할 수가 없단 말이야.」

「내가 보기에 서 원장이 그 사람을 대하는 품이 일반 환자 대하는 것 같지는 않던데?」

「그렇게 느껴졌어?」

「아주 강하게 느꼈지.」

「무슨 특별한 이유가 있는 건 아니야. 다만 정신과 의사로서 수많은 환자를 대하다 보면 느껴지는 게 있는데, 그 사람에겐 보통 사람과는 다른 뭔가가 있어. 범접하기 어려운 분위기 같은 것이…….」

「이상 유무를 판단하지 못한다면 내보내는 것이 옳지 않을까?」

「그게 옳을지도 몰라. 하지만 그에게는 갈 곳이 없을 거라는 느낌이 들어. 만날 사람도 없는 것 같고. 그나마 그와 대화를 해줄 수 있는 사람은 나뿐이라는 생각이 든단 말이야.」

「버림받은 사람인가?」

「그건 모르지. 버림을 받았거나 그 자신이 버렸을 가능성도 있겠지. 이상한 것은 그가 스스로 내 병원을 찾아왔다는 거야.」

「스스로?」

「그래, 자신이 중요한 일을 해야 하는데 당분간 병원에 좀 있어야겠다더군.」

「그래서?」

조 교수는 호기심이 가득한 목소리로 물었다.

「환자 중에 자신이 스스로 아프다거나 병원에 있어야겠다는 사람을 나는 보지 못했어. 그런 말을 하는 사람은 이미 환자가 아니란 얘기야.」

「거절했겠군.」

「아니, 입원을 시켰지.」

「왜?」

「뭔가 다른 유형의 환자 같았어. 연구를 해보고 싶었지. 그런데 시간이 좀 흐르니까 그가 나의 도움을 필요로 한다는 생각이 들기 시작했어.」

「어떤 도움이?」

「너무나 외로워 보이더군. 도저히 그냥 내보낼 수 없다는 생각이 들었어.」

「또 무슨 말을 했는데?」

「아무 말도 하지 않았어. 그런데도 그런 기분이 들더군. 마치 그가 내게 수많은 말을 하고 있는 듯했어. 여전히 철통같이 입을 다물고 있었지만 말이야.」

「무슨 말을 하는 것 같았는데?」

「마치 '내가 의지할 사람은 당신뿐이오' 하고 말하는 것 같았어.」

「입원하고 나서는 말을 하던가?」

「사흘이 지난 다음에야 비로소 입을 열었어. 간호사들 사이에서는 그가 벙어리라고 소문이 나 있었다나 봐.」

「그 다음부터는 말문이 터졌나?」

「그런 건 아니고 내가 꼭 필요로 하는 것만 협조를 하지. 여느 때는 마찬가지로 늘 입을 다물고 있고.」

「뭐하던 사람인가?」

「자신의 과거에 대해선 통 얘기를 하지 않아.」

「치료를 하고 있진 않다는 얘기지?」

「현재로선 그렇지. 그냥 관찰하고 있을 뿐이야.」

「지난번에 나와 대화를 나눈 것도 서 원장에겐 치료를 위한 관찰이었겠군.」

「그런 셈이지. 보통 때는 통 말이 없으니까.」

「입원비는 어떻게 하지?」

「안 받고 있어.」

조 교수는 잠시 무엇을 생각하는 표정이었다.

「혹시 그가 무슨 생각이 있어서 일부러 여기에 온 건 아닐까?」

「일부러?」

「그래.」

「도대체 정신병원에 일부러 들어와서 할 일이 뭐가 있는데?」

「글쎄, 나도 당장은 잘 떠오르지 않는데 가령 누군가를 피하려 한다든지, 혹은…….」

「혹은?」

「음, 혹은 여기서 무엇인가를 기다린다든지…….」

「하하, 조 교수의 상상력도 대단하군.」

서 원장은 조 교수의 얘기를 웃어넘기면서도 마음이 썩 편안하지는 않았다. 조 교수 같은 학자가 이런 얘기를 할 때는 뭔가 느낌이 있기 때문이겠지만, 어쩌면 자신도 어렴풋이 그와 비슷한 느낌을 갖고 있는지도 모른다는 생각이 들어서였다.

「결혼은 안 했나 보지?」

「조 교수도 꽤 관심이 가는 모양이지? 결혼은 아마 한 적이 없을 것 같아.」

조 교수는 서 원장의 말을 듣는 동안 사도광탄이 펼치는 비약적 가설과는 관계없이 그처럼 환하고 밝은 얼굴이 정신병원의 몇 평 공간에서 살아가고 있다는 사실이 무겁게 다가왔다.

사도광탄은 지난번과 마찬가지로 한쪽 팔을 가슴께에 올린 채로 천천히 걸어들어왔다. 조 교수를 발견하고는 역시 부끄러움을 머금은 듯한 알 수 없는 미소를 입가에 떠올리며 가볍게 고개를 끄덕였다.

「몸은 좀 어떻소?」

사도광탄은 슬며시 눈을 감더니 고개를 다시 한 번 끄덕이기만 했다.

「지난번에 양녕대군을 두 난 사이의 의인이라고 한 것은 무슨 이유요?」

사도광탄이 눈을 감는 것을 본 조 교수가 그 눈을 다시 뜨게 하려는 듯 바로 질문을 던졌다.

「안타까운 일이지요. 양녕이 왕이 되었더라면 조선의 정기가 그리 흐려지지는 않았을 것을…….」

사도광탄은 진정 아쉬운 듯 이맛살을 찌푸리며 탄식했다.

「말도 안 되는 소리. 양녕 대신 충녕이 왕이 된 것은 누구에게 물어도 조선의 복이라 대답할 거요. 세종 이상 가는 명군이 한반도 역사상 그 어느 때 있었다고…….」

「양녕도 왕이 되었다면 훌륭한 정치를 했을 겁니다. 하지만 한 사람의 명군보다 중요한 것은 한 시대의 정신이지요. 양녕이 왕이 되었으면 계유정난은 없었을 테고 무엇보다 조선 선비들의 기개가 꺾이지 않았겠지요. 권력의 눈치를 보며 보신하는 나쁜 전통도 안 생겼을 테구요.」

「그러나 양녕은 온전한 정신을 가졌다고 보기 어려운 행동을 일삼았소.」

「그랬지요. 파락호의 광행을 여봐란 듯이 저지르곤 했지요. 세자의 신분으로 말이에요.」

「그래서 세자의 자리에서 쫓겨났으니 애석해하기 전에 자업자득으로 봐야지요. 스승이 오는 날 개 짖는 흉내를 내고, 술에 취해 무시로 활을 쏘고, 밤에 궁궐 담을 넘어 민가의 유부녀를 겁탈했으니 도저히 그 자리를 유지할 수 없었던 것 아니오?」

「양녕이 왜 그런 미친 짓을 했는지 생각해보셨나요?」

「그러니까 선생은 양녕대군이 실제 방탕한 인물이 아니라 일부러 그런 짓을 했다는 거요?」

「그렇지요. 그는 지극히 올바른 정신의 소유자로 당당하고 사려 깊은 인물이었어요. 태종은 일찍부터 그를 세자로 정하곤 어린 나이에도 불구하고 왕의 자리를 물려주려 했지요. 양녕이 쓴 경회루의 현판을 보고는 그 필치에 감탄하여 잠을 못 이루고 기뻐했어요. 양녕은 이렇듯 군왕의 자질이 충분한 똑똑한 사람이었어요. 게다가 그는 14년간이나 세자로 있었는데, 정신이 온전치 못한 사람이라면 그렇게나 오랜 세월을 세자 자리에 머무를 수 있었을까요?」

「그렇다면 양녕대군은 왜 일부러 그런 짓을 했단 말이오?」

「그것이 우리 역사의 수수께끼예요. 해답을 찾지 못한 역사학자들은 후에 세종이 되는 충녕이 자신보다 똑똑하기 때문에 그에게 왕위를 물려주기 위해 그런 광행을 일삼았다고 결론을 내리고는 학교의 도덕 교과서에 미담으로 소개했지요. 하지만 세상에 그런 결론보다 더 우스운 일이 있을까요?」

「우스운 일이라니? 충녕이 총명하고 군왕의 자질을 갖추었다면 충분히 그럴 수 있소.」

「하하, 태종이 처음 왕위를 양녕에게 물려주려 했을 때는 양녕의 나이 열세 살, 충녕의 나이 겨우 열 살이었습니다. 이제 겨우 열세 살에 불과한 양녕이 열 살배기 충녕에게 왕위를 물려줘야겠다는 판단을 한 후 미치광이가 되는 각본을 짰다는 해석이 가당키나 한가요?」

「음…… 그 해석은 역시 무리가 있군. 동생이 똑똑하다 해도 본인으로서는 왕위를 넘겨주기 싫었겠지. 더군다나 미친 척

해가면서까지 그랬다는 건 해석에 무리가 있군.」

「그런 해석이 절대적으로 허구라는 건 이방원과 황희 정승의 관계에서도 알 수 있지요.」

「황희?」

「태종은 황희를 믿고 아끼다 못해 하루라도 보지 않으면 잠을 못 잘 지경이었지요. 그런데 양녕을 세자에서 폐하려 할 때 황희는 결사반대했고, 태종은 이런 황희를 귀양 보낸 후 자신이 죽을 때까지 4년이 넘는 세월 동안 그렇게나 애지중지하던 그를 단 한 번도 만나보려고 하지 않았어요. 결국 황희는 태종이 죽은 세종 4년이 되어서야 귀양에서 풀려나지요. 우리는 여기서 두 가지 사실을 유추할 수 있지요.」

조 교수는 사도광탄이 이 분야의 연구를 많이 했다는 것을 알 수 있었다. 전문가인 자신도 양녕의 폐세자와 관련해서는 태종과 황희의 관계에 대해 특별히 주목한 바가 없었기 때문이다.

사도광탄은 마치 먼 옛날 일이라도 기억해내는 듯한 표정으로 이맛살을 찌푸려가며 한마디 한마디 조심스럽게 풀어냈다.

「하나는, 양녕은 절대로 성품이 방탕하고 군왕의 자질이 없는 파락호가 아니었단 사실이지요. 충녕에 비해 인품이 현저히 뒤떨어졌다면 강직하고 정확하기 짝이 없는 황희가 폐세자를 그렇게나 필사적으로 반대했을 리가 없어요. 오히려 황희가 극력 반대했다는 데에서 우리는 양녕의 천품이 높았다는 것을 알 수 있지요.」

사도광탄이 엉뚱한 소리를 하는 것 같아도 결론에 도달하는 과정은 언제나 사실적이고 합리적이었다.

'혹시 이 사람이 정신병원에 있는 것에는 정말로 짐작 못할 어떤 이유가 있는 것은 아닐까?'

조 교수는 이런 생각을 했다가 머쓱한 기분이 들어 서 원장을 쳐다봤다. 환자에게 빠져 있다고 비아냥거렸던 것이 생각났기 때문이다. 조 교수는 다시 쫓기듯이 물었다.

「또 하나는?」

「태종이 그렇게나 아끼던 황희를 죽는 그 순간까지도 보려 하지 않았던 것은 그의 증오와 경계가 보통이 아니었단 말이지요. 황희가 미움을 산 것은 오직 폐세자를 반대했다는 사실 하나 때문인데, 태종에게 그것은 너무나 민감하게 파고들었어요. 그토록이나 아끼던 황희에게 가한 도에 넘치는 증오로 미루어보면 폐세자의 문제에는 어떤 비밀이 숨어 있어요.」

「또 무슨 비밀이 있단 말이오?」

조 교수는 사도광탄의 일방적인 설명에 무척 비위가 상했지만 반박할 기회를 갖기가 어려웠다.

「명재상 황희는 총명했던 왕세자가 갑자기 미친 짓을 일삼는 데에는 반드시 이유가 있을 거라고 생각했을 거예요. 필사의 노력으로 결국은 그 이유를 알아내고야 말았겠지요. 그리하여 세자의 광행을 이해하고 그를 옹호했지만 결국 폐세자론이 나오자 황희는 태종이 자식들에게만큼은 절대로 숨기려 했던 비밀을 그의 목전에서 거론하고 말았겠지요.」

「자식들에게만큼은 결코 드러내고 싶지 않은 비밀이라면?」

「권력 찬탈을 위해 자신의 친부인 태조 이성계를 무자비하게 유린한 사실을 지적했겠지요. 그로 말미암은 아버지에 대한 양녕의 분노, 그리고 그렇게 이어진 권좌에 앉을 수 없다는 양녕의 의로움에 대한 칭찬이었을 테지요.」

「태종의 약점과 양녕의 장점을 대비하는 발언이었다는 건가요?」

「그렇지요. 깊이 묻혀 있던 이성계에 대한 이방원의 만행을 세자로 있던 양녕은 어느 순간 알아버렸을 거예요. 충절과 효행을 으뜸으로 하는 유학의 세계에서 아버지의 만행을 알아버린 양녕이 한없는 고민에 빠졌을 것은 당연한 일이 아닐까요. 고민과 방황이 이어졌겠지요. 자신의 아버지, 자신이 이어받으려는 왕위, 심지어는 자신의 혈통조차 한없이 더럽게 여겨졌고, 자신의 존재는 끝없는 모순이라는 허무에 빠졌겠지요. 권력이 무엇이며 왕은 무엇인가 하는 방황 끝에 결국 그는 그런 왕위를 이어받을 수 없다는 결심을 굳혔겠지요. 그러고는 광행이 시작된 거지요.」

「결국 그 씨는 이방원의 쿠데타로부터 뿌려졌다는 말이오?」

「그렇지요. 그것은 양녕의 동생 효령을 보면 더욱 분명히 드러나지요.」

「효령과는 어떻게 연관이 된다는 거요?」

「양녕이 광행으로 세자 자리를 버리자 바로 아래 동생인 효령은 불교에 의지하고 말았어요.」

「음…….」

「그 자신이 서열을 어긴 선위로 인해 골육상쟁을 치렀던 태종은 무슨 일이 있더라도 장자 세습의 전통을 굳히려 했지요. 그러나 세 사람의 왕자 중 두 명이 왕위를 피하자 화가 머리끝까지 났어요. 그런 상황에서 황희가 태종의 약점을 들추며 양녕을 옹호하자 죽을 때까지 그를 안 본 것이지요.」

조 교수는 침묵했다. 몇 대를 잇는 기나긴 한 편의 드라마였다. 이방원의 쿠데타에서부터 함흥차사의 비의를 거쳐 양녕의 광행과 황희에 대한 증오까지를 관통하는 대추리를 과감하게 해내는 사도광탄을 바라보며 그는 어떻게 정리를 해야 할지 몰랐다. 그냥 웃어버리고 싶었지만 사도광탄이 조합해내는 역사적 사실 하나하나가 결코 무시할 수 없는 연계성을 가지고 다가왔다. 역사는 이렇게 숨겨졌던가.

「아무도 이태조가 어떻게 죽었는지 모릅니다. 그러나 함흥차사에서 양녕의 광행까지를 생각해보면 태조가 결코 천수를 누렸다고는 볼 수 없어요. 죽는 그날까지 한과 설움을 쌓아가며 운명을 저주했을 테지요. 조선왕조실록에 태조가 천수를 누렸다고 기록되어 있으니 그대로 믿겠다는 것은 실로 생각이 없는 사람의 태도입니다. 태조에 관한 한 실록은 조작으로 일관되어 있어요. 이방원의 쿠데타 등 중요한 고비마다 태조가 병석에 있었다는 역사 기술도 조작이에요. 바로 그 실록에 이방원의 쿠데타로부터 10년간 태조는 건강하게 살았다고 기록되어 있지 않던가요. 쿠데타 후 모든 일은 방원의 뜻대로 이루어졌고, 누구도 버려진 태조의 원혼을 달래지 않았지요. 조선은 말할 것도 없고, 대한제국 이후 지금에 이르기까지 삼각산 아래에서 누구도 끝이 좋지 못했어요.」

「선생은 태조의 원혼이 조선과 지금의 우리나라를 저주한다고 말하는 거요?」

「5백 년이나 이어져온 나라를 세운 사람은 그 뜻이 옳든 그르든 간에 큰 인물이에요. 세상의 기를 한 몸에 받고 사직을 열었다면 그 힘이 쉽사리 흩어지지 않아요. 삼각산에는 큰 원혼이 떠돌고 있어요.」

「선생의 얘기는 그래서 굿을 해야 한다는 거요?」

사도광탄은 말없이 고개를 끄덕였다.

「왜 하필 굿이란 말이오? 꼭 달래야 한다면 다른 방법으로 할 수도 있지 않을까요?」

「이태조의 원혼은 교회에서 예수에게 기도한다고 달래지지 않아요. 알라의 사원에 가서 절을 한다고 되는 것도 아니고, 깊은 산속 절에 가서 목탁을 두드린다고 되는 것도 아니지요. 지난 5천 년간 이 땅에는 혼을 부르고 혼을 달래는 방법이 있어왔어요. 그것이 바로 굿이지요.」

「지금 세상에 굿을 해서 혼을 위로한다는 것은 시대를 거꾸로 사는 어리석은 짓이 아니오?」

「결코 아니에요. 굿에는 힘이 있어요. 예수에게 하는 기도에 힘이 있다면 굿에도 힘이 있어요.」

「하지만 굿은 미신이오.」

「세상에 미신이란 말은 없어요, 없어져야 해요. 미신이란 무엇인가요? 비과학적인 것이 미신인가요? 그렇다면 기독교도 불교도 이슬람교도, 아니 세상의 모든 종교는 비과학적이고 따라서 미신이에요. 한반도에는 한반도의 역사와 문화가 있어왔고 한반도의 믿음이 있어왔어요. 거기에는 굿이 있고 제사가 있고 칠성님이 있고 용왕님이 있어요. 산신령도 있지요. 모두 이 나라 사람에게 통하는 신통력이 있고 영험이 있어요.」

「하하, 하하하하.」

조 교수는 웃었다. 웃을 수밖에 없었다. 굿을 강변하는 사도광탄의 얘기를 듣자 마음이 한결 가벼워졌다. 이제껏 그가 얘기하던 함흥차사니 양녕대군이니 하는 이야기들의 부담도 훨씬 덜해졌다.

그렇다. 결국은 모두 허무맹랑한 이야기인 것이다. 딴에는 신중한 표정으로 역사적 사실을 들어 치밀하게 추리를 해왔지만 역시 정신질환자의 허구에 불과한 것이다. 세상에 굿이 효력이 있고, 칠성님이 있고 용왕님이 있다고? 하하하하, 하하하하.

조 교수는 얼마간 자신을 짓눌러왔던 무거운 분위기를 내던지고 가벼운 마음으로 정신병원의 문을 나섰다. 그러면 그렇지.

토우의 저주

도쿄대학교의 행정직원은 컴퓨터의 천재로 알려진 기미히토 교수를 만나는 것만으로도 즐거웠다.

「제 아들 녀석에게 교수님을 만났다고 얘기하면 왜 사인을 안 받아왔느냐고 성화를 할 것 같아서요.」

기미히토는 기꺼이 사인을 해주었다.

「그런데 어쩐 일로 교수님께서 직접 행정처를 찾아오셨습니까?」

행정직원은 무슨 일이든지 다 도와줄 준비가 되어 있다는 얼굴로 물었다.

「다름이 아니고 동양문화연구소 현관에 놓여 있던 토우에 대해서 알아보러 왔습니다.」

「아, 그것 말입니까? 매우 이국적인 분위기를 풍기는 예술품이죠. 어딘지 모르게 신비하게 느껴져 저도 가끔 그 토우를 보러 연구소 쪽으로 가곤 합니다.」

직원은 기미히토가 어떤 목적으로 왔는지 알지도 못하고

너스레를 떨었다.

「그 토우가 어떻게 해서 거기에 놓이게 되었습니까?」

「그 토우는 일본에서 제작된 것이 아닙니다.」

기미히토는 고개를 끄덕였다.

「한국에서 온 것이지요.」

「아, 그렇습니까?」

「그 토우는 외무성으로부터 기증받은 것입니다.」

「외무성으로부터요?」

「그렇습니다. 이제껏 외무성 지하 창고에 묻혀 있다가 지난 번 외무성 건물의 개수공사 때 세상에 드러난 것입니다. 외무성에서 우리 학교에 기증하겠다고 해서 우리는 고마운 마음으로 받아들였을 뿐입니다.」

「그것이 언제 어떤 이유로 일본으로 오게 됐는지는 모르십니까?」

직원은 웃음 띤 얼굴로 고개를 가로저었다.

「그것까지는 모르겠습니다.」

「알겠습니다. 감사합니다.」

「참, 그런데 교수님, 아까 연구소 건물에 갔을 때는 그 토우들이 보이지 않는 것 같던데요?」

「아, 소장님이 연락을 하실 겁니다.」

「예, 알겠습니다.」

기미히토는 지난번 오카모토를 통해 소장에게 그 토우를 반납하도록 부탁했다. 이유를 정확히 밝히지는 않았지만 시스템 문제를 해결한 자신의 특별 부탁이라고 하면 들어줄 것 같았다.

행정처에서 나오는 그길로 기미히토는 외무성을 찾아갔다. 행정직원에게 부탁하여 미리 전화를 해두어서인지 외무성 직원은 매사에 친절하게 대답해주었다.

「물품반입록에는 그 토우가 1937년에 일본으로 넘어온 것으로 돼 있군요.」

「어떤 이유로 넘어왔는지는 기록이 안 돼 있습니까?」

「뭐 특별한 기록은 없습니다. 그 당시에는 쓸 만한 미술품들을 갖고 들어오는 것이 유행이었으니까요.」

「누가 가지고 왔는지는 알 수 있습니까?」

「예, 그건 기록이 돼 있습니다.」

직원은 토우를 가지고 온 사람의 인적사항을 적어주었다.

'한성헌병대 감찰부장, 일본 육군 중좌 스기하라.'

「이 사람의 주소를 알 수는 없습니까?」

「여기엔 적혀 있지 않습니다. 육군의 직원록을 찾아보시는 게 낫겠습니다.」

「아, 그러면 되겠군요. 고맙습니다.」

기미히토는 바로 의회도서관으로 가서 육군의 직원록을 뒤졌다. 1937년 당시 한성에서 근무하던 육군 간부의 인적사항을 알아내는 것은 어렵지 않았다.

'스기하라, 시즈오카 현……'

시즈오카 현청과의 통화로 기미히토는 스기하라가 현재 82세이며 오사카 근교의 덴리시로 이사 갔다는 사실을 확인할 수 있었다.

「주변의 집이 모두 남향인데 이상하게도 이 집만은 서향이군요. 그러니 자연히 대지가 툭 삐져나와 동네의 균형미를 해치고 있습니다.」

주변의 집보다 훨씬 큰, 일본의 한 전통 가옥 앞에서 가마모토는 이상하다는 듯 연신 고개를 갸웃거렸다. 그는 미술을 전공했으나 컴퓨터 조형을 할 때에 기미히토에게 잠시 배운 적이 있는 청년이었다.

기미히토는 마침 가마모토가 이 지방에 살고 있는 것을 기억하고는 그에게 스기하라와의 연락을 부탁했던 것이다. 다만 그에게는 이 집 주인이 고미술품 수집에 일가견이 있어 개인적인 일로 만나보려 한다는 정도로 얼버무렸다.

「정말 특이한 집이네요. 칠도 다른 집들과는 달리 검은색으로 했어요. 가만히 뜯어보면 이상한 게 한두 가지가 아닌데요.」

그러다가 가마모토는 갑자기 입을 꾹 다물었다. 자신이 느끼는 대로 이야기를 하면 기미히토가 어떻게 생각할지 조심스러운 모양이었다. 왜냐하면 기미히토가 좀 이상하다 싶을 정도로 눈살을 잔뜩 찌푸리고 집을 유심히 관찰하고 있었기 때문이다.

가마모토는 약간 계면쩍은 표정으로 눈치를 살피다가 이윽고 기미히토가 가볍게 고개를 끄덕이자 대문의 초인종을 눌렀다.

「도쿄대학교의 기미히토 교수님을 모시고 왔습니다. 선생님과는 전화 연락이 되어 있습니다.」

미리 연락이 되어 있어선지 안에서는 바로 문을 열어주었다.

응접실로 안내된 두 사람은 녹차를 한잔 마시고 벽에 걸린 장식품을 구경했다. 호화롭지는 않았지만 이국적인 느낌을 풍기는 조형물과 도자기들이 은은한 자태를 내비치고 있었다.

「우리나라의 것이 아닌 것 같습니다.」

가마모토가 이상한 느낌을 풍기는 큰 진흙 인형 하나와 골동품 몇 점을 살피다가 낮은 목소리로 기미히토에게 감상을 말해왔다.

「교수님 생각대로 대단한 수집가군요.」

「그런 것 같군.」

기미히토가 건성으로 대답을 하는 중에 문이 열리면서 하얗게 머리가 센 노인이 젊은 여인의 부축을 받으면서 들어왔다. 노인은 비록 등이 굽고 쇠약해 보였으나 눈빛만은 강렬해 젊었을 때는 보통이 아니었을 거라는 인상을 풍겼다.

가마모토는 급히 일어나 노인에게 먼저 고개를 깊이 숙이고는 기미히토를 소개했다.

「도쿄대학교의 기미히토 교수님입니다. 선생님을 뵈러 오셨습니다.」

기미히토 역시 고개를 숙여 인사했다.

「처음 뵙습니다. 기미히토입니다.」

「스기하라요. 앉으시오.」

「실례하겠습니다.」

이때 기미히토의 얼굴을 흘끗 쳐다본 가마모토는 사전에 얘기라도 있었던 양 슬쩍 자리를 비켰다.

「저는 정원 구경을 좀 해도 되겠습니까?」

노인을 부축하고 왔던 젊은 여인이 노인의 고갯짓을 보고는 가마모토를 안내하여 응접실 밖으로 나갔다.

「무슨 일로 여기까지 나를 찾아오셨소?」

기미히토를 응시하는 노인의 눈길에는 나이답지 않게 힘이 들어 있었다. 기미히토는 어떻게 이야기를 꺼내야 할지 몰라 잠시 망설이다가 단도직입적으로 얘기를 꺼내기로 했다. 노인을 보니 쓸데없이 얘기를 돌리거나 할 필요가 없다는 생각이 들었다.

「사실은 한 쌍의 토우 때문에 선생님을 찾아뵈었습니다.」

「토우라구요?」

「그렇습니다.」

「토우라는 건 흙인형이 아니오?」

「그렇습니다.」

「어떤 토우를 말씀하시는 거요?」

「혹시 한국에서 토우 한 쌍을 일본으로 가져온 사실을 기억하십니까?」

노인은 아무런 대답 없이 기미히토를 날카로운 눈길로 쏘아보았다. 무서운 눈길이었다. 주변의 모든 것을 얼어붙게 할 정도의 이토록 강한 안력이 어디서 쏟아져나오는지는 알 수 없지만 도저히 팔십 노인의 것으로는 여겨지지 않는 예리한 눈길이었다. 기미히토는 바싹 긴장되었다.

자신은 단순히 이 노인에게 토우를 일본으로 가지고 오게 된 경위를 물으려고 했을 뿐인데, 노인의 이런 무시무시한 반응을 대하자 놀라울 뿐이었다. 영문을 몰라하는 기미히토의 눈동자를 한참 노려보던 스기하라는 눈길을 거두지 않은 채 천천히 입을 열었다.

「당신은 누구요?」

「기미히토입니다. 도쿄대학교의 전산학부 교수입니다.」

「정체가 무엇이냔 말이오?」

「정체라니요? 그냥 교수일 뿐입니다.」

「솔직히 말하시오. 내 입에서 한마디라도 듣고 싶다면.」

기미히토는 노인의 말투에서 그도 역시 자신으로부터 무엇인가를 듣고 싶어 한다는 것을 느낄 수 있었다. 토우에 대한 노인의 관심도 자신과 마찬가지로 강렬하다는 것을 깨달은 기미히토는 연구소에서 있었던 컴퓨터와 토우에 관한 자초지종을 있는 그대로 얘기했다.

기미히토의 얘기를 듣는 노인의 안색이 놀라울 정도로 창백해졌다.

「최근에 그랬다구요, 그 토우가?」

「틀림없는 사실입니다.」

노인은 얼어붙은 표정으로 한참이나 기미히토의 얼굴을 응시하더니 겁에 질린 목소리로 내뱉었다.

「그렇다면 토우가 교수를 죽였소.」

「왜 그렇게 생각하시죠? 어떻게 토우가 사람을 죽일 수 있다는 말입니까? 선생님께서는 뭔가 짐작 가는 일이 있으십니까?」

노인은 매우 경직된 표정으로 힘들게 말문을 열었다.

「기미히토 교수는 직접 그 현상을 목격했으니까 의문을 갖지 않겠지만, 사실 그 토우는 정말로 불길한 요물이오.」

「네? 그럼 선생님께서도 그 토우의 신비한 힘을 경험하신 일이 있습니까?」

「이를 말이오. 그 토우의 저주는 생각하기도 싫소. 나는 그 토우를 일본으로 가지고 온 것을 얼마나 후회했는지 모르오.」

「토우를 직접 파헤치셨나요?」

노인은 옛날 일을 기억해내려는 듯 한동안 눈을 감았다 떴다. 그러나 다음 순간 노인의 입에서 나온 말은 전혀 예상하지 못한 것이었다.

「투탕카멘의 발굴에 대해 알고 있소?」

「네? 투탕카멘이라구요?」

「그렇소. 룩소르의 투탕카멘 말이오.」

기미히토는 알고는 있었지만 노인의 얘기를 듣기 위해 고개를 가로저었다.

「조선에서 그 토우를 파내기 얼마 전쯤의 일이었지. 영국의 하워드 카터라는 발굴가가 테베의 골짜기에서 투탕카멘의 피라미드를 찾아냈소. 그 피라미드의 입구에서 카터는 상형문자로 된 점토판을 발견했는데, 거기에는 '죽음은 그 날개로 파라오의 평안을 교란시키는 자를 모두 찾아가리라'라고 쓰여 있었지. 물론 카터는 그 경고를 무시했고, 세계적인 엄청난 발굴이 행해졌소. 그 유명한 투탕카멘의 황금 미라가 나오고 휘황찬란한 보물들이 모두의 눈을 어지럽게 했소.」

노인은 잠시 말을 멈추고 기미히토를 살폈다. 기미히토는 노인의 얘기에 열중해 있었다.

「하지만 그 이후 죽음이 꼬리를 물었소. 맨 먼저 그 발굴을 기획하고 자금을 댔던 커너번이 카이로에서 이유 없이 죽었소. 이상한 것은 그가 가장 아끼던 애완견 폭스테리어도 그날 밤 같은 시간에 런던에서 마구 짖어대다가 즉사해버렸다는 사실이오. 다음으로는 커너번의 사망 직후 미라의 방에 들어갔던 미국의 고고학자 아서 메이스가 몸이 이상하다고 호소하더니 곧 혼수상태에 빠져 죽고 말았소. 그것도 같은 컨티넨털 호텔에서. 그 며칠 후 커너번과 거래 관계가 있던 금융업자의 아들인 굴드가 커너번의 사망 소식을 듣고 카이로로 왔소. 카터는 그를 무덤으로 안내했고 다음날 굴드도 죽었소. 그뿐이 아니오. 그 미라를 검사한 두 의사 데리 교수와 닥터 루카스도 죽었고, 미라를 X선 촬영한 사진기사 더글라스도 영국으로 돌아가자마자 사망했소. 커너번의 부인은 벌레에 물려 죽고, 카터의 비서 역시 침대에서 변사체로 발견되었소. 무덤의 발굴에 관여했다가 이런 식으로 죽은 사람들이 모두 스물두 명에 이르렀소. 세상은 온통 파라오의 저주라고 떠들어댔지.」

이야기를 계속하는 노인의 얼굴에는 불안의 그림자가 짙게 배어 있었다.

「그런데 그 믿을 수 없는 얘기가 현실이 되어 나타난 것이오. 바로 여기 혼슈에서…….」

「네? 어떤 일이 있었습니까?」

「그 토우를 가지고 귀국한 우리 여섯 명 중 다섯이 이유 없이 죽었소. 모두 2~3일 간격으로. 아무도 사인을 밝혀내지 못했소. 심장마비를 일으키거나 아니면 2층에서 떨어져 죽거나, 하여간 모두 괴이하게 죽었소.」

「그러면 스기하라 선생님께서는 그중 유일하게 생존해 계신 분이군요.」

「그렇소. 그 후 나는 도쿄를 벗어나 여기 덴리시로 내려와 조용히 살았소. 거의 집 안에만 머물며 참으로 조심하고 살았소.」

「선생님은 그 토우에 관련된 여섯 사람 중 유일한 생존자란 말씀인데, 그렇다면 도쿄에 있는 토우로부터 멀리 떨어져 있었던 것이 생명을 유지하게 된 이유라고 생각하십니까?」

「정확히는 알 수 없소. 하지만 나는 무라야마 슈에이의 도움으로 간신히 살았다고 생각하오.」

「무라야마 슈에이라구요? 그는 어떤 분입니까?」

「일본 제일의 풍수사요. 조선의 풍수, 무속, 귀신도 그가 집대성했소. 당시 우리 헌병대와 총독부에서는 그의 권고에 따라 조선 방방곡곡의 혈을 막았소. 물길을 막거나 비틀기도 하고 구릉을 잘라내기도 했지. 그가 집필한 《조선의 풍수》라는 책은 지금도 풍수의 고전으로 당당히 버티고 있소.」

「밖에서 보니 이 집의 구조가 매우 특이하던데요?」

「역시 무라야마 선생의 권고를 받아들여 괴이한 힘이 들어오기 어렵게 지었소. 덴리시로 이사 온 것도 우리 종교의 힘을 빌려 그 요사스런 토우를 물리치기 위해서였소.」

「무라야마 선생은 왜 그 토우를 근본적으로 없애버리지 않았습니까?」

「그는 토우에 대해서만은 매우 조심스러워했소. 함부로 다루려 하지 않았단 얘기요. 토우 발굴에 관여했던 동료들이 죽어가자 나는 급히 그에게 연락을 했소. 일본으로 돌아온 그는 내 얘기를 듣고 한참 동안 뭔가를 생각하더니 누군가를 만나러 갔소. 그리고 돌아와서는 토우를 없애는 것만으로는 의미가 없으니 마음대로 처리하라고 했소.」

「그분이 누구를 만나러 갔을까요?」

「알 수 없소. 무라야마는 일본 제일의 풍수사였지만 토우에 대해서만은 그 사람과 의논하는 것 같았소. 얼핏 듣기에 호사이라고 하던 것 같기도 하고……. 나는 그쪽 사람들을 잘 모르지만 동료들이 죽어갈 때 나를 살린 것이 그 사람이었는지도 모르지.」

「그런데 토우를 없애는 것만으로는 아무런 의미가 없다는 말은 무슨 뜻입니까?」

「나도 당시로서는 무슨 말인지 짐작할 수 없었소. 물론 지금도 마찬가지지만…….」

「그 토우는 어째서 외무성 창고 안에 있게 되었습니까?」

「우리 중의 몇 사람이 죽자 가나가와라는 친구가 그 토우를 요코하마의 바다에 버리려고 들고 갔지. 그러나 가던 중에 자동차 안에서 쓰러져버렸소. 사정을 모르는 운전사가 그 토우를 다시 도쿄로 실어오게 되었고, 가나가와는 그날 밤 죽었소. 그래서 나는 그 토우를 한국으로 돌려보내는 것이 상책이라고 생각했소. 하지만 결코 아는 사람에게 부탁할 수는 없었소. 어떤 변괴를 당할지 알 수 없었기 때문이오. 그래서 나는 그것을 외무성으로 보내버렸소. 당시 외무성에서는 조선에 관리를 많이 파견하고 있었기 때문이오. 그런데 어떤 이유에선지 외무성에서는 그것을 조선으로 보내지 않고 지하 창고에 넣어두었소. 나는 그 후로 그 토우에 대해 어떠한 언급도 하지 않고 살아왔소. 토우가 저주를 한다면 내게 가장 먼저 하지 않겠소?」

토우가 다시 출현했다는 사실에 스기하라는 진정 겁을 먹고 있었다. 투탕카멘의 경우와 빗대어 생각하는 것만 보아도 그의 공포가 어느 정도인지 충분히 짐작이 되었다.

「이제 지나치게 놀라실 필요는 없을 것 같습니다. 그 토우는 이미 도쿄대학교에서 약 3개월간 만인에게 공개되었습니다.」

그러나 노인은 기미히토의 위안이 전혀 귀에 들어오지 않는 듯 잔뜩 겁에 질린 표정으로 자리에서 일어났다. 기미히토가 일분일초라도 빨리 나가주기를 바라는 듯했다.

기미히토는 노인에게 인사를 남기고 밖으로 나왔다. 정원에서 연못을 구경하고 있던 가마모토는 무료했던지 얼른 다가와 기미히토를 뒤따라 나온 여인에게 인사를 하고는 곧장 대문으로 향했다. 그는 이제 기미히토와 저녁을 먹기만 하면 된다는 사실이 즐거운 모양이었다.

도쿄로 돌아오는 차 안에서 기미히토는 곰곰이 생각을 정리했다. 스기하라의 말로 미루어보면 무라야마 슈에이라는 사람은 토우의 정체에 대해 누구보다 깊이 알고 있다. 그를 만나보면 토우에 대해 더 잘 알 수 있을 것이다. 그러나 그가 현재까지 살아 있을 가능성은 희박하다.

그는 도대체 무슨 이유로 토우를 없애는 것만으로는 의미가 없다고 얘기했을까?

야마자키연구소

기미히토의 설명을 들은 오카모토는 연신 고개를 좌우로 흔들었다.

「자네는 정말 나를 고통스럽게 하는군. 실제로 일어난 일이니 믿지 않을 도린 없지만 나는 정말로 믿기가 힘드네. 과학을 버릴 수는 없는 것 아닌가.」

「결론을 내리기까지는 아직도 조사해야 할 것이 많네. 결론은 그 후에 내리자구.」

기미히토 역시 조심스러울 수밖에 없었다.

「어째서 컴퓨터가 유독 야마자키연구소에서 가져온 〈묘제의 연구〉에 대해서만 선택적 장애를 일으켰는지를 우선 규명해야 하네. 그러자면 야마자키연구소에서 가지고 온 그 자료를 살펴봐야겠어.」

두 사람은 동양문화연구소의 전산실로 갔다. 기미히토는 단말기 앞에 앉아 키보드를 두드렸다.

「이게 어떻게 된 거야? 없어졌잖아.」

「뭐가?」

「없어졌어. 그 〈묘제의 연구〉 말이야.」

「어떻게 된 일이지?」

기미히토는 직원을 불렀다.

「아, 그 자료는 야마자키연구소에서 가져갔습니다.」

「아니, 바로 며칠 전에도 있었는데 언제 가져갔단 말이오?」

「어제 가져갔습니다.」

「복사해둔 것도 없어요?」

「아시다시피 남의 자료는 허가 없이 복사할 수 없습니다. 형사 문제가 발생하거든요.」

「이상하군. 이제껏 놔뒀던 것을 왜 하필 어제 가져갔을까?」

「야마자키연구소에서는 이치로 교수님이 돌아가신 줄 모르고 있었답니다. 이치로 교수님이 자료를 다 쓰고 나면 돌려주기로 하셨는데 연락이 없기에 그저 연구가 오래 걸리나 보다고 생각했다는군요.」

납득이 가기도 하고 안 가기도 하는 일이었다. 기미히토는 뭔가 짚이는 게 있는지 급히 키보드를 두드렸다. 그러나 이내 고개를 가로저으며 아쉬운 표정을 지었다.

「없군, 없어. 아무것도 없어.」

「뭐가 없단 말이지?」

「이치로 교수가 연구한 흔적. 그 자료를 가지고 뭐라도 했다면 흔적이 있을 텐데 아무것도 없어. 이상한 일이야. 이렇게 완벽하게 모든 자료를 가져갈 수 있을까?」

「염려 마, 야마자키연구소 측에 접촉하면 돼. 마침 거기에는 도시아키가 있네.」

「그래?」

기미히토의 표정이 밝아졌다. 도시아키라면 오카모토와 함께 학부 시절부터 가까운 동료였다.

「자네가 미국 가고 나서 얼마 안 있다가 도시아키가 그 연구소의 수석연구원으로 갔어.」

「잘됐군.」

기미히토는 도시아키와 마음 편하게 대화를 나누기 위해 저녁 시간에 만나 술 한잔을 하기로 약속했다.

프린스호텔 로비 라운지에서 만나기로 한 약속 시간보다 조금 일찍 도착한 기미히토는 입구에서 잘 보이는 자리에 목을 뒤로 젖히고 앉았다.

벌써 옆에 대기하고 선 웨이터에게 에스프레소 한 잔을 주문하고 양손을 깍지 껴 머리 뒤에 대었다. 그리고 천장의 벽화를 천천히 감상했다.

기미히토는 미국을 떠나서 지금에 이르기까지의 과정을 하나하나 곱씹어보았다. 이것은 기미히토의 오래된 습관이었다.

한창 일에 열중해 있을 때는 자신의 오류를 지나치기 쉽다. 그러나 기미히토는 가끔 이런 국외자의 시각으로 자신의 일을 점검함으로써 뜻밖의 소득을 얻곤 했다.

이번에 컴퓨터에 대한 토우의 영향을 밝혀낸 것도 이 버릇 덕분이었다. 어느 누가 토우가 원인이라는 것을 생각이나 했을까. 그의 뇌리에 토우가 죽인 것으로 추정되는 이치로 교수가 떠올랐다.

'토우는 어째서 그 사람만 죽였을까?'

원래 놓였던 자리에서 치워버리기까지 한 자신에게는 아무런 해도 끼치지 않는 토우가 이치로 교수를 죽였다면 어떤 이유가 있을 것 같았다.

「여어, 이 사람. 무슨 생각을 그렇게 골똘히 하고 있나?」

도시아키였다. 그의 모습은 몇 년 전 보았을 때와 조금도 다를 바가 없었다.

「아, 도시아키. 조금도 변한 데가 없어 보이는군.」

「자네야말로. 그런데 오카모토에게 들으니 학교 전산실의 문제를 깔끔히 해결했다고 하더군. 역시 천재에게 그런 건 식은 죽 먹기였겠지.」

「어르지 말게. 정말 혼났네. 우연히 해결했을 뿐이야.」

「우연이란 천재에게만 일어나지. 자, 자리를 옮길까?」

「그러지.」

두 사람이 찾아간 곳은 일본 정식으로 유명한 긴자의 조용한 음식점이었다. 미리 예약해두었으므로 그들은 한갓진 별채로 안내되었다. 술이 몇 순배 돌고 그간의 신변잡사에 대한 얘기가 거의 꼬리를 접을 무렵 기미히토는 은근하고 나직한 목소리로 말했다.

「이봐, 도시아키!」

「왜?」

「우리 학교로 보낸 자네 연구소의 그 자료 말이야, 〈묘제의 연구〉던가? 그것 며칠간만 보여줄 수 있겠나?」

그러나 다음 순간 기미히토는 깜짝 놀랐다.

「미안하네, 그건 보여줄 수 없네.」

기미히토는 도시아키가 이렇게 단호하게 거절할 줄은 생각도 못했다. 도시아키가 어떤 친군가. 학부 시절부터 오카모토와 더불어 셋이서 얼마나 어울려 다녔던가. 오죽 찰떡같이 어울려 다녔으면 부인들끼리도 동창처럼 되어버린 사이가 아닌가. 미국에 있는 동안 제대로 연락을 못했다고는 하지만 그렇다고 쉽게 멀어질 정도의 관계는 절대로 아니었다.

기미히토는 〈묘제의 연구〉라는 자료에 대해 더욱 불같은 호기심이 일었다.

'도시아키가 이렇게까지 딱 잘라 거절하는 그 자료는 도대체 무엇이란 말인가?'

이 정도라면 누구에게 물어서 될 일이 아니었다. 스스로 알아내는 것밖에는 방법이 없었다. 기미히토는 순간적으로 기지를 발휘했다.

「괜찮네. 나는 이치로 교수가 작업하는 도중 간간이 써놓은 비망록을 보고 그 자료와 관련하여 그가 상당한 고뇌를 했다는 것을 알게 됐네. 물론 무슨 일인가도 대략 알고 있네. 다만 나는 자네가 그런 일에 너무 깊이 관여하지 않는 것이 좋을 것이라는 충고를 해주려고 만나자고 했던 것일세. 이제 우리 술이나 마시지.」

말을 마친 기미히토는 전혀 개의치 않는다는 듯 일부러 큰 동작으로 술병을 들어 도시아키의 잔에 가득 부었다. 그러면서 슬쩍 올려다본 도시아키의 얼굴에는 분명 효과가 나타나고 있었다. 안색이 확 달라져 있었던 것이다.

「이치로 교수가 양심의 고백을 남겼다고?」

「그래, 메모로 보아서는 다소간 작업에 대한 회의를 느끼고 있던데.」

「도대체 어디에 그런 메모를 남겨놓았나?」

「걱정 말게, 다른 사람들은 알지 못해. 내가 전산 장애를 해결하느라 전산실의 컴퓨터란 컴퓨터는 모조리 헤집었잖아. 록이 걸려 있는 파일도 모두 샅샅이 뒤졌고. 이치로 교수는 스테이션의 한 공간에 비밀 파일을 만들어놓고 그런 메모를 남겼더군.」

「바보 같으니, 차라리 하겠다고 나서지를 말지. 그렇게나 약한 인간이 그런 작업을 어떻게 하겠다고…….」

「그건 이해를 해야 해. 중요한 비밀은 엄청난 스트레스를 주잖아. 그걸 풀기 위해서는 그런 파일이 필요했을 거야. 하지만 걱정하지 마. 나밖에는 아는 사람이 없으니까.」

기미히토의 능청스런 연기에 도시아키는 무슨 의미인지 고개를 좌우로 흔들었다.

「이치로 교수가 자살하겠다고 했나? 그 메모는 그러니까 유서 같은 것이었나?」

도시아키는 완벽하게 걸려들었다.

「아니, 그런 얘기는 없었어. 그냥 자신이 하는 일에 깊은 회의를 갖고 있다는 것을 느낄 수 있었을 뿐이야. 사인은 과로로 인한 실족사였어.」

대답을 하면서 기미히토는 약간 양심의 가책을 느꼈다.

「아까 자네에게 자료를 보여주지 못하겠다고 한 것은 미안하네. 용서하게. 자네도 이해하겠지?」

「그럼, 그런 자료를 어떻게 함부로 보여주겠나. 대략 어떤 자료인지만 얘기해줘.」

「그런데 자네는 왜 그 자료에 대해 알고 싶어 하지?」

「이치로 교수의 죽음을 이해하고 싶어서 그래. 교수친목회의 멤버였거든.」

「사실 그 자료는 야마자키 이사장이 직접 이치로 교수에게 주었어. 이사장은 이치로 교수가 죽은 줄 모르고 연구원들과 오랫동안 만주에 가 있었지. 엊그제 밤에 돌아와 이치로 교수에게 전화를 했다가 그가 거의 한 달 전에 죽은 것을 알고는 대경실색하여 어제 아침에 급히 자료를 회수했어.」

「그래서 그동안은 그게 스테이션에 그대로 남아 있었군.」

기미히토는 장단을 맞추었다.

「〈묘제의 연구〉는 식민지배 당시 한반도에서 행해졌던 어느 발굴에 대한 기초자료들이야. 나도 그 내용까지는 확실히 모르지만, 이사장은 이치로 교수에게 그 자료를 기초로 해서 연구를 하도록 했지.」

「공동 연구의 내막은 그런 것이었군.」

「처음에 이치로 교수는 한사코 거부했어. 그러나 이사장의 함정에 걸려들었지.」

「이사장의 함정이라구?」

「그래. 우연인 것처럼 여자를 붙여줬지 뭔가.」

「여자?」

「감칠 듯이 녹아드는 여자지.」

「왜 그런 짓을 했지?」

「이치로가 하지 않으려 했으니까.」

「학자가 원하지 않는 걸 그렇게 해서라도 하도록 했다구? 그게 말이나 되는 얘긴가?」

「그러니 이치로가 그렇게 고뇌했던 것이 아닌가?」

「그렇군.」

「이치로는 석 달의 여유를 달라고 했어.」

「그 정도 걸리지 않나? 한 편의 논문을 쓰려면.」

「그런데 죽어버린 거지.」

「도대체 그 자료는 뭐야?」

「식민시대의 발굴이라는 것밖에는 나도 모른다니까. 내 전공도 아니잖아. 게다가 그 자료만은 이사장이 직접 관리해. 다른 사람은 손도 못 댄다는 말이야.」

기미히토는 도시아키가 진심으로 자신을 대하는지의 여부를 가늠할 수 없었다. 그렇게나 중요한 자료를 한 달이나 허술하게 방치했다는 것은 이해할 수 없는 일이었지만, 한편 생각하면 이사장 본인이 없었다니 그럴 수도 있었겠다는 생각도 들었다. 어쨌든 도시아키는 자기가 알고 있는 선에서는 기미히토에게 모두 털어놓았음을 분명히 했다.

맨해튼의 밤

리우데자네이루로부터 아메리카합중국의 내륙을 가로질러 존에프케네디공항에 도착한 747 점보기에서 갈색 싱글 차림의 한 사나이가 내리더니 게이트 입구에서 기다리던 두 명의 사나이를 따라 링컨컨티넨털에 올랐다. 해안도로를 따라 한참 달려온 자동차는 맨해튼에 들어서자 이내 브로드웨이를 흐르는 차량의 물결에 섞였다.

비행기에서 내린 삼십대 후반의 사나이는 차 안이 더운 듯 손등으로 이마에 흐르는 땀을 씻었다.

「미스터 딕슨, 에어컨을 세게 올릴까요?」

사나이는 말없이 손을 내저었다. 아마 상대가 다른 어떤 말을 했어도 딕슨은 손을 내저었을 것이다. 창밖으로 멍하니 눈길을 던지고 있던 딕슨은 얼굴에 비웃음을 흘리며 조롱 섞인 목소리로 비아냥거렸다.

「내가 자살이라도 할까 봐 자네들을 보냈나?」

「무슨 소릴요. 저희들은 언제든 나오지 않았습니까?」

'자식들, 언제든 나왔다구?'

딕슨은 한꺼번에 몰려드는 생각들을 정리하느라 이맛살을 찌푸렸다.

가장 마음에 걸리는 것은 아내 매기였다. 그래도 이 세상에서 자신을 가장 아끼고 위해주는 사람은 누가 뭐래도 아내였다. 다음으로는 외아들 미키. 그러나 녀석은 한번 이런 따끔한 맛을 보아야 한다는 생각이 들었다. 녀석은 이 세상의 모든 게 거저 주어지는 것으로 아는 한심한 놈이다. 한번 고생을 해봐야 세상이 얼마나 만만치 않은지 알 게 아닌가.

그러나 다음 순간 딕슨은 고개를 세차게 가로저었다.

'아니야, 안 돼. 녀석에게는 방법이 없어. 그냥 저 바닥으로 전락해버릴 수밖에 없는 놈이야. 내가 끝까지 돌봐주어야만 해.'

「미스터 딕슨, 몸이 안 좋은 것 아닙니까?」

「입 닥쳐, 이 멍청아!」

말을 내뱉어놓고 딕슨은 자신이 너무했다는 생각이 들었다. 이들에게 그럴 필요는 없는 건데.

그러나 딕슨은 이내 생각을 고쳐먹었다. 이들은 아서에게 월급을 받고 있는 아서의 개들이 아닌가. 사람이 아닌 개에 불과한 자들이 건방지게 자신을 걱정해주는 듯한 표정을 짓자 딕슨은 무척 불쾌했다.

그러나 다음 순간 자신도 불과 얼마 전까지는 아서의 개들 중 한 마리였다는 생각과 더불어 이제 아서에게 버림받았다는 절망감이 혹독하게 뇌리를 파고들었다.

자동차가 월스트리트의 검은색 마천루 앞에 멈추자 온통 금장으로 두른 도어맨이 뒷좌석의 문을 열었다. 오십대의 도어맨은 딕슨을 보자 곧 정중하게 고개를 숙이며 반가운 표정으로 인사를 건넸다.

「딕슨 씨, 무슨 일입니까? 얼굴이 안 좋아 보이십니다.」

딕슨은 주머니에서 잡히는 대로 돈을 꺼내 상대의 코트 주머니에 찔러주었다.

「고맙습니다.」

도어맨은 여느 때와는 달리 심상치 않아 보이는 딕슨의 뒷모습을 보며 고개를 갸웃거렸다.

아서는 얼굴 가득 웃음을 띠며 딕슨을 맞았다.

「여어, 딕슨! 어서 오게.」

아무런 생각이 없는 인형처럼 입을 크게 벌리고 활짝 웃을 수 있는 것은 아서만의 특기였다. 그러나 때때로 그의 웃음은 공포감마저 들게 했다. 웃고 있는 아서의 얼굴 뒤에는 서늘한 기운이 감돌았기 때문이다.

「회장님, 저는 만회할 수 있습니다. 틀림없이 해낼 자신이 있습니다. 한 번만 기회를 주십시오.」

웃음으로 터질 듯한 아서의 얼굴과 곧 울음을 터뜨릴 것 같은 딕슨의 얼굴이 묘한 대비를 이루었다.

「아니야, 자네는 훌륭했어. 누가 자네를 탓하겠나.」

「회장님, 제발…….」

「좀 쉬는 게 좋을 거야. 괜찮아, 괜찮다구.」

「나스닥에 제가 잡아놓은 신주들이 이제 곧 뜰 겁니다.」

그러나 딕슨의 말은 아서에 의해 끊기고 말았다.

「쉬게, 자네는 휴식이 필요해.」

「회장님, 한 번만 기회를 주십시오.」

「그냥 조용히 나가게.」

딕슨은 필사적이었다.

「방법이 있습니다. 선물거래에서 당한 참패를 일거에 만회할 수 있는 방법이 있습니다.」

「하하. 괜찮아, 괜찮다구. 그냥 쉬라니까.」

여전히 얼굴 가득 미소를 짓고 있던 아서가 눈짓을 하자 대기하고 있던 두 사람의 건장한 사나이들이 걸어와 딕슨의 팔을 잡았다.

딕슨은 안간힘을 쓰면서 저항하려 했으나 거한들에게 양팔이 붙잡히고 몸이 들려 꼼짝할 수 없었다.

딕슨이 울음 섞인 목소리로 절규했다.

「한국, 한국입니다. 회장님, 한국에서 해낼 수가 있습니다. 맹세합니다.」

그러나 아서는 회전의자를 돌려 창밖에 보이는 자유의 여신상에 눈길을 보냈다. 딕슨의 얘기에 귀를 기울여줄 기미라고는 이미 조금도 없었다.

「회장님! 매기, 그리고 미키의 목숨까지도 걸겠습니다. 실패하면 우리 가족은 모두 죽어도 좋단 말입니다. 틀림없이 기회가 있습니다. 일거에 만회할 수 있단 말입니다. 믿어주십시오.」

아서의 귀가 꿈틀했다. 시선을 여전히 창밖에 둔 아서의 짤막한 목소리가 딕슨의 다리를 땅에 닿게 했다.

「시간은 1분이야. 말해봐. 어떻게 네놈이 선물거래에서 패대기쳐버린 10억 달러를 한국 놈들이 돌려줄 수 있는가를.」

함정

정완은 46번가의 사우나 독에 앉아 있었다. 맨해튼의 사우나는 서울의 사우나와는 달리 김이 짙은 데 비해서 온도가 낮아 싱거웠다. 두르고 있던 타월을 뜨거운 물에 적셔 아예 바닥에 깔고 드러누운 정완의 머리에 복잡한 생각들이 밀물처럼 밀려들었다. 이제 열흘 후면 결산보고를 해야 한다. 즉, 해커들이 기다려준다는 시한이 열흘밖에 남지 않은 것이다.

애초에 정완은 이 일이 크게 어려울 것으로 생각하지 않았다. 한국의 본사에는 이름을 날리는 쟁쟁한 컴퓨터 전문가들이 수없이 포진해 있어 그들이 쉽게 문제를 해결할 수 있을 것으로 생각했던 것이다.

그러나 기대를 걸었던 본사의 기술팀은 뜻밖에도 전혀 힘을 쓰지 못했다. 보안용 칩을 개발하는 것과 해킹을 추적하는 것은 본질적으로 다른 문제라는 그들의 안쓰러운 대답에 정완의 가슴은 덜컥 내려앉았다.

그제야 비로소 사태의 심각성을 깨달은 정완은 속내를 감춘 채 수많은 외부 전문가를 만났지만 그들 중 어느 누구로부터도 만족스런 대답을 얻을 수 없었다.

해킹이라는 것은 어떤 이론이 있어 체계적으로 배울 수 있는 것이 아니고, 해커 자신이 수많은 노력과 시험을 통해 스스로 깨우치는 것이기 때문에 그 실력이란 절대적으로 개인적인 것이라 할 수 있다.

정완은 얼마 전 리노에서 만났던 수아의 얼굴을 떠올렸다. 과학기술원 최 박사의 권고가 있어 한번 만나보기는 했지만 사실 큰 기대를 가지고 찾아간 것은 아니었다. 그런데 아버지와 상의해보아야 한다고 어린아이 같은 대답을 하던 여학생이 수많은 전문가를 만나고 난 지금에 와서 자꾸 생각나는 것이다.

「회사의 비서로부터 전화가 와 있습니다.」

정완은 흘끗 시계를 봤다. 다음 약속까지는 아직 시간이 많이 남아 있었다. 비서가 사우나에까지 전화를 걸어 방해할 리가 없다는 생각에 정완은 의아해하며 전화기를 들었다.

「죄송합니다, 회장님. 베키입니다.」

그동안 정완은 임시 주총을 통해 회장직을 수락한 터였다.

여비서의 오그라드는 목소리에 정완은 왠지 모를 불안감을 느꼈다.

「무슨 일인가?」

「회장님 컴퓨터의 극비 파일에 외부 침입자가 들어왔었습니다.」

「내 컴퓨터에 외부 침입자라구? 어떻게 그런 일이 있을 수 있지?」

「아직 정확한 경위는 파악이 안 되고 있습니다.」

「이상하군. 비밀번호는 나만 알고 있는데 어떻게 파일에 접속할 수 있었을까? 그런데 외부 침입자가 도대체 무슨 짓을 했단 말인가?」

「역시 확인이 안 되고 있습니다. 회장님의 파일에는 어떤 직원도 접근을 못하기 때문에…….」

「으음, 침입자 말고는 말이지.」

정완은 쓴웃음을 지었다.

「그런데 어떻게 알 수 있었나? 침입자가 내 극비 파일에 접속했다는 것은?」

「침입자가 제 이메일에 메시지를 남겨두었습니다.」

여비서는 마치 자신의 잘못인 양 수심이 가득한 목소리로 대답했다.

「메시지를 읽어봐.」

「'339276이란 이름이 붙은 파일의 끝을 보시오'라고 되어 있습니다.」

「알았어, 곧 가지.」

정완은 서둘러 샤워를 마치고 회사로 향했다. 자신이 많은 전문가들과 접촉한 것을 알고 당장이라도 돈을 내놓으라고 하는 요구라면 큰일이라는 생각에 발걸음을 다급하게 옮겨놓고 있었다.

아저씨, 회사의 컴퓨터를 한번 훑었는데요, 별다른 혐의점을 찾지 못했어요. 부분적인 정보만 빼내는 보통의 해킹과는 달리 협박자는 수십 차례에 걸쳐 접근해서는 키스테이션의 명령체계를 모조리 읽어버렸어요. 어떤 조작도 가능하도록 했기 때문에 캐시박스에 돈이 차 있는 한은 얼마라도 뺄 수 있어요. 키스테이션은 한 방향으로만 명령을 내리는데다가 외부 입력 방지 시스템이 가동되고 있는데, 이 방지 시스템을 깨고 명령체계도 쌍방향으로 작동하도록 바꿨으니 상대는 완전 프로란 얘기죠. 현재로서는 안갯속에 있는 셈이지만 한 가지 방법을 쓸 수 있을 것 같아요. 자세한 내용은 만나서 말씀드리죠. 내일 뉴욕으로 가겠어요. 자연사박물관 앞의 노상 카페에서 만나는 것이 어떨까요? 괜찮은 시간을 이메일로 넣어주세요.

뜻밖에도 침입자는 수아였다.

정완은 자신도 모르게 주먹을 불끈 쥐었다. 짧은 메모였지만 여태까지 만난 전문가들의 탁상공론과는 달리 믿음을 주는 내용이었다.

자연사박물관의 길 건너편 카페는 햇볕을 온몸에 받으며 한가롭게 대화를 즐기기에 적당한 곳이다. 박물관이 있는 이곳은 맨해튼의 다른 지역과는 달리 그리 바쁘지도 복잡하지도 않은 지역이다.

정완은 자연스럽게 에스프레소 한 잔을 들고 걸으며 테이블 사이를 살피다가 낯익은 얼굴을 보았다. 순진하고 맑은 눈동자의 수아였다.

그러나 다음 순간 정완은 미소를 짓지 않을 수 없었다. 머리를 길게 늘어뜨린 여대생은 간데없고 싸구려 미장원에서 손질한 듯한 곱슬곱슬한 금발에다 루주를 짙게 칠한 입술, 그 옆에 장난스럽게 찍은 점, 그리고 할머니도 입지 않을 것 같은 50년대식의 낡은 투피스에 2차 대전 당시 전투기 조종사들이 목에 매던 국방색 스카프가 정완을 순간적으로 착각하게 했다. 수아가 먼저 눈으로 아는 체를 안 했으면 못 알아봤을 것이다.

「안녕하세요?」

「그래, 그런데 이게 어떻게 된 일이지?」

「우선 앉으세요.」

「하하, 반갑구나. 그런데 갑자기 30년이나 빨리 늙어버린 것은 무슨 까닭이지?」

「변장을 했어요. 혹시 누가 지켜볼지 몰라서요.」

「그럴 리가 있을까?」

「이런 일에는 늘 조심을 해야 해요.」

「그래, 그게 좋을지도 모르겠군.」

정완이 이 방면의 전문가들을 만나고 있다는 소문이 이미 퍼졌을 수도 있으므로 수아의 일견 장난스러워 보이는 변장은 충분한 의미가 있을 법했다. 그러고 보니 자리도 주변에 다른 사람들이 없어 마음껏 얘기를 나눌 수 있는 곳이었다.

정완은 수아가 자신보다 더 신중하게 일에 임하고 있다는 느낌이 들어 부끄러웠다.

「아버지와 의논해봤어?」

「네.」

「승낙하셨어? 학비 얘기도 했고?」

「네.」

「뭐라 그러셨지?」

「그런 걸 받는 게 아니라고 하셨어요.」

「훌륭한 아버님이시군. 하지만 나로서는 뭔가 보답을 하지 않을 수는 없는데.」

「그런 생각은 하지 마세요.」

수아는 진심으로 대가에는 관심이 없는 듯했다. 수아는 테이블에 놓여 있는 밀크셰이크를 맛있게 빨아먹었다. 나이를 짐작할 수 없게 변장을 한 수아가 셰이크를 빨아먹는 모습을 보며 정완은 입가에 미소를 지었다.

「혼자서 하고 있는 협박이 아네요. 전문적인 조직 같아요. 일을 서로 분담하는 조직 말예요.」

「나도 그럴 것으로 생각하고 있다.」

「그중에 최소한 한 사람은 아주 뛰어난 해커예요. 자신감이 넘쳐흐르고 있어요. 너희들이 아무리 해도 나를 막아낼 수는 없다고 생각하는 거죠.」

「어떻게 알 수 있지?」

「기한을 길게 주고 있잖아요.」

「그게 무슨 상관이 있는 걸까?」

「그 정도 기간이라면 얼마든지 시스템을 바꾸거나 보안 처리를 할 수 있거든요. 그래서 보통의 해커라면 즉각 돈을 내놓으라고 요구할 거예요. 하지만 이 사람은 여유가 있어요. 바꿀 테면 바꿔보라는 거죠. 그 다음에는 더욱 큰 손해를 보아야 할 거라는 메시지가 들어 있는 거예요. 그리고 아저씨네 회사 뿐 아니라 다른 회사들에도 접촉했을 거예요. 아마 늘 성공했겠죠. 따라서 자신감도 붙었을 거구요. 이 정도 해커라면 수사기관에서는 붙잡지 못해요. 어떤 회사든 타협할 수밖에 없는 거죠.」

정완의 표정이 굳어졌다. 그렇다. 자신은 지나친 모험을 하고 있는 건지 모른다. 모든 회사들이 굴복할 수밖에 없는 현실이 아닌가. 정완은 화가 치밀어 올라 목소리를 높였다.

「도대체 그 해킹이란 것을 이해할 수가 없군. 보안장치를 해두고 평생을 두드려봐도 알아낼 수 없는 비밀번호를 달아두는데도 침입이 가능하다는 사실을 말이야.」

「너무 그렇게 화내지 마세요. 해킹이 가능하니까 아저씨네 회사에서 보안 칩이 내장된 컴퓨터를 개발해 돈을 벌 수 있는 거잖아요?」

수아의 허를 찌르는 말에 정완은 혀를 차며 웃을 수밖에 없었다. 이미 이 기술 세계는 윤리니 도덕이니에 붙들려 있을 수 있는 공간이 아니었다.

치열한 싸움, 그리고 승리밖에는 살아날 길이 없는 삭막한 세계였다.

문득 회의 석상에서 정의를 부르짖던 스튜어트가 생각났다. 지더라도 싸워야 한다던 스튜어트의 주장에 귀를 기울인 이사는 단 한 사람도 없지 않았던가. 만약 중형 스테이션 판매라는 특수한 사정에 처해 있지 않았다면 자신은 어땠을까 생각을 해보니 별로 자신이 서지 않았다.

「그들은 어떤 수법으로 키스테이션을 조작했을까?」

「제가 접촉해본 바로는 아저씨네 컴퓨터의 패스워드를 조합에 의해서 알아낸다는 것은 불가능해요.」

「그게 무슨 말이지?」

「비밀번호를 알아내어 접속할 수는 없다는 얘기죠.」

「그럼 어떻게 접속했지?」

「비밀번호를 묻고 거기에 따라 접속을 시키거나 차단하는 프로그램 자체를 붕괴시켜버린 거죠.」

「그럼 접속도 불가능하게 되어버리지 않을까?」

「그게 바로 상대의 실력이죠. 상대는 일단 프로그램을 붕괴시키고는 그 프로그램의 틀에 따라 기능을 되살린 거예요. 보통 때 이런 역할을 수행하는 바이러스를 심어둔 거죠. 전문용어로는 '트로이의 목마'라고 하는데, 오랜 잠복 기간을 거쳐 3분 27초간 작동되도록 한 것은 대단한 실력가라는 얘기예요.」

「그런 자에게 어떻게 맞설 수 있을까?」

「곰곰이 생각해봤는데 함정을 파는 것이 좋을 것 같아요.」

「어떤 방법으로?」

「상대는 성공을 거듭하다 보니 기고만장해졌어요. 자만에 빠져 있는 거죠.」

「그래서?」

「역이용하는 거죠. 초일류의 해커에게는 광기와도 같은 자존심이 있어요. 그 자존심을 건드리는 거예요.」

「어떻게?」

수아는 싱긋 웃었다.

「해킹 대결을 하는 거예요.」

「대결이라고?」

「네. 상대가 키스테이션에 접속하는 것을 막을 수는 없지만 일단 키스테이션에 접속하면 저도 바로 키스테이션으로 들어가는 거죠. 혹은 제가 먼저 들어가 있을 수도 있구요.」

「들어가서는?」

「같이 해킹을 하는 거예요. 상대는 언제 들어와봐도 제가 뭔가를 들쑤시고 있는 것을 발견하면 경쟁심이 생기게 되겠죠. 그렇게 되면 저는 여러 가지로 상대를 유도할 수 있죠. 어떤 방법을 쓸지는 그때 가서 판단할 거예요.」

수아는 뭔가 생각하더니 다시 말을 이었다.

「이 일은 상대를 추적할 수 있을 정도의 시간을 버는 것이 중요하거든요. 이제까지 상대는 자신의 컴퓨터를 이용하여 키스테이션에 접속했어요. 하지만 한 번에 접속할 수 있는 시간은 불과 몇 분이죠. 너무 길면 꼬리가 잡히니까요.」

「그렇겠지. 다른 고객보다 현저히 길게 접속한다면 추적을 면치 못하겠지.」

「전국에서 쏟아져 들어오는 접속 내용을 일일이 다 점검할 수는 없는 노릇이니까 상대의 정체를 알아낼 수는 없지요. 하지만 상대를 유도하여 통화 시간을 늘리게 하는 것은 하나의 방법이 될 거예요. 일단 같이 키스테이션에서 만나면 뭔가 방법이 나올 것 같아요.」

정완은 될 수 있는 대로 자신과 수아를 제외한 다른 사람은 이 일을 모르도록 해야 한다고 생각했다. 누가 어떻게 연결되어 있을지는 아무도 모르는 일이었다.

수아와 같이 자리에서 일어나면서야 비로소 정완은 이 외로운 싸움에서 일방적으로 지지만은 않을 것 같은 확신이 생겼다.

해킹 전쟁

「놈은 수많은 전문가를 만났어. 하지만 오늘처럼 밝은 표정을 보인 적은 없었어. 이것은 뭘 말하는 거지?」

짙은 수염에 얼굴에는 칼자국이 나 있는 삼십대 초반의 사내가 시퍼렇게 날이 선 잭나이프로 자몽 껍질을 벗기며 나이에 어울리지 않게 잔뜩 쉰 목소리로 내뱉었다.

「잭, 이 바보야. 네까짓 녀석이 컴퓨터에 대해 뭘 안다는 거야? 술이나 처먹고 돈이나 받으면 되는 놈이 무슨 쓸데없는 소리가 그렇게 많아?」

술에 찌든 목소리의 주인공은 잭의 잘난 체하는 소리에 기분이 상한 듯 욕지거리를 퍼부었다.

「하지만 어딘가 기분이 안 좋았어. 이제까지 죽을상을 하고 다니던 놈이 그렇게 확 바뀌었다면 주의를 해야 하지 않을까?」

「자꾸 그런 개소리나 내뱉고 있을 거야?」

말이 끝나기도 전에 대뜸 위스키 병이 날아들자 잭은 고개를 숙여 피했고, 병은 뒤의 벽에 부딪혀 유리 조각들이 튀었다.

「그렇게 화낼 건 없잖아, 윌리. 나는 조심하자고 하는 말인데…….」

그러자 옆에서 잠자코 술잔을 기울이고 있던 사십대 초반의 사나이가 윌리라고 불린 자에게 손을 내저으며 묵직한 목소리로 말했다.

「이봐 윌리, 한번 생각해볼 필요는 있겠어. 만약 저쪽에서 전문가를 고용하여 대응해온다면 어떻게 되는 거지?」

「샘, 시티은행 경우를 생각해봐요. 처음에 나를, 이 윌리를 얼마나 비웃었어요. 하지만 한 달 후에 어떻게 됐죠?」

「그렇긴 하지만 이제는 저쪽에서도 뭔가 대비책이 나올 때가 되지 않았을까?」

「나에게 대항할 수는 없어요. 그런 둔재들의 머리로는 영원히 어림없는 일이니까.」

「하긴, 이제껏 아무도 자네에게 대항하지는 못했지.」

「걱정 말고 술이나 마셔요. 날짜 돼서 돈 들어오는 거나 챙기면 되니까요.」

「그래, 그렇고말고.」

정완은 기한이 되기 전에 미리 상대의 요구에 응하지 않을 것임을 선포하고는 FBI에 정식으로 수사를 의뢰했다. 이사들의 쏟아지는 불만과 비아냥에도 불구하고 급작스레 정면돌파를 선언한 신임 회장 정완에게 월스트리트의 시선이 온통 쏠릴 수밖에 없었다.

오랫동안 월스트리트를 지배해온 많은 보수적 금융인들은 회의적 시각을 감춘 채 이 젊은 외국인의 의욕적 도전에 찬사를 쏟아냈다. 누군가는 반드시 해야 할 일로 생각하고 있었지만 자신의 재산을 담보로 싸울 용기가 없었던 그들은 이 돈키호테를 가상하게 생각했다. 하지만 누구도 돈키호테가 이 싸움에서 이길 것이라고는 생각하지 않았다.

정완은 많은 사람들로부터 지지 전화를 받았다. 어린이부터 노인에 이르기까지, 일반 시민부터 원로 금융인에 이르기까지 모두가 호의적인 관심을 갖고 정완을 응원했다. 스튜어트는 정완의 결정에 열광했다.

「수아, 인사해. 여기는 미스 스튜어트. 우리 회사의 대주주야. 미스 스튜어트, 수아는 나를 도와주는 학생이오.」

「반가워요.」

스튜어트는 수아가 이상한 여자라고 생각했다. 그럴 수밖에 없는 것이 수아의 변장한 모습에는 최소한 30년 이상의 시간차이가 나는 복장과 화장이 뒤섞여 있었던 것이다.

「호호, 재미있는 학생이군요. 어디 출신이에요?」

「스탠퍼드. 고향은 한국이에요.」

「수아는 해커를 잡기 위해 대기 중입니다.」

「다른 분들은요?」

「수아 혼자예요.」

정완의 말에 스튜어트는 안색이 변했다.

「네? 아니, 뭐라구요? 이 학생 혼자 해커를 잡는다구요?」

자신 있게 말하는 정완의 부연 설명이 이어지지 않자 스튜어트는 노골적으로 불안감을 드러냈다. 그녀는 정완 다음으로 많은 주식을 보유하고 있는 대주주였다. 그러고 보니 이번에 정완이 일처리하는 모습은 어딘지 모르게 위험한 요소가 너무 많다는 생각이 들었다.

식사가 시작되자 잠시 멎었던 스튜어트의 근심에 가득 찬 목소리가 나지막하게 정완에게 전해졌다.

「물론 이 학생을 못 믿는 것은 아니지만 어쩐지 저는 이번 일이 너무 쉽게 처리되고 있지는 않은가 하는 불안감을 떨쳐 버릴 수가 없군요.」

「그렇지는 않습니다. 그동안 내가 만나본 어떤 전문가도 수아처럼 자신 있게 상대를 분석하지 못했어요. 수아는 한국에서 가장 인정받는 해커입니다.」

「미안하지만 아직 한국의 능력으로는 아무래도 좀 떨어지지 않나요?」

「컴퓨터 역사에선 당연히 떨어지겠지만 능력만은 결코 떨어지지 않습니다.」

「필요하다면 제가 전문가들을 좀 알아볼까요?」

스튜어트는 여전히 불안이 가시지 않는 모양이었다. 하긴 누구라도 수아의 이 어쭙잖은 모습과 말투에 신뢰감을 느낄 수는 없을 것이다. 수아는 스튜어트의 시선은 아랑곳하지 않고 스탠퍼드 학생 특유의 능청을 떨었다.

「어머, 이 집 소스 하나 죽여주네요. 입에 착착 감기는 것이 둘이 먹다 하나가 죽어도 모르겠어요.」

「하하, 그래. 그럼 우리 물릴 때까지 여기만 올까?」

「일 년 내내 먹어도 물릴 것 같지 않아요.」

「수아, 해커가 이리로 오게 되어 있나요?」

「네?」

「아까 대기 중이라 하지 않았어요?」

스튜어트의 불안감은 수아에 대한 미움으로 작용하고 있었다. 사실 그녀는 시티은행도 손을 들어버린 해커에게 대항하기 위해 이런 애송이 여학생 한 명만을 데리고 온 정완에 대해 강한 불신을 느끼고 있었던 것이다.

「아, 네. 걱정 말고 많이 드세요. 이제 얼마 후면 저는 해커와 밤을 새워가며 싸워야 해요.」

「싸운다구요? 어떻게 싸우죠?」

「들어가서요. 치고받고 해야죠.」

스튜어트의 불만은 드디어 거세게 폭발했다.

「나는 도저히 참을 수가 없어요. 협박자들은 지금 분노하고 있어요. 그들은 우리 회사가 타협을 거부하자 보복의 칼을 갈고 있단 말이에요. 시티은행을 굴복시키고 우리 회사의 전산망을 3분 이상이나 마비시켰던 그 해커가 이제 우리 회사를 아예 쓰러뜨리기 위해 앙심을 품고 달려들고 있다구요. 그런데 이렇게 무사태평으로 있는 것이 우리의 대응책이란 말이에요? 나는 도저히 그냥 있을 수 없어요. 미국에서 가장 유능한 컴퓨터 전문가들을 부를 거예요. 우리에게 필요한 것은 전쟁을 수행하는 전사들이지 연극 무대의 배우가 아니란 말이에요.」

말을 마친 스튜어트는 자리에서 일어나서는 뒤도 안 돌아보고 나가버렸다.

정완은 스튜어트의 뒷모습을 멀거니 바라보다가 정신이 드는 양 미안한 표정으로 수아의 얼굴을 살폈다.

「마음 쓰지 마. 미국 여자들은 무엇보다도 겉모습이 든든해야 안심이 되는 모양이니까.」

「충분히 이해가 가요. 저를 믿고 있는 아저씨가 오히려 이상한지 모르죠.」

「사실 나도 수아를 무턱대고 믿는 건 아니야. 하지만 수아는 내가 만나본 누구보다도 나에게 신뢰를 주었어. 너를 만나본 순간 이런 종류의 작업은 사람이 많다고 되는 게 아니란 것을 나는 분명히 느꼈어. 그리고 수아가 최고의 재능을 가진 해커란 것도 알 수 있었어. 지금 수아가 하고 있는 변장이 그것을 확실히 증명하고 있잖아? 남들은 웃을지 모르지만 너는 누구보다도 진지하고 성실한 태도로 이 일에 임하고 있어. 상대가 무시무시한 프로라면 수아도 그 못지않은 프로라는 것을 나는 느낄 수 있어. 사실 나는 수아의 변장에 감명을 받았어.」

「호호호, 이 우스꽝스런 모습에 말이죠?」

「그래, 하하하하.」

정완이 해커와의 정면 대결을 선포하고 나서 며칠이 지나도록 아무 일도 일어나지 않았다.

정완의 회사에는 FBI의 수사관들과 스튜어트가 막대한 착수금을 주고 데려온 아메리칸 소프트웨어사의 전문가들로 북적거렸다. 이들이 해커를 찾아내면 성공 사례금을 지불하는 조건이었다. 부사장을 제외한 모든 직원과 이사들은 정완보다는 스튜어트를 훨씬 신임했다.

그들은 첫날 잠시 나타나 컴퓨터를 한번 살펴보고는 다시 나타나지도 않는 과거에서 온 듯한 이상한 여자보다 서너 명씩 팀을 짜서 회사에 상주하고 있는 전문 회사의 직원들이 한결 미더웠다. 하지만 부사장만은 정완이 어떻게 행동해왔는지 알고 있었기 때문에 그가 이렇듯 여유 있게 기다리는 데에는 믿는 바가 있을 것이라고 생각했다.

스튜어트가 데리고 온 전문가들은 여러 가지 복잡한 접속 차단 프로그램을 설치했다. 그들은 최첨단 기술인, 쉴 새 없이 변하는 패스워드 방식을 채택했다. 이 방식은 비밀번호가 자동적으로 계속 바뀌기 때문에 외부인이 비밀번호를 알아내서 접속한다는 것은 불가능한 일이었다. 그 외에도 그들은 복잡한 몇 개의 보안장치를 추가했다.

「어떤 해커도 들어올 수 없습니다.」

아메리칸 소프트웨어사의 기술 부사장은 기자들 앞에서 장담했다.

「그러면 이전의 보안장치들은 해커가 어떻게 뚫었을까요?」

「그건 우리로서는 알 수 없습니다. 우리가 한 것이 아니기 때문입니다.」

「그렇다면 이것이 모든 해커들에게 종말을 고하는 최후의 장치라고 생각합니까?」

「해킹은 끝이 없습니다. 앞으로의 세계는 해킹과 방어와의 영원히 반복되는 싸움이라고 할 수 있습니다. 그러나 감히 단언하건대 우리의 이런 방어 시스템은 앞으로 5년간은 무너지지 않을 것입니다.」

「5년간이나요?」

「그렇습니다. 아니 그보다 1~2년쯤 더 견뎌낼지도 모릅니다.」

일이 이렇게 진행되자 스튜어트는 이사들을 모아놓고 자신 있는 목소리를 토해냈다.

「그런 범죄자들에게 굴복하려 했다는 사실이 부끄럽지 않으세요?」

접속

윌리는 술을 끊고 있었다. 그의 눈빛이 다시 살아나고 있었다. MIT의 해킹클럽에서도 단연코 천재로 군림하던 그는 현대의 재능 있는 대부분의 젊은이가 그러하듯 학업과 해킹 중에서 해킹을 택하고는 학교를 그만두었다.

최초의 해커들이 컴퓨터를 통한 정보에의 접근을 모토로 한 자유인이었다면, 수많은 사회 기관으로부터 정보를 차단당하고 난 후의 해커들은 어쩔 수 없이 범죄의 유혹에 노출당하고 있다. 그러므로 해킹은 날이 갈수록 더욱 위험한 범죄로 인식될 것이고, 컴퓨터 한 대에 모든 것을 걸고 있는 젊은이들은 이런 현실을 견디기 어려울 것이다.

그들은 컴퓨터 한 대로 전세계를 누비고 싶어 했고, 가장 초보의 해킹은 이러한 행위들에 부과되는 최소한의 비용조차 면제받고 싶어 하는 데에서 출발했다. 그들에게 해킹은 자유를 향한 거대한 비상이었고, 거기에는 이상야릇한 흥분조차 묻어났다. 이 흥분이란 범죄에의 유혹이었다.

윌리는 무서운 눈빛으로 자신의 컴퓨터를 들여다보고 있었다. 장사꾼들이 컴퓨터에 연결해둔 방지 시스템 같은 것은 문제도 아니었다. 그런데 며칠 전부터 자신의 먹이에 달려들어 만만찮은 솜씨로 살점을 베어 먹고 있는 한 부랑자에 대한 억제할 수 없는 분노가 엄습하고 있었다.

윌리는 놈이 왜 이 먹이에 눈을 돌렸는지 안다. 세상이 온통 떠들어대니 갈고 닦은 자신의 솜씨를 보이고 싶은 영웅심리가 발동했을 것이다. 그러나 이 정도의 실력을 갖춘 놈이라면 이 일의 배후에 자신이 있다는 것쯤은 알고 있을 것이다. 그런데도 감히 도전해 오다니……. 윌리는 자신의 전설이 무시당하고 있다는 사실에 고통받고 있었다.

'패스워드를 입력하시오.'

장사꾼들이 깔아둔 프로그램이었다.

'레벨이 다릅니다.'

'접속이 불가능합니다. 다시 시도하겠습니까?'

유치한 장난들이었다. 물론 이런 장벽에 걸려 몇 달이고 시간을 낭비하는 놈이 없는 것은 아니지만, 놈들은 근본적으로 해킹이란 것을 이해하지 못하고 있었다. 해킹은 본질적으로 방어벽을 깨는 것이고, 지키느냐 깨지느냐 하는 것은 근본적으로 머리의 차이였다.

윌리는 다시 한 번 숨을 가다듬었다. 그놈만 없었다면 이미 돈은 수중에 들어와 있을 것이다. 해커와의 전쟁이니 뭐니 하던 그 회사의 회장이란 놈은 벌써 쫓겨나고 말았을 것이 아닌가. 그러나 흥분하면 안 돼.

윌리는 장사꾼들의 철조망을 간단하게 건너뛰었다.

'접속되었습니다.'

평소 같으면 기고만장했을 윌리도 오늘만은 긴장하고 있었다. 시간은 2분. 오늘은 몇 십 번 재접속하더라도 놈과의 대결을 마무리하고 일을 완전히 끝내야만 한다. 놈은 아직 들어오지 않았다. 윌리는 지불 명령 프로그램을 불렀다.

지난번의 경험으로 볼 때 이 프로그램을 자신이 원하는 대로 바꾸려면 25분이 걸린다. 이 25분은 순수한 작업 시간이다. 패스워드와 접속 방지 시스템을 건너뛰는 데 걸리는 시간이 매회 20초. 그렇다면 매회 순수한 작업 시간은 1분 40초. 정확하게 열다섯 번을 접속해야 한다. 그러나 작업 중에 놈이 들어온다면……. 윌리의 머리는 복잡하게 돌아가고 있었다.

'작업 중에 놈이 들어온다면 다시 나의 프로그램은 와해되고 만다. 요 며칠간의 작업을 보면 오늘도 놈이 들어오지 않을 리가 없지 않은가. 그러면 오늘도 역시 실패하고 만다. 그렇다고 놈과 타협할 수는 없는 노릇이 아닌가.'

윌리의 머리는 두 쪽으로 나뉘어 맹렬한 속도로 돌아가고 있었다. 이미 화면에 뜬 지불 명령 프로그램의 알고리즘을 파헤치면서도, 다른 한편으로는 작업 중에 나타날 놈에 대한 생각으로 꽉 차 있었다.

삐이.

벌써 시간이 다 됐는가. 윌리는 화면에 뜬 시계를 보았다. 1분 50초. 오늘따라 시간이 빨리도 흐르고 있었다. 윌리는 자신의 작업을 저장하고는 접속을 끊었다. 다음 접속 때에는 저장 파일을 불러 그 다음부터 작업할 수 있도록 연결해두는 윌리의 솜씨는 가히 천재적이었다.

통신만 접속되면 어떤 컴퓨터도 자신의 퍼스널컴퓨터로 조작해버리는 윌리의 재능은 한마디로 신기였다. 하긴 애플컴퓨터도 한 사람의 해커가 처음부터 끝까지 개발한 것이고 보면, 컴퓨터에 적당한 장치를 붙여 해커를 막겠다는 발상은 애초부터 무리일 수밖에 없었다.

윌리는 똑같은 작업을 반복했다.

'접속되었습니다.'

그리고 1분 50초가 지나면 다시 신호음이 울렸다. 작업이 반복되면서 윌리는 묘한 희망을 갖게 되었다. 어떻게 된 일인지 놈이 들어오지 않는 것이었다. 작업은 이미 12회를 반복하고 있었지만 오늘은 놈이 들어오지 않고 있었다.

'녀석은 떠나버렸나.'

윌리가 며칠간 아무런 소득을 올리지 못했던 것처럼 놈도 소득을 올릴 수는 없었다. 그렇다고 타협을 할 수 없는 것은 놈도 마찬가지였을 것이다. 자존심 하나로 존재하는 해커에게 있어서 그 정도 실력이라면 결코 타협은 없는 법이다. 이제 끊었다가 세 번만 더 접속하면 게임은 끝난다는 생각에 윌리는 가슴이 부풀었다.

'내가 왜 이렇게 약해지고 말았지.'

윌리는 가슴이 뛰는 걸 느끼면서 위스키 병에 손을 뻗쳤다. 작업을 하면서 술을 마신 적은 없지만 지금 이 순간만은 예외였다. 마시지 않을 수 없었던 것이다.

그러나 지금 마시는 술은 의미가 달랐다. 이제까지의 술이 비틀어져버린 자신의 인생에 대한 화풀이 술이었다면 지금은 긴장감을 누그러뜨리기 위한 술이었다. 윌리는 이번만은 제발 놈이 안 나타나주기를 절실히 바라는 자신을 느끼고 있었다.

삐이.

윌리의 가슴이 쿵 하고 내려앉았다. 1분 50초의 시간을 알리는 경보음과 동시에 화면에는 패스워드를 통하지 않은 접속을 알리는 신호가 떠올랐다. 놈이 나타난 것이다.

순간 윌리는 묘한 유혹에 휩싸였다. 놈은 자신과는 작업 내용이 다르다는 사실이 번개처럼 뇌리에 떠오른 것이다. 자신과는 달리 놈은 예금 조작에 집착한다는 사실을 며칠간의 조우를 통해 알고 있었다. 놈은 자동지급기를 통해 현금을 빼려

하고 있었다. 실력에 비해서는 꿈이 작은 놈이었다.

놈이 마음에 드는 예금주를 찾아 자동이체를 통해 자신의 계좌로 예금을 옮기고 나서 지불 명령 프로그램을 부르기까지는 약 7분 정도의 여유가 있다. 만약 자신이 지금 계속 작업하여 6분 안에 끝낸다면 놈과 조우하지 않을 수 있는 것이다. 윌리의 가슴은 뛰고 있었다.

삐이.

2분의 시간을 알리는 경보음이 화면에 떠 있는 시계와 더불어 윌리를 재촉했다. 윌리는 마우스를 굴려 시계 그림 위에 갖다 댔다. 망설임이 밴 손길이 서너 번 방황했다. 기회는 지금이다. 약간의 위험은 있다. 아주 약간의 위험. 하지만 지금의 기회를 놓치면 언제 다시 작업을 할 수 있을지 모른다.

윌리는 자신을 지켜보고 있을 수많은 해커들을 생각했다. 자신을 전설로 아는 수많은 추종자들. 그들에게 자신을 보여주어야만 한다는 생각이었다. 윌리는 자신이 하이에나 같은 놈에게다 잡은 먹이를 빼앗겼다는 소문이 나는 것을 견딜 수 없었다.

째깍째깍.

1초 1초 넘어가는 시계 소리가 윌리의 가슴을 파고들며 마치 단검으로 심장을 후벼내는 것처럼 고통스럽게 들려왔다.

몇 번이나 망설이던 윌리의 손은 시계 클릭이 넘어가는 그 순간 마우스의 버튼을 떠나고 있었다. 전설은 깨져서는 안 돼.

클릭의 저편에서 떠오르는 아주 작은 위험을 묻어버리기나 하려는 듯이 윌리의 양손은 쉴 새 없이 키보드 위에서 춤췄다.

이제 몇 분만 있으면 지불 명령 프로그램에는 자신이 개발한 트로이의 목마가 잠복된다. 자신이 정하는 날짜와 시간에 키스테이션은 미쳐버리고 만다. 그리고 페닌슐라 파이낸스는 자신에게 무릎을 꿇고 말 것이다. 전설은 계속되어야만 한다.

「아저씨, 게임은 끝났어요.」

「무슨 말이지?」

「상대는 결국 자신과의 싸움에서 무너지고 말았어요.」

「포기했단 말이야?」

「지금부터 키스테이션에 5분 이상 통화하는 상대가 바로 범인이에요. 그 정도면 충분한 시간이죠?」

정완은 즉각 워키토키를 들었다.

「니콜슨 씨, 지금 키스테이션과 통화하는 수백 명 중 한 사람이 범인이오. 범인은 5분 이상 통화할 것이오. 충분하겠소?」

니콜슨은 FBI의 수사관이었다. 그는 전화국에 나가 있다가 정완의 목소리가 들리자마자 바로 교환실로 뛰어들어갔다.

「페닌슐라 파이낸스와 연결된 전화를 모두 잡아내! 새로 들어오는 전화는 모두 막고 통화시간 체크해. 지금 23초 지났어!」

미리 대기하고 있던 교환원들과 FBI 요원들의 눈이 모두 전자교환기의 램프에서 멎었다. 교환원이 걸려오는 전화를 막아 버리자 새로 들어오는 램프는 없어졌다. 하나 둘씩 꺼져가는 램프를 보는 교환원과 FBI 요원들의 초조한 눈길에는 팽팽한 긴장감이 배어 있었다.

1분이 지나면서 FBI 요원들의 눈은 2백 개 이하의 램프에 서서히 모아지고 있었다. 1분 30초가 지나자 150개 이하로 떨어지고, 1분 50초가 지나면서부터는 현저히 떨어져 불과 20여 개의 램프만 남았다. 2분이 지나자 불과 다섯 개로 줄어든 램프는 그로부터 10여 초가 지나자 단 하나의 램프만이 남았다.

램프는 정확히 5분 53초 만에 꺼졌다.

「매사추세츠주 보스턴입니다.」

「헬리콥터 대기시켜! 보스턴 수사 책임자 불러서 주소와 전화번호 일러줘. 내가 도착할 때까지 포위만 하고 있으라 그래.」

니콜슨은 전화국 옥상으로 날아온 헬리콥터에 올랐다. 헬기가 해안선을 따라 보스턴까지 올라가는 동안 니콜슨은 흥분을 가라앉힐 수가 없었다. 불가능한 일이 이루어지고 있는 것이다. 심장이 쿵쾅거리는 소리가 머리 전체에 울리는 느낌이었다. 세상에, 이런 놈들을 잡다니.

니콜슨은 헬기가 보스턴에 도착할 때까지 무려 서른세 군데와 통화를 했다. 보스턴의 현장 책임자는 전화기를 통해 니콜슨의 심장 뛰는 소리까지 듣고 있다고 했다.

윌리 역시 키보드에서 손을 떼면서 터질 듯한 심장을 양손으로 억눌렀다. 드디어 해낸 것이다. 놈이, 배짱이라고는 새앙쥐보다 못한 그놈이 막 들어오려고 하는 찰나에 자신은 작업을 모두 끝낸 것이다. 윌리는 가슴이 뭉클해지면서 눈에서 찝찔한 액체가 흐르는 것을 느꼈다.

윌리는 위스키 병을 들었다. 의자의 등받이에 몸을 털썩 던지며 고개를 젖히고는 병을 입에 댔다. 목구멍을 쿡 쏘며 내려가는 호박색 스카치가 긴장에 절어 녹초가 된 윌리의 신경을 부드럽게 가라앉혔다. 윌리는 고개도 돌리지 않은 채 스카치 향기를 깊이 들이마시며 오만한 목소리로 외쳤다.

「샘, 이 불멸의 윌리를 위해 한잔!」

그러나 윌리의 귀에 들려온 목소리는 전혀 낯선 것이었다.

「미안하네, 윌리. 나는 샘이 아니라 니콜슨이네.」

「당신은 누구요?」

「FBI 수사관이야.」

「수사관이라구?」

윌리는 꿈꾸는 듯한 목소리로 말했다.

「아니야. 수사관이 날 막을 수는 없어. 도대체 누구야? 무슨 장난이야?」

니콜슨이 신분증을 보여주고 수갑을 채우자 비로소 윌리는 정신이 드는 모양이었다. 얼마나 긴장을 했던지 그의 등은 땀으로 흠뻑 젖어 있었다.

「말해주시오. 도대체 누구요? 누가 나를 패배시킬 수 있었단 말이오?」

니콜슨은 그 주인공이 한 여학생이라고 말해주고 싶은 충동이 이는 것을 가까스로 참았다. 윌리의 상실감은 너무도 처절했다.

샘과 윌리에 이어 두 시간 후에 잭도 집에서 체포되었다. 며칠이 지나도록 윌리는 제정신이 아니었다. 자신이 함정에 빠져 체포된 것을 깨달은 윌리는 다시 한 번 참담하게 무너져 내렸다. 그는 보통의 범죄자와는 달랐다. 그에게 있어 해킹에서의 패배는 인생의 침몰이었다.

윌리는 체포된 후 수사에 극도로 비협조적이었기 때문에 FBI는 수아에게 도움을 요청했다. 그가 페닌슐라 파이낸스사에 깔아둔 바이러스를 소멸시키는 일 외에도 또 다른 범죄를 저질렀는지에 대한 시급한 조사가 필요했기 때문이다.

윌리는 수많은 금융회사의 정보를 컴퓨터에 내장해두고 있었다. 전화번호 외에도 패스워드를 알아내고 보안장치를 파괴하기 위한 여러 정보, 아이디어 등을 빽빽하게 쌓아두고 있었다. 이미 침입한 금융회사의 비밀 파일에 수록된 내용도 곳곳에 저장되어 있어 수사관들은 혀를 내둘렀다.

혼의 부활

기미히토는 생각을 가다듬었다. 토우의 괴상한 힘에 대해서는 자신 말고도 두 사람이 더 알고 있었다. 한 사람은 물론 토우를 일본으로 가지고 온 스기하라였고, 또 한 사람은 무라야마 슈에이라는 풍수의 대가였다.

스기하라에 의하면, 무라야마는 토우를 없애는 것만으로는 별로 의미가 없다고 했다. 그렇다면 무라야마보다 토우를 더 잘 알고 있는 사람은 없다. 더군다나 스기하라의 요청에 의해 토우의 괴력을 막을 수 있도록 집을 설계해주었다면 무라야마는 토우의 특성까지도 잘 알고 있다는 얘기다.

'무라야마는 어떤 사람인가.'

기미히토의 머릿속에서 무라야마에 대한 호기심이 불같이 솟았다. 그는 즉시 서점으로 달려가 그가 썼다는 《조선의 풍수》라는 책을 샀다.

〈무라야마 슈에이〉

조선총독부 촉탁. 1931년 총독부의 명에 따라 조선의 풍수를 집대성. 1972년 일본국서간행회에서 복각판 출간.

방대한 저술에 비해서는 저자에 대한 소개가 아주 간단했다. 저자의 머리말에서도 특별한 사상을 엿볼 수는 없었다. 다만 한반도는 오래전부터 외침에 시달려왔으므로 생활의 안전을 보장받기 위해 인력으로 할 수 없는 불가사의한 힘을 믿고 거기에 의존하려 했다는 분석과, 이런 경향이 귀신과 천지의 생기를 중시하게 되어 풍수가 성행했다는 정도로 머리말을 끝내고 있었다.

총독부의 촉탁을 받아 저작에 착수했다는 것이나 책의 내용이 풍수를 잘 알아야만 쓸 수 있는 것이라는 점에서 그는 단순한 학자라기보다는 풍수와 법술에 일가견이 있는 사람으로 여겨졌다. 헌병 장교였던 스기하라는 무라야마가 헌병대 및 총독부와 밀접한 관계를 갖고 있는 일본 제일의 풍수사라고 했다.

풍수사인 그가 무슨 이유로 헌병대 및 총독부와 밀접한 관계를 가졌을까. 기미히토는 스기하라에게 전화를 걸었다.

「스기하라 선생님, 일전에 찾아뵈었던 기미히토입니다.」

「또 무슨 일이오?」

「무라야마 선생님의 연락처를 알 수 있을까 해서요.」

「무라야마? 그는 이미 죽었소. 그런데 왜 그러는 거요?」

「역시 돌아가셨군요. 토우에 대해 물어보고 싶은 것이 있어서요.」

「토우 이야기는 더 이상 하지 마시오.」

목소리로 보아서 스기하라는 아직도 토우의 공포에서 헤어나지 못한 듯했다.

「알겠습니다. 하지만 무라야마 선생님이 남기고 간 것이 없을까요?」

「남기고 간 것이라니?」

「토우에 대한 무슨 기록이라든지 그런 것 말입니다.」

「그거야 내가 어떻게 알겠소?」

「혹시 자손의 연락처라도?」

「모르오.」

스기하라는 매정한 목소리로 전화를 끊었다. 기미히토는 그가 아직도 토우의 공포에 사로잡혀 있는 것이 이해가 되지 않았다. 하지만 다시 전화를 걸어 설득할 수도 없는 일이었다. 한참 머리를 짜내던 기미히토의 표정이 밝아졌다.

'그래, 책이 있지 않은가.'

기미히토는 《조선의 풍수》를 펴낸 출판사로 연락을 했다. 인세는 아들에게 보낸다고 했다. 출판사에서 알려준 번호로 전화를 걸자 무라야마의 아들은 풍수에 대해서는 아는 바가 전혀 없다고 하면서 반가운 소식을 전해주었다.

「아버님의 제자가 있는데 연락처를 알려드리겠습니다.」

「고맙습니다.」

뜻밖의 소득이었다. 하지만 하토야마라는 이름의 그 제자는 몇 번이나 거처를 옮겨, 기미히토는 거의 일주일간이나 추적해야 했다. 결국은 그가 삿포로 부근에 있는 어느 산중턱에 홀로 기거한다는 사실을 알아내고는 곧 신칸센에 몸을 실었다.

차창 밖으로 쏜살같이 지나치는 시골 풍경을 보며 기미히토는 자신이 왜 토우에 대해 이처럼 열중하는가를 생각했다. 결론은 인간으로서의 근본적인 호기심이자 자신이 신봉해온 과학의 검증이었다. 만약 세상에 비과학적인 현상이 틀림없이 존재한다면 자신은 인식의 틀을 다시 짜야만 할 것이다.

종착역인 삿포로에서 내려 다시 버스로 갈아타고 북쪽을 향해 얼마를 더 간 후에야 하토야마가 거처한다는 산이 시야에 들어왔다. 걸어올라갈 수밖에 없는 산길을 한참 돌아 인적이 거의 없는 꼭대기에 이르렀을 때에야 일본에서는 보기 드문 초가집 한 채가 나타났다.

집 앞에는 작은 탑이 하나 서 있고 그 반대편으로는 괴이한 형상을 한 바위들이 줄지어 놓여 있었다. 초가집의 지붕에는 형형색색의 깃발이 꽂혀 있고, 지붕을 지탱하는 기둥에는 '부적 짓는 집'이라고 쓰여 있었다. 이런 꼭대기에서 사람들을 상대로 장사를 한다는 사실에 기미히토는 적이 놀랐다.

「실례합니다.」

기미히토가 인기척을 내자 문틈으로 바로 대답이 새어나왔다.

「들어오시오.」

기미히토는 초가집의 문을 열고 안으로 들어섰다. 예순은 되어 보이는 노인이 환한 표정으로 그를 맞았다. 기미히토는 이 사람이 자신을 부적 지으러 온 손님으로 생각한다는 것을 알았다.

몇 십 개의 위패가 모셔져 있는 그의 방에는 수많은 부적과 귀신을 부르고 물리칠 때 쓰는 피리와 북 등이 어지럽게 흩어져 있었다.

기미히토가 자신의 신분을 밝히고 찾아온 까닭을 설명하자 하토야마는 잠시 기억을 더듬다가 생각이 난 듯 밝은 목소리로 대답했다.

「그렇지. 그 토우에 대해 선생님이 언젠가 얘기하신 적이 있었소. 선생님은 토우뿐만 아니라 조선의 괴이한 힘에 대해 연구를 많이 하셨소. 선생님은 예로부터 조선은 법술에 밝은 사람들이 많고 귀신을 모실 줄 알며 영계와 닿아 있는 나라라고 하셨소. 특히 자연과 사람들이 잘 어우러져 많은 사람들이 자연의 기를 존중하며 그로부터 힘을 얻는다 하셨소.」

「조선을 잘 아는 분이셨군요?」

「땅속까지 훑은 분이었소. 총독부에서는 중요한 이유로 선생님에게 조선의 풍수를 집대성하도록 하였소.」

「무슨 이유였습니까?」

「조선을 합방한 후 총독부의 요청에 의해 우리나라의 많은 법술사들이 조선으로 건너갔소. 조선인들이 마음으로부터 우리 일본을 따르게 하기 위해서는 총칼의 지배만으로는 한계가 있다고 생각했던 거요. 요는 문화적 지배가 중요했던 거지. 그래서 머리도 깎게 하고, 우리글도 배우게 하고, 풍습도 우리 식을 따르게 했소. 그런데 조선인들의 의식을 파고 들어가보니 이 사람들의 운명과 인생관을 좌우하는 것은 그런 눈에 보이는 것이 아니라 눈에 보이지 않는 신앙이더란 말이오.」

「조선인들이 신앙에 그렇게 깊이 닿아 있었습니까?」

「그랬소. 지도층이든 양반이든 평민이든 남자든 여자든 모두가 빌고 굿하고 제사 지내는 데 그리 열심일 수가 없었소.」

「무슨 신앙을 그리 깊이 믿던가요?」

「조선의 신앙은 불교와 유교가 가미되기는 했지만 기본적으로는 조상신과 자연신을 뿌리에 깔고 있었소. 그 조상신과 자연신이라는 것은 얼마나 종류가 많소. 그러니 수도 없이 많은 귀신과 풍수가 흥했던 게지.」

「그렇다면 조선인들을 더 잘 이해하기 위해 무라야마 선생님은 조선의 풍수를 연구하신 거군요?」

「그렇게 얘기할 수도 있지만…… 정확히 얘기하자면 조선의 강한 기를 꺾어놓아야겠다고 우리는 생각했소.」

「기를 꺾어요?」

「그렇소. 자세히는 모르지만 당시 내로라하는 우리 법술사들이 조선에만 가면 한결같이 힘이 빠지고 법술이 통하지 않는다며 그냥 두어서는 안 된다고 입을 모으더란 말이오.」

「그래서요?」

「지기를 끊어야 한다는 거지. 조선의 지기와 풍수의 영험을 막아야 우리 일본 신이 조선에 자리를 잡는다고 생각했던 거요.」

있을 법한 얘기였다. 일본이란 나라는 귀신의 천국이 아닌가. 현실적으로 무력을 통해 조선을 지배하고 있는 마당에 일본의 귀신이 조선에서 힘을 쓰지 못하고 눌린다면 조선 사람의 마음을 지배하는 데에는 한계가 있을 수밖에 없었다. 그리고 이런 현상은 곧 조선인의 반발을 불러일으킬 것이 뻔했다.

「총독부에서도 여러 번에 걸쳐 비밀회의를 했소. 조선을 영구지배하려면 그들의 문화의 고리를 완전히 끊어야 한다고 생각했소. 그런데 조선의 문화는 곧 신앙이었으므로 그들을 신과 이어주는 역할을 하는 무당, 도사, 법술사, 승려 등을 탄압하고 배척하기로 결정을 한 것이오. 대신 신사참배를 시키면 그들이 마음으로부터 일본을 따르게 될 것이 아니겠소. 이런 정책 아래에서 무라야마 선생님이 맡은 일은 조선의 지기를 끊어버리는 것이었소. 인물이 날 만한 자리는 모두 묻어버리고, 조선 민족의 정기가 솟구치는 봉우리마다엔 쇠말뚝을 박고, 지사가 배출되는 마을은 물줄기를 바꾸고 지맥을 끊어버렸소.」

「그런 일들이 과연 효과가 있었을까요?」

「그렇지 않으면 뭣하러 수많은 돈을 들여 그런 일들을 했겠소? 그 후로는 우리 일본의 법술사들이 조선에서 마음대로 법술을 부리고 귀신을 불렀소.」

기미히토로서는 이해하기 힘든 말이었다. 하지만 자신 역시 토우의 신비한 힘을 직접 겪고 있는 터라 예전처럼 과학적 시각으로 마냥 부정만 할 수도 없었다.

「토우와 무라야마 선생님은 어떤 관계가 있었습니까?」

그러나 하토야마는 곧바로 대답하지 않았다.

「선생님은 다른 법술사들처럼 조선을 함부로 무시하지 않으셨소. 아니, 어떤 면에서는 대단히 두려워하셨소.」

「무엇 때문에요?」

「조선에는 일본과 다른 그 무엇이 있었소. 아무리 맥을 끊고 혈을 막아도 없어지지 않는, 뭔가 신비한 힘이 끊임없이 선생님을 괴롭혔던 거요.」

「그것은 귀신의 힘이었나요?」

「아니오. 그것은 그런 종류의 것이 아닌, 너무 크고 너무 어려운 힘이었소. 선생님은 그 힘만이 조선에서 스스로를 지켜낸 유일한 힘이라고 얘기하셨소. 결국 선생님도 그것 때문에 돌아가셨지만…….」

「무라야마 선생님이 그것 때문에 돌아가셨다구요?」

「그렇소. 끝까지 그 힘에서 벗어나지 못하셨소.」

「무슨 힘이었죠, 그것은?」

「나도 알 수는 없소. 다만 돌아가시기 전에 선생님은 이런 말씀을 하신 적이 있소. '아마 역사상 가장 많은 침략을 당한 나라가 있다면 그것은 조선일 것이다. 세상에서 가장 큰 나라 중국이나 우리 일본이 틈나는 대로 조선을 침략했지만 결코 무너뜨리진 못했다. 이것은 무엇 때문인가. 조선 사람들이 싸움을 잘하기 때문이 아니다. 그들은 늘 패하지 않았는가. 하지만 조선에는 알지 못할 힘이 있다. 그 힘은 뿌리가 있는 것이다. 나는 잘못 생각하여 그 뿌리를 건드리고 말았다.'」

「그러니까 무라야마 선생님은 그 힘의 뿌리를 건드렸다가 결국은 저주를 받아 세상을 떠났다는 겁니까?」

「선생님께서는 그렇게 생각하셨던 것 같소.」

「토우와 관계가 있진 않을까요?」

「참, 그 토우 말이지? 맞았소, 바로 그 토우와 관련되어 있소. 선생님은 그 토우가 괴력을 발해 사람을 죽이는 것은 그 큰 힘을 건드렸기 때문이라고 하셨소.」

「무라야마 선생님은 토우의 저주를 피할 수 있지 않았을까요? 스기하라 씨도 살리셨으니…….」

「그 이유는 잘 모르겠지만 선생님은 토우의 저주를 받았다고 생각하셨던 것 같소.」

이때 기미히토의 뇌리에 스기하라가 말한 호사이라는 이름이 떠올랐다.

「혹시 호사이란 이름을 들어보셨습니까?」

하토야마는 기미히토의 눈을 들여다보며 천천히 고개를 가로저었다.

「이상하군요. 스기하라 씨는 자신을 토우로부터 구한 사람은 어쩌면 무라야마 선생님이 아닌 호사이라는 분일 거라고 했는데…….」

「내 말은 모른다는 것이 아니고 말할 수가 없다는 뜻이오.」

「왜 말할 수가 없습니까?」

「나는 아직 수도가 끝나지 않았소. 수도가 끝날 때까지는 그 이름을 입에 담지 않는 법이오.」

「왜요?」

거듭되는 기미히토의 질문에도 하토야마는 입을 닫아버렸다. 할 수 없이 기미히토는 질문을 바꾸었다.

「왜 무라야마 선생님은 그 토우를 없애버리지 않았을까요? 물에 던져버린다든지…….」

「그 이유는 잘 모르겠소. 사람들이 죽어가자 조선에서 급히 돌아오신 선생님은 조치를 취해 스기하라를 살리긴 했지만 굳이 토우를 없애려 하진 않으셨소. 아마 토우는 큰 힘의 저주를 실현하는 단순한 도구라고 생각하셨을지 모르지요.」

「토우를 없애봐야 워낙 큰 그 힘의 저주를 막을 수는 없다는 뜻이군요.」

하토야마는 묵묵히 고개를 끄덕였다.

「그런데 이제껏 잠잠하던 그 토우가 지금에 와서 다시 괴력을 발하는 것은 무슨 까닭일까요?」

「그것은 나도 알 수 없소.」

무라야마의 행적에 대해서는 많은 도움이 되었지만 하토야마도 모든 의문을 해소해주지는 못했다. 그러나 기미히토는 하토야마의 얘기를 바탕으로 자신의 추리를 세워나갈 수 있었다.

· · ·

1. 무라야마는 조선의 기를 꺾는 작업에 앞장섰다.
2. 그러다가 조선의 큰 힘의 뿌리를 건드렸다.
3. 그 힘은 조선에서 스스로를 지켜낸 유일한 힘이다.
4. 토우는 그 작업에 참가한 사람들에 대한 그 큰 힘의 저주를 실행하는 수단이었다.

하토야마에게 작별을 고하고 돌아오면서 기미히토는 앞으로 할 일을 생각했다.

우선 무라야마와 스기하라, 그리고 그의 동료들이 조선에서 어떤 일을 했는가를 알아보아야 할 것이다. 다음으로는 어째서 그 토우가 지금에 와서 다시 괴력을 발하는가를 추적해야 한다. 기미히토의 뇌리에는 이런 비밀들을 밝혀내려면 우선 스기하라를 만나고 다음으로는 한국으로 가야 할 것이라는 예감이 들었다.

기미히토는 스기하라를 만나기 전에 우선 그가 조선에서 수행한 업무의 내용을 파악할 필요가 있다고 생각했다. 악인이 아니라도 식민지에서 헌병으로서 행했던 일들을 이제 와서 사실 그대로 말하기는 힘들 것이라는 생각이 들었기 때문이다. 더군다나 토우의 저주를 받을 정도였다면 떳떳치 못한 일이었을 가능성이 큰 것이다.

기미히토는 당시 한성헌병대에서 스기하라와 같이 근무했던 사람들을 찾아 스기하라의 조선에서의 행적을 탐문했다. 모두 나이 든 사람들이었지만 스기하라는 조선 주둔 헌병 중에서도 손에 꼽을 정도로 높은 계급이었기에 탐문 작업이 그다지 힘들지는 않았다.

「그 사람은 주로 조선의 문화통치와 관련하여 총독부를 지원하는 역할을 맡았소.」

「헌병대에서 문화와 관련하여 총독부를 지원할 일이 뭐가 있었습니까?」

「조선인들은 대개가 무식해서 문화정책이 뭔지도 모르고 밀어붙이는 대로 따라오곤 했지만 그중에는 고집이 무척 센 사람들이 있었소. 글줄깨나 안다는 사람들은 무척 다루기 힘들었지. 꼬장꼬장한 선비들이나 뼈대 있다는 가문들은 결코 총독부의 정책을 순순히 따르지 않았다는 말이오. 경찰의 힘만으로는 안 되는 일이 가끔 있었지. 그래서 헌병대가 필요했소.」

「스기하라 중좌의 업무 가운데 한국인에게 특별히 원한을 살 일은 없었습니까?」

「어찌 없었겠소?」

그러나 구체적인 것을 기억하는 사람들은 없었다. 다만 스기하라가 자신이 맡은 작업에 신들린 듯이 열중했다는 것은 여러 사람의 증언으로 확인됐다.

「그 사람은 누구보다 앞서 조선인의 정신에 영향을 미치는 전통과 풍습을 소멸시키는 일을 은밀히 했소. 집안이 대대적으로 신사를 지키며 살아와서 그런지 그는 일본 신을 조선의 어떤 종교보다 우위에 올려놓으려 했소. 그 와중에 문제가 생기곤 했던 것은 사실이오. 하지만 막강한 헌병대의 힘 앞에 현실적으로 누가 그에게 대들 수 있었겠소?」

파일 침입자

「이건 뭘 의미하는 걸까?」

수아는 윌리를 잡아내자마자 숨 돌릴 겨를도 없이 급히 스탠퍼드로 돌아가 아슬아슬하게 일주일에 걸친 시험을 쳤다. 그러고는 다시 뉴욕의 FBI 사무실로 초빙되어 윌리의 컴퓨터를 조사하는 작업을 했다.

작업을 거의 끝냈을 무렵 수아의 작업을 지켜보고 섰던 한 수사관이 프린터로 뽑아낸 자료를 내밀었다. 이미 수아의 실력을 인정한 그들은 될 수 있는 한 그녀를 활용하려 들었다. 수사관이 내민 것은 윌리의 범행 준비가 상당한 정도로 진행된 라이언펀드라는 회사의 파일이었다. 그들은 이 파일을 윌리의 또 다른 범행을 입증하는 자료로 쓰려 했다.

「글쎄요, 해킹에 직접적으로 필요한 것은 아닌 것 같아요. 이 회사의 사업계획이나 경리 문서 같은 것이겠죠.」

파일을 넘기면서 수아는 무신경하게 대답했다. 하나라도 더 알아내어 기소유지에 이용하려는 수사관과 수아 사이에는 시각 차이가 있을 수밖에 없었다.

「윌리의 암호가 아닐까?」

자료의 맨 끝에 수십 개의 숫자가 아무런 규칙 없이 배열되어 있는 것을 보면서 수사관은 혼잣말처럼 중얼거렸다.

「윌리의 것은 아니에요. 이 앞의 자료들이 모두 지워져 나온 것을 보면 저쪽에서 보안장치를 해둔 것이네요. 이 숫자들은 윌리가 황급히 그 보안장치를 깨자 나온 것이구요. 하여간 그쪽 회사의 입장에서는 매우 중요한 서류였겠는데요. 극비 사인이 들어가 있는 거나 패스워드 없이 유출될 경우 자동으로 지워지도록 한 것을 보면요.」

「그럼 윌리 범행의 입증 자료로 쓰지는 못하나?」

「일단 이런 극비 사인이 되어 있는 자료가 윌리의 컴퓨터에 있었다는 것만으로도 범행 입증은 충분하겠죠.」

「참, 그렇군. 그런데 이 남아 있는 숫자들은 도대체 뭘 뜻하는 걸까?」

「그 내용이야 알 필요가 있겠어요? 우린 그냥 범죄행위만 입증하면 되는 거지.」

옆에서 신문계획서를 작성하던 신참 수사관이 그리 까다롭게 할 필요가 있겠느냐는 듯 한마디 거들었다.

「혹시 분식결산이라든가 회사의 비자금에 관련된 내용이 아닌가 해서 말이야. 탈세의 유력한 증빙 자료가 되거든.」

역시 나이 든 수사관은 달랐다. 금융회사의 극비 파일을 보면 뭐라도 건질 수 있을지 모른다는 노련한 수사관의 감이었다.

「마치 암호처럼 되어 있잖아.」

수아는 재빨리 서류를 훑었다.

U 750M－825,000M－1,155,000M－1,050M

U 600M－1,110,000M－1,554,000M－1,412M

F 750M－142,500M－199,500M－181M

J 37,500M－322,500M－451,500M－410M

H 2,250M－315,000M－441,000M－400M

다섯 개의 숫자군이 나열되어 있었다.

「세상에 이런 걸 보고 내용을 알아낼 수 있는 사람이 있을까요?」

「하하, 그렇겠지? 이런 걸 보고 뭔가 밝혀내려 한다면 남들의 비웃음만 사겠지? 하지만 수아, 이것 하나는 알아주면 고맙겠어. 내가 볼 때 이 숫자에선 뭔가 범죄의 냄새가 나. 그 좋은 머리로 생각을 좀 해줘. 한 건 잡게 해주면 두둑한 포상금이 있을 거야.」

「욕심 그만 부리시고 저를 스탠퍼드로나 보내줘요.」

「그럼 스탠퍼드로 연락할게. 하지만 지금은 회장님이 밖에서 기다리셔.」

정완은 스튜어트와 함께 라운지에서 기다리고 있다가 수아를 반갑게 맞아 밖으로 나왔다. 가발을 벗고 화장을 지운 수아를 보고 스튜어트는 상당히 놀란 눈치였다. 검은 머리와 검은 눈의 수아 옆에서 금발에다 푸른 눈을 가진 스튜어트는 큼직한 인형처럼 보였다.

대기하고 있던 리무진에 타자마자 정완이 궁금증을 못 견디겠다는 듯 물었다.

「도대체 어떻게 된 일이야? 설명을 해줘.」

「호호호, 어리둥절하시죠?」

「그래, 나뿐만 아니라 모두가 어찌 된 영문인지 모르고 있어. 아무도 수아가 일을 하고 있다고 생각하지 않았는데 그동안 뭘 했던 거야?」

「말씀드렸잖아요. 들어가 싸웠어요.」

「어디에 들어가 싸웠단 말이지?」

「페닌슐라 파이낸스사의 키스테이션 안에서요.」

「아니, 그렇다면 협박자가 스테이션에 침입했었다는 얘긴가?」

「모르셨어요? 이미 50번 이상이나 침입했었는데요.」

수아의 말에 두 사람은 깜짝 놀랐다. 특히 스튜어트의 놀라움은 다른 사람과 비교할 바가 아니었다.

「그럼 그토록이나 자신만만해하던 아메리칸 소프트웨어사의 보안장치들은 무용지물이었단 말이에요?」

「상대는 그런 보안장치들을 하루에도 몇 개나 만들었다 없앴다 할 정도의 실력이 있는 사람이에요.」

「맙소사!」

「저는 폰뱅킹을 통해 남의 구좌에서 돈을 빼내는 좀도둑으로 위장했어요. 상대는 지불 프로그램 전체를 조작해서 회사에 타격을 입히고 큰돈을 한번에 받아내려 했죠. 결국 우리는 지불 프로그램에서 마주치게 되어 있었어요.」

「그래서?」

「상대가 조작하면 내가 방해하고 내가 조작하면 상대가 방해하는 싸움을 며칠간 계속했죠. 상대는 자만심에 빠져 있었고 영웅의식을 갖고 있었어요. 나를 의식적으로 무시했죠. 하지만 어떤 작업도 해낼 수 없었어요. 그것이 상대를 미치게 만들었어요. 자존심에 상처를 입기 시작했죠. 그런 것으로 미루어보면 상대는 뿌리 없는 해커가 아니라 MIT의 전통을 잇는 정통파 해커인지도 몰라요. 그러다 상대는 기회를 잡았어요. 혼자 20여 분을 작업할 수 있었죠. 내가 들어가지 않았으니까요. 이제 6분 정도만 더 작업을 하면 되는데 그때 내가 들어가니까 상대는 다급한 상황에서도 유혹을 느낀 거죠. 내가 지불 프로그램을 불러 다시 원상태로 회복시켜버리기 전에 자신의 위장 바이러스를 심어놓고 나가버리려 했던 거예요. 위장 바이러스는 잠복 기간이 있어 보통 때는 발견하지 못하거든요. 저는 늘 침입한 지 7~8분이 되어서야 지불 프로그램에 들어가곤 했으니까 상대는 제 함정에 걸려들었던 거예요.」

「처음에 함정을 파겠다고 했던 것이 그런 의미였나?」

「네.」

「그렇다면 그 모든 것을 처음부터 구상했단 말이지?」

「호호, 그렇다니까요.」

「수아, 용서해줘요.」

스튜어트는 얼굴이 발개졌다.

「미스 스튜어트가 지난번 그 식당에서 저녁을 사준다면요.」

「그럼요.」

「그리고 도중에 안 나가버린다면요.」

「하하하하.」

정완의 호쾌한 웃음소리에 스튜어트의 발개진 얼굴이 더욱 붉게 물들었다.

화두

기미히토는 무라야마가 건드렸다고 고백한 그 큰 힘이란 개인의 원한 같은 것과는 다른 것이라고 생각했다. 따라서 그 힘은 스기하라의 행적을 탐문하는 것만으로는 손에 잡히지 않을지도 모른다고 생각했다.

차라리 조선의 역사를 공부하는 것이 더 빠를지도 모른다는 생각이 들었지만 이내 고개를 흔들고 말았다. 무라야마 같은 법술사들이 보는 역사는 학자들이 보는 것과는 다를 것이라는 생각이 들었기 때문이다.

사실 무라야마의 표현대로 조선에서 스스로를 지켜온 유일한 힘이라는 화두를 풀어낼 역사학자들이 있을 것 같지가 않았다. 기미히토는 결국 스기하라를 만나 뭔가를 더 얻어낼 수밖에 없다고 생각했다.

그래서 스기하라를 찾아 덴리시로 갔다.

다시 만난 스기하라는 예전보다는 훨씬 안정된 모습이었다.

「기미히토 교수가 왔다 간 후 많은 생각을 해봤는데, 내가 그 토우 때문에 너무 긴장했던 것 같소. 당시 동료들이 잇따라 죽음을 당하는 바람에 굉장히 당황했던 게 사실이오. 하지만 도쿄대학교에서 만인에게 공개되어도 아무런 일이 없는 것을 보면 토우는 이제 힘을 잃었나 보오. 돌아보면 숨어 산 지난 세월이 아쉽기만 하오.」

「무라야마 선생님과는 조선에서부터 가까운 사이였던 모양이죠?」

「그랬소. 우리는 조선에서 같이 일했소.」

「법술사인 그분이 헌병과 같이 일했다는 것이 잘 이해가 안 되는데, 그럴 일이 있었습니까?」

「음, 어떤 일들은 우리가 같이 해야만 했소.」

「어떤 일들입니까?」

「…….」

기미히토의 잇따른 물음에 스기하라는 대답을 하지 않았다. 법술사와 헌병이 같이 해야 할 일이란 것이 무엇인지 바로 떠오르지는 않았지만, 기미히토는 뭔가 쉽게 얘기하기 어려운 일이었을 것으로 짐작하고는 질문을 돌렸다.

「일전에 토우를 파내서 일본으로 가져왔다고 하셨는데, 그것을 발굴할 때 무라야마 선생님도 같이 계셨습니까?」

「그랬소. 같이 있었을 뿐만 아니라 그 사람이 시키는 대로 모든 일을 했지.」

「그 토우를 발굴하게 된 동기는 무엇이었습니까?」

「나는 그 토우를 파낸 동기에 대해서는 잘 모르오. 다만 무라야마가 그 당시 하던 일은 주로 풍수 이론에 근거하여 조선의 맥을 다루는 일이었소. 그래서 그 토우도 풍수적 동기에 의해 파헤쳐진 것이 아닌가 짐작할 뿐이오.」

「무라야마 선생님은 조선의 풍수에 대해 정통하셨던 모양이군요?」

「이르다 뿐이오. 지난 68년이던가, 한국인들이 고속도로를 만들면서 허겁지겁 무라야마의 《조선의 풍수》라는 책을 구해서는 신주 모시듯 하며 현장으로 들고 다녔소. 한반도에서는 고려든 조선이든 풍수에 근거해서 도읍을 정했소. 그렇게 정한 도읍도 풍수적으로 잘못된 부분이 있으면 다시 치료를 했소.」

「그토록 오랫동안 풍수를 중요시하던 조선인들에게는 어째서 제대로 된 책 한 권이 없었을까요? 무라야마 선생님의 책을 대통으로 여길 정도니 말입니다.」

「거의가 중국 책들이었지. 물론 조선인들이 지은 것도 있지만 무라야마의 책이 학문적 시각에서 가장 체계적으로 되어 있소. 특히 그 책은 고려와 조선의 갖가지 풍수적 경험을 기록하고 있어 살아 있는 풍수책이라 할 만하오.」

「그랬군요. 그러나 그 책은 총독부의 촉탁을 받아 통치 목적으로 쓰인 것이 아닙니까?」

「그렇다 하더라도 잘되었소. 당시 우리는 조선의 방방곡곡에 사람들을 파견하여 지방마다의 풍수 이야기를 집대성했소. 특히 그 전설의 풍수책《도선비기》를 한번 찾아보려고 했지.」

「전설의 풍수책이라구요?」

「그렇소. 신라 말의 승려이자 한국 최고의 풍수로 꼽히는 도선이 지은 것으로, 요즘에 이르는 일까지도 예언을 했다는 책이오.」

「그러나 그런 예언이 들어맞을 리가 있겠습니까? 신라 말이라면 지금으로부터 천 년도 더 된 옛날인데.」

「기미히토 교수, 예언에 있어서 5백 년 뒤와 천 년 뒤의 차이가 뭐라고 생각하오?」

「글쎄요, 그러고 보니 큰 차이가 있을 것 같지 않군요.」

「그렇다면 그 도선이란 인물이 5백 년 뒤의 일을 예언하고 그것이 정확히 들어맞았다면 천 년 뒤의 예언도 맞다고 보는 것이 당연하지 않겠소?」

「그 도선이란 승려가 5백 년 뒤의 일을 예언했다는 말씀입니까?」

「그렇소. 정확하게 예언했소.」

「무엇을 예언했습니까?」

「이미 신라 말에 그는 그 다음다음 왕조인 조선의 도읍지가 한성이 되리라는 것과 왕조의 주인은 이씨가 되리라는 것을 예언했소. 즉, '계왕자이 이도어한양(繼王者李 而都於漢陽)'이라고 했단 말이오. '왕업을 이을 자는 이씨로서 도읍은 한양에 정할 것이다'라는 뜻이니, 이 정도면 우연이라 할 수만은 없지 않겠소?」

「그렇겠지요. 그러나 그 예언이 과연 사실인지는 과학적으로 검증돼야 하지 않을까요?」

「글쎄, 과학적으로 어떻게 하는 것이 올바른 검증일지는 모르지만 이미 고려시대에《도선비기》를 가진 자는 심하게 처벌을 받았소. 게다가 고려 왕실에서는 매년 한성에 자두나무를 잔뜩 심었다가 다 자라면 사람을 시켜 모두 베어버리게 하곤 했소. 이것을 풍수 용어로는 염승이라 하는데, 바로 이씨의 기가 융성하는 것을 막으려는 풍수적 치료법이오. '이(李)'라는 한자의 뜻이 바로 자두나무니까.」

「그러한 것이 정사에 기록되어 있다는 말씀입니까?」

「조선에 있어 정사가 뭔지는 잘 모르겠지만 서거정이라는 조선 초의 대학자가 지은《필원잡기》와 이중환의《택리지》에 기록되어 있는 것으로 보아서는 충분히 믿을 만하다고 보오.」

스기하라는 뜻밖에도 조선에 대해 매우 해박한 지식을 갖고 있었다.

「그렇다면 조선의 예언이란 대단한 것이군요.」

기미히토는 내심 매우 놀라고 있었다. 5백 년 전에 이씨가 왕이 되어 한양에 정도하리라는 것을 어떻게 알아맞힐 수 있단 말인가. 이런 예언들에 대한 기미히토의 종래 견해는 매우 회의적이었다. 예언이란 맞으면 그만, 안 맞아도 역시 그만인 속임수 같은 것이라고 생각하고 있었다. 그랬기에 이렇듯 정확하게 들어맞은 예언을 대하자 놀라움이 더했다.

이런 기미히토의 모습을 보자 스기하라는 더욱 당당한 표정으로 자신 있는 목소리를 밀어냈다.

「이씨의 한양 정도와 관련해서는 또 하나의 예언이 있소.」

「무엇입니까, 그것은?」

「한양으로 도읍을 정하는 데에는 두 사람의 법술사가 팽팽하게 대립했소. 한 사람은 정도전, 또 한 사람은 무학이라는 승려였소. 두 사람은 한양이 도읍지로 그지없이 좋다는 데는 의견이 같았지만 궁궐터를 앉히는 데에는 의견의 차이를 보였소.」

「궁궐터를 앉힌다는 것은 무슨 뜻입니까?」

「대궐의 방향을 정하는 것이오. 무학은 인왕산을 진산으로 하고 북악과 남산을 좌우용호로 해야 한다고 주장했으나, 정도전은 그럴 경우 동면하게 되는데 고래로 군주는 모두 남면하여 정사를 보았다고 주장했소. 결국 정도전의 말대로 북악을 진산으로 하는 임좌병향으로 결정되었는데, 이때 무학이 탄식하며 말하기를 앞으로 2백 년 후에 나의 말이 헛되지 않음을 알게 될 것이라고 하였소.」

「무학도 예언을 했군요.」

「그러나 사실 그것은 무학의 예언이 아니었소. 무학은 단지 신라의 명승 의상대사의 비기를 인용했을 뿐이오.」

「그것은 또 어떤 내용입니까?」

「신라의 고승 의상대사는 그의 《산수비기(山水秘記)》에서, 도읍을 택할 자가 승려의 말을 믿고 들으면 국운의 연장을 바랄 수 있으나 만약 정(鄭)씨가 나와 시비를 품으면 5세(世)가 되지 못해 찬탈의 화가 생기고 2백 년 내외에 국운이 탕진할 위험이 있다고 했던 것이오.」

「그래서 결국 5세가 되지 못해 찬탈의 화가 생겼습니까?」

「그렇소. 조선은 출발하자마자 이방원의 난이 있었고, 세조의 왕위 찬탈이 있었소. 또한 2백 년이 되자 임진왜란과 병자호란이 일어나지 않았소?」

기미히토는 자신도 모르게 고개를 끄덕였다.

「그런데 그 《도선비기》는 찾았습니까?」

「아니, 찾지 못했소.」

스기하라는 두 눈을 지그시 감았다. 당시의 기억을 반추하는 듯했다. 한참이 지난 다음 이윽고 눈을 뜬 스기하라는 다시 본래의 화제를 끄집어냈다.

「풍수적 결함을 막기 위해 치료하는 데에는 아까 말했던 염승 말고도 비보라는 것이 있소.」

「그것은 무엇입니까?」

기미히토가 눈을 빛내며 물었다.

「기가 허한 곳을 보강하는 것이지. 즉, 인위적으로 풍수의 명당을 만들어내는 것이오. 조선에는 염승과 비보가 많았소.」

「비보는 어떻게 하는 것입니까?」

「비보의 방법은 수없이 많소. 보통 탑을 만들거나 새로 산을 쌓거나 돌을 놓거나 나무를 심기도 하오.」

「그럼 그 토우도 염승이나 비보의 일종입니까?」

「확실치는 않지만 아마도 그런 종류의 목적을 가진 것 같소. 조선의 도읍인 한성은 많은 풍수적 결함을 갖고 있소. 그들은 그 결함을 막기 위해 여러 가지 염승을 마련했소. 예를 들면 경복궁 앞의 해태는 본시 물짐승이라 건너편 관악산의 화기를 막으려는 목적으로 놓이게 되었소. 관악산은 강렬한 화기를 가진 산이기 때문이오. 이 관악산을 막기 위해 조선인들은 남대문 옆에 남지(南池)라는 이름의 연못을 파놓기도 했소. 또한 남대문의 이름을 일부러 숭례문이라 짓고 다른 문들과는 달리 현액도 세로로 내걸었소. 그 까닭은 숭(崇) 자나 례(禮) 자는 모두 불과 관련이 있는 글자이기 때문인데, 그 불이

활활 타오르는 형상을 만들기 위해 현액을 세로로 내걸었던 것이오. 불로써 불을 제압한다는 풍수적 치료법이지. 또 동대문은 원래 흥인문이었지만 임진왜란이 끝난 후 지(之) 자를 덧붙여 흥인지문이라고 했소.」

기미히토는 감탄하며 물었다.

「그건 또 왜지요?」

「다른 문들이 세 글자인 데 반해 이렇게 네 글자의 이름을 붙인 까닭은 임란 후 동방이 낮고 허술해서 함락되었다고 생각하여 이 허점을 보강하기 위해서라고 하오. 풍수상 지(之) 자는 산맥의 모양을 나타낸 문자로 사용되고 있기 때문에 실제로 산을 쌓는 노력 대신 산맥을 나타내는 문자 지(之)를 사용했던 거요.」

「조선은 참으로 풍수의 나라라고 할 만하군요.」

기미히토는 스기하라의 얘기를 들으며 자신의 인생은 어떤 것이었는가를 생각했다. 과학이라는 잣대만으로 살아온 삶이었다. 과학으로 검증이 안 된 것은 무조건 의심하고 무시해온 자신의 인생은 혹시 세상의 반만을 알고 지내온 절름발이 삶은 아니었나 하는 생각에 마음이 흐트러졌다.

동양에 살면서도 동양의 모든 문화를 송두리째 부정하는 서양의 과학을 맹목적으로 추종해온 자신이 부끄러웠다. 당장 눈앞에 있는 스기하라와도 자신은 너무나 다른 세계를 살아온 것이다. 그리고 자신은 이제껏 그들이 보고 생각해온 모든 것을 부인하는 과학으로 학문과 인생을 쌓아온 것이다.

기미히토는 쫓기듯 물었다.

「그 토우는 무엇의 염승을 위한 물건이었기에 무라야마 선생님은 조선인들이 일부러 묻어둔 것을 굳이 파냈을까요?」

스기하라는 잠시 생각하더니 고개를 좌우로 흔들었다.

「나도 확실한 것은 알지 못했소. 다만 무라야마의 눈빛이 여느 때와는 달리 너무도 비장해 보여 그것이 그때까지 해왔던 일과는 비교도 안 되게 중요한 작업이라는 것을 직감적으로 알 수 있었을 뿐이오.」

「당시 헌병 중좌인 스기하라 선생님께도 얘기하지 않았을 정도라면 결코 보통 일은 아니었겠군요?」

「그렇소. 아마 총독 각하와 무라야마를 비롯한 몇 사람만이 알고 있었던 극비의 작업이었을 것이오.」

「당시 작업을 하면서 매우 궁금하셨을 텐데, 짐작조차 한 일이 없었나요?」

다시금 스기하라는 고개를 가로저었다.

「물어본 적은 있었지만 무라야마는 고개를 가로저었을 뿐이오. 하지만 그 당시 무라야마가 작업 중간에 혼잣말로 뭐라고 한 게 있긴 한데…….」

스기하라가 양미간을 좁히며 뭔가 그때 기억을 떠올린 듯

했지만 별것 아니라는 듯 말을 맺지 않자 기미히토가 재촉하듯 물었다.

「그게 무엇이었습니까?」

「이것만 깨면 조선은 완전히 무너져.」

기미히토는 스기하라를 만나고 나서도 여전히 토우에 대한 의문이 시원스럽게 풀리지 않았다. 기미히토는 스기하라의 이야기를 차근차근 정리해보았다.

무라야마는 조선에서 총독을 비롯한 몇 사람만이 아는 극비의 작업을 수행했다. 그는 먼저 토우를 파헤치지만 그 궁극적 목표는 토우의 염승을 풀고 조선에서 제일가는 그 무엇인가를 해치려는 것이었다. 무라야마가 '이것만 깨면 조선은 무너져'라고 얘기한 그것은, 하토야마의 얘기에 따르면 조선에서 스스로를 지켜온 유일한 힘이었다.

'조선에서 스스로를 지켜온 유일한 힘.'

그것은 도대체 무엇이란 말인가.

신비한 체험

「기미히토 교수님, 여행은 어떠셨습니까?」

「너무 짧은 거리라 여행이랄 것도 없었습니다.」

「그래도 일단 짐을 꾸리면 피곤한 법이죠.」

「아닙니다. 정말 여기 오고 싶어 병이 날 지경이었습니다.」

「그러셨다면 원 없이 많이 보고 가십시오.」

「모든 걸 알게 될 때까지는 절대 돌아가지 않겠습니다.」

「그러려면 한국 사람이 되셔야 할 텐데요.」

「못 될 것도 없죠.」

「하하하.」

둘은 웃었다. 그러면서도 기미히토는 한 아이를 떠올렸다. 어린 시절 초등학교를 같이 다니던 한국인 아이였다. 징용 온 노무자의 아들로 태어난 그 아이는 무척이나 일본인으로 행세하고 싶어 했다. 자신이 일본인 조종사의 아들이라고 거짓말하던 그 아이는 어느 날 신분이 탄로 나자 수업 도중에 교실을 나가버렸다. 다음날 학교에 와서 울부짖는 그 아이의 어머니를 보고 기미히토는 그 아이가 스스로 목숨을 끊어버린 것을 알았다. 유년 시절 내내 기미히토는 괴로운 기억에 시달렸다. 그 아이를 놀리는 데 앞장섰던 것이 견딜 수 없었던 것이다.

「지금 제게는 어느 나라 사람이냐 하는 것보다 무엇이 옳으냐 하는 것이 훨씬 중요합니다. 한평생 과학을 신봉하며 살아왔는데, 과학의 법칙 바깥에 엄연히 존재하는 세계가 있다면 나는 인생을 헛산 게 되고 맙니다. 무당이니 풍수니 하는 것의 정체를 파헤치는 일이 지금의 제게는 무엇보다 중요합니다.」

김포공항에서 서울 시내로 들어가는 자동차 안에서 기미히토는 이제껏 해왔던 그 어떤 여행보다도 이번의 한국 여행이 중요하다고 스스로에게 다짐했다. 기미히토의 얼굴이 반대편 자동차의 헤드라이트 광선을 받아 한결 다부지게 보였다.

하토야마와 스기하라를 만나본 기미히토는 토우의 정체를 파헤치려면 일본에서는 한계가 있다는 것을 깨달았다. 그래서 그는 곧 도쿄대학교의 조선사연구실을 찾아가 한국의 교수들을 소개받았고 곧장 한국으로 출발했던 것이다.

이제 그에게는 토우와 그 배후에 있는 조선의 힘을 밝혀내는 일이 인생의 숙제가 되어 있었다.

「김일성의 죽음을 예언해서 유명해진 무당이 있지요?」

한국에 오기 전 나름대로 공부를 한 기미히토는 예정했던 관광이 끝나면서부터 의욕적으로 달려들었다. 그가 가장 관심을 가진 것은 무당이었다.

「네, 있었지요.」

「그 구체적 과정은 어땠습니까?」

「거기에는 그 예언을 판단하는 데 도움이 될 만한 재미있는 일화가 있습니다.」

「그 일화는 검증받은 것입니까?」

대학에서 국문학을 강의하면서 무속에 대한 연구를 하고 있는 변익중 교수의 눈길이 기미히토의 얼굴에 멎었다. 일화를 듣기도 전에 객관적 검증의 여부를 물어오는 기미히토의 태세가 심상치 않았다. 도쿄대학 조선사연구실의 교수로부터 얘기를 전해 듣기는 했지만 기미히토 교수는 한국의 정신세계에 상상 이상으로 집착하고 있었고, 특히 그것을 과학적으로 분석해내는 데 혈안이 되어 있었다.

「무속적 일화란 것은 대개 신빙성이 없는 것으로 인식되게 마련입니다. 대개의 경우 있지도 않은 신통력을 선전하기 위해서 당사자가 지어내죠. 그러나 우연히도 이 경우는 기자가 개입돼 있습니다. 아마 믿어도 될 것 같군요.」

기미히토의 얼굴에 반가운 기색이 번졌다. 사실 기미히토 교수가 집착하고 있는 것은 일화의 내용이 아니었다. 그는 그 형식, 즉 비과학적인 것의 진실성 여부에 집착하고 있었다. 이것은 그가 전공인 컴퓨터를 제쳐두고 토우에 집착하는 것과 맥락을 같이하는 것이었다.

기미히토 교수는 이 세계에 대한 자기 인식의 틀을 검증하고 싶었다. 이번의 여행도 사실은 너무도 철저히 과학 일변도로 살아온 자신의 인생에 대한 중간 점검 같은 것이었다.

「들어보고 싶습니다.」

「그 무당이 김일성의 죽음을 예언한 것은 김일성이 죽기 이틀 전입니다. 당시 김일성은 김영삼 대통령과 정상회담을 갖기로 되어 있었고, 묘향산의 집무실에서 한창 정상회담 준비를 하던 때라 누구도 그가 그렇게 급사할 줄은 몰랐습니다.」

「그랬지요. 그는 갑자기 사망했지요.」

「그 무당은 무속 연구를 하는 한 교포 여인의 방문을 받고 대화를 하던 중 갑자기 영감을 얻어 김일성이 이틀 후인 음력 5월 30일에 사망한다고 단언을 했던 겁니다.」

「김일성은 정말 음력 5월 30일에 사망했습니까?」

「그랬습니다. 정확하게 그날 사망했습니다.」

「음……. 교수님은 이 일에 대해 어떻게 생각하십니까?」

「믿느냐는 말씀입니까?」

「그렇습니다. 아마도 이 일화는 김일성이 죽고 나서야 공개되었겠지요?」

「몇몇 사람 사이에 얘기가 되었을지는 모르지만 모두에게 알려진 것은 김일성 사후겠지요.」

「왜 그 무당은 갑작스럽게 김일성의 죽음에 대해 얘기를 했을까요? 또 들었다는 사람 역시 무속을 연구하는 사람이라 하셨죠? 그렇다면 객관성을 받아들이기가 힘들지 않을까요? 아까 얘기하셨던 기자는 어디에서 등장합니까?」

기미히토는 철저히 파고들었다.

「그 무당이 불쑥 김일성의 죽음을 얘기했던 것은 아닙니다. 사실 그 예언은 몇 달 전인 1994년 4월에 시작됩니다. 그 무당의 집에 한 젊은이가 찾아왔습니다. 젊은이는 신분을 밝히지 않고 한 사람의 사주를 들이밀었습니다.」

변 교수는 기미히토에게는 철저히 논리적으로 얘기를 해야 한다고 생각했다. 그는 이미 단순한 흥미의 수준이 아니라 기어코 진실을 가리고야 말겠다는 오기를 보이고 있었기 때문이다.

「젊은이는 사주를 이웃집 아저씨의 것이라고 했고, 무당은 아무런 의심 없이 그것을 보고 점을 치기 시작했습니다. 그때 그 무당이 풀이했던 점괘가 어딘가에 있을 겁니다. 잠깐만요.」

변 교수는 책상 서랍에서 스크랩북 하나를 꺼내왔다.

—병색이 짙고 실권에서 물러난 형국입니다. 올해 음력 2월 아주 엄청나게 안 좋았겠는데요. 뼈 마디마디에 병이 침투

해 보약을 먹더라도 회복할 수가 없습니다. 심장이 나쁘고 혈압이 높고 당뇨기가 있습니다. 이 노인께선 빠르면 올해 음력 5~6월, 늦으면 동지섣달에 하직할 것 같습니다. 설사 모든 방법을 동원해서 목숨을 구하더라도 밖으로 나다니기 힘들 것입니다. 내년부터 이분의 권력은 다른 사람에게로 갈 것입니다.

—사주 자체만으로는 어떻습니까? 어떤 운명을 타고난 사주입니까?

—생살여탈권이 있는 사주입니다. 임금님 사주지요.

—여자관계는 어땠을 것 같습니까?

—복잡했을 것입니다. 하나둘이 아닙니다. 한 번 상처해서 두 번 장가는 갔겠는데 세 번, 네 번 장가가지는 못합니다.

—자식은 어떻습니까?

—제 점에서 나오는 자식은 아들만입니다. 딸은 나오지 않습니다. 죽은 아들을 포함해서 네 명이었습니다. 죽은 아들은 하나 같습니다. 실상은 마음이 여리고 착한 사람입니다. 그러나 눈 하나 깜짝 않고 사람을 죽일 수 있습니다.

—부모는 어떤 분이었습니까?

—부모는 대단한 분은 아니었겠습니다. 아버님은 일찍 돌아가셨는데요. 이분은 부모덕을 입은 게 없습니다. 개천에서 용난 격으로 혼자 일어난 운세입니다. 부모에게서 교육을 받는 식으로 평범하게 자랄 수 없었기 때문에 굴욕감 등을 느껴 원

래 착했던 심성이 변한 것 같습니다.

「그 젊은이는 기자였고, 사주는 김일성의 것이었던 모양이군요?」

기미히토가 물었다.

「그렇습니다. 기자는 다시 말없이 한 사람의 사주를 내놓았습니다.」

변 교수는 다음 장을 펼쳐 보였다.

―아까 그분과 부자 관계인가요? 아버지가 없으면 큰일을 할 수도 있는데 아버지의 압력으로 꿈을 펴지 못하겠습니다. 재물은 있으나 덤으로 딸려가는 사람, 자기 뜻대로는 한 번도 해보지 못하고 기를 펴지 못한 사람입니다. 아버지에게 순종, 복종은 하겠지만 많이 부딪칠 것입니다. 천심은 좋은데 아버지가 너무 큰 분이라……. 지금 이분은 사형선고가 내렸다고 할 정도로 상당히 좋지 않습니다. 이분의 사주는 아버지만 못합니다.

「그 사주는 누구의 것이었습니까?」

「김정일, 김일성의 아들이죠.」

「음…….」

사주와 예언이 얽혀 있는 얘기였다. 그러나 기미히토에게는 아무런 차이가 없었다. 과학의 시각으로 보면 사주도 예언도 믿을 수 없는 것이기 때문이고, 둘 중의 어느 하나만 진실이라 하더라도 과학만을 신봉해온 자신의 지식체계는 무너질 수밖에 없는 일이었다.

「궁금한 게 있습니다. 그 무당은 사주를 바탕으로 점을 쳤습니다. 그렇다면 다른 사람이 같은 사주를 보고 점을 친다면 결과가 어떻게 나올까요?」

「좋은 질문입니다. 그 기자도 같은 생각이었는지 다른 점술가에게 그 사주를 가지고 가서 물었습니다. 역시 기자의 신분과 사주의 주인이 김일성이라는 사실은 숨겼죠.」

—올해 돌아가시겠는데요. 올 음력 7월이나 9월을 넘기시더라도 내년 7월이나 9월에는 돌아가십니다. 사고로 돌아가시는 것은 아니고 노환의 형태로 돌아가실 것입니다.

—이분의 자식은 몇이나 되겠습니까?

—점괘대로 하면 죽은 자녀를 포함해서 7남매입니다. 틀렸다면 숨겨놓은 자식이 있겠지요. 아들과 딸이 각각 한 명씩 죽은 것 같습니다.

—부모 운은 어떻습니까?

—이분의 부모는 이 양반만 못합니다. 이분은 그냥 농가에

서 태어났겠는데요. 개천에서 용 난 모습입니다. 이분을 낳은 부모가 있고 기른 부모가 따로 있겠습니다.

—결혼생활, 여자관계는 어떠했겠습니까?

—요 새끼(동자신의 목소리이다), 여자라면 모두 관계하는 놈이구나. 계집질을 많이 했겠는데. 관계를 가진 여자, 즉 부인은 일곱인데 이미 셋이 죽었습니다. 머지않아 네 번째 부인이 죽는데 그분의 넋이 남편을 데리고 갑니다. 넷째 부인의 죽은 넋이 남편을 데리고 가는 것입니다. 사주대로라면 이분의 운명은 91세까지이나 죽은 부인이 데려가, 사고는 아니지만 명대로 못 사는 것이기 때문에 비명이라고도 할 수 있습니다.

—사주 자체로는 어떤 일을 할 사람입니까?

—아주 큰일을 할 사람입니다. 나라님이 되었더라도 높은 나라님이 돼 있겠는데요. 재물이 있고 여자가 많고 장수하고 권력을 잡을 수 있으니 아주 큰 나라님이 될 사주입니다. 그러나 자기가 품었던 뜻을 다 이루지 못하고 세상을 하직하겠습니다. 이분이 한 일은 큰 것이지만 자기가 품은 뜻을 다 이루지는 못합니다.

—성격은 어떻습니까?

—다양합니다. 이분의 통솔력은 인자함과 결단력에서 나왔습니다. 원래는 인자한데 안 되겠다 싶으면 결단력을 발휘하는 분입니다. 또 수하에 부하가 잘 들어와서 삼합(三合)을 갖추었

습니다. 인자함과 결단력, 좋은 부하의 삼합이 갖춰진 형국입니다. 그러나 하늘이 기울었습니다. 백 퍼센트의 확률로 금년에 돌아가시겠습니다.

—이 사람이 김일성인데 전쟁을 일으키겠습니까?

—못 일으킵니다.

「이 기자는 다시 김정일의 사주를 넣었습니다.」

—빛이 나는 일이 있겠습니다. 감옥소에 있는 사람이면 출감을 하겠고, 지위에 있는 분이면 승진하겠습니다. 날개 다는 형국입니다. 그러나 아버지만 못한 사주입니다.

-《월간조선》 1994년 4월, 이정훈 기자

각각 다른 두 사람의 무당이 본 점괘는 놀랍도록 일치했다. 기미히토는 머리털이 쭈뼛해지는 것을 느끼면서도 한편으로는 우연의 일치라고 생각했다. 무당들 아니라 누가 봐도 건강하고 장수한다고 말하기에는 김일성의 나이가 너무 많지 않았는가.

기미히토는 이런 정도의 미신이나 우연에 물러서서는 안 된다고 생각했다. 자신이 태어나 지금까지 신봉해왔던 과학이 여기서 무너질 수는 없는 것이다.

「그들은 사주나 팔자에 관한 책을 보고 예언을 하는 것입니까?」

「책을 보는 경우도 있지만 본인의 영감에 의해 예언을 하는 경우가 많습니다.」

「도대체 어떤 사람들이 그렇게 특출한 능력을 갖게 되는 것입니까? 타고나는 것입니까?」

「타고나는 것은 아닙니다. 대대로 무당의 가계를 잇는 세습무가 있긴 하지만 거의 없어지고, 지금의 무당들은 대부분 강신무입니다.」

「강신무란 것은 무엇입니까?」

「문자 그대로죠. 신이 내려 무당이 되는 것입니다.」

「신이 내린 것을 어떻게 알 수 있나요?」

「강신 체험을 하는 사람들은 먼저 무병을 앓습니다. 이 병은 매우 독특해서, 까닭 없이 시름시름 앓기 시작합니다. 대개 밥을 먹지 못하고 몸이 말라 허약해지며, 마음은 들떠 안정하지 못하고 꿈이 많아집니다. 결국 미쳐 산이나 들, 거리를 헤매고 다니면서 중얼거리죠. 대개 상당 기간 이런 상태로 지내게 됩니다.」

「병원에서 고칠 수 없나요?」

「병원에 가면 오히려 증세가 악화되는 것이 특징입니다. 의사들은 병명을 대지 못하고, 심하게 앓는 경우에도 치료를 포기하고 집으로 돌려보낼 따름입니다. 결국 환자는 치료를 포기한 상태에서 주변의 권유를 받아들여 무당에게 가봅니다. 무당은 첫눈에 진짜 정신질환자와 신이 들린 무병 환자를 구분합니다. 진짜 정신질환자에게는 잡귀를 쫓는 굿을 하지만, 이 무병 환자에게는 내림굿을 해서 무당이 되게 합니다. 제자로 받아들이기도 하지요.」

「그 다음부터 특출한 능력을 갖게 된다는 말이군요.」

「그렇습니다.」

「무당이 가진 특출한 능력은 어떤 것들입니까?」

기미히토가 호기심 가득한 눈을 빛냈다.

「원하신다면 한번 보러 갈까요?」

기미히토의 마음을 읽은 변 교수가 흔쾌히 제안했다.

「네. 정말 한번 보고 싶습니다.」

다음날 아침 일찍 변 교수는 기미히토를 데리고 나섰다. 서울 근교의 산이었다. 기슭을 지나 조금 올랐을 즈음, 어디선가 북소리가 들려왔다. 위로 오를수록 북소리는 더욱 크게 들렸다. 마침내 가파른 산길을 돌아들자 아침인데도 촛불을 두 대 밝혀둔 바위가 보였다.

북소리 사이사이로는 간간이 여자의 흐느낌이 들렸다. 그 속에 역시 여자의 것이면서도 굵고 탁한 목소리가 때로는 높게, 때로는 낮게 섞여 나오고 있었다. 굵은 목소리의 주인공이 무당이었다.

무당은 두 가지 목소리를 내고 있었다. 한 번은 흐느끼고 있는 여자에게, 또 한 번은 누구에겐지 모르겠지만 뭔가를 열심히 묻고 있었다.

「지금 저 무당은 혼을 불러놓고 대화를 중계하고 있습니다.」

「혼과 대화를 한다구요?」

기미히토는 변 교수의 얘기를 도저히 받아들일 수 없었다. 세상에 혼이 어디 있단 말인가. 설사 있다 한들 살아 있는 인간이 어떻게 대화를 한단 말인가. 강신무가 앓는다는 무병은 그렇다 치더라도 혼을 불러 대화를 한다는 사실은 도저히 받아들일 수 없는 사실이 아닌가.

그러나 변 교수는 아무렇지도 않다는 듯 설명을 계속했다.

「지금 목소리가 바뀐 것은 다른 혼을 불러냈기 때문입니다.」

무당은 이제 남자 목소리를 내고 있었다. 신기하게도 그 남자의 목소리를 듣자 젊은 여인의 흐느낌이 더욱 서러운 통곡으로 변했다.

「아마 죽은 부친의 혼을 불러낸 것 같군요.」

「그런데, 이상하군요. 저 여자 무당이 이젠 남자 목소리를 내고 있지 않습니까?」

「단순한 남자 목소리가 아닙니다. 죽은 아버지의 목소리를 내는 거지요.」

「뭐라구요? 죽은 아버지의 목소리를 내요?」

「그뿐만이 아닙니다. 평소에 전혀 알지 못하던 사람의 동작이나 습관이 그대로 배어나오기도 합니다.」

기미히토는 어떻게 추스를 수 없는 커다란 혼란이 덮쳐오는 것을 느꼈다. 이 사실을 어떻게 받아들일 것인가. 부정하고 싶지만 눈앞에서 번연히 일어나고 있는 사실이 아닌가.

일본에도 수많은 귀신이 있고 그들을 모시는 신사가 있지만 이렇듯 신비한 체험을 한 적은 없었기에 기미히토는 귀신이란 그냥 장난 같은 것이라고 생각했다. 그러나 지금 목전에서 벌어지고 있는 광경을 어떻게 장난이라 할 수 있을 것인가.

젊은 여인은 더욱 큰 소리로 통곡을 하더니 종내는 목을 놓아버렸다.

오십대로 보이는 무당은 통곡하는 여인은 아랑곳하지 않고 야릇한 목소리로 굿거리를 풀어내기 시작했다.

넋을 모시러 나가세
넋을 모시러 나가세
피리 젓대 사민 육각 징 장구 참겨들고
영정 낵기 가자스라

혼정 낵기 가자스라

구망제 앞을 실고 신망제 뒤를 따라

망제님의 넋을 모시러 가자스라

이윽고 무당은 여인을 부축해 일으키더니 잠시 나지막한 목소리로 뭔가를 설명하면서 말했다.

「화덕벼락장군님, 이제 술 한 잔 자시고 돼지머리 한 점 드시고 화를 풀어주셔요. 앞으로는 조상님 잘 모시고 부모 잘 모시고 산다고 맹세했으니 제발 화를 푸시고 이 불쌍한 젊은 여인 잘 좀 보아주셔요.」

연방 춤을 추며 빌던 무당은 갑자기 신이 들렸는지 삼지창을 들어 돼지머리를 푹 찔렀다. 시퍼렇게 갈아둔 삼지창은 관통하다시피 돼지머리를 푹 뚫고 들어가 박혔다. 주위에 있던 사람들이 떡시루를 세우고 그 위에 널빤지를 깔자, 무당은 삼지창을 세우더니 그 위로 펄쩍 뛰어올라갔다.

용케도 쓰러지지 않고 그 위에서 한참 춤을 추던 무당은 그 밑으로 남자 두 사람이 커다란 작두를 놓고 어깨로 받치자 다시 작두날 위에 서서 연신 뭔가를 중얼거리면서 춤을 추었다. 날카로운 작두 위에서 맨발로 펄쩍펄쩍 뛰면서 춤을 추는데도 피 한 방울 나지 않는 것이 기미히토는 너무나 신기했다.

「저것은 연습으로 가능한 건가요?」

「글쎄요, 그럴 수도 있겠지만 아마 신이 통해서 저런다고 보는 것이 옳을 것 같군요.」

「신이 통한다는 것은 무엇을 의미하는 건가요?」

「여러 가지 의미가 있지만 저런 일을 하는 무당은 나름대로 자신감이 있어서 저 시퍼런 날 위로 올라가는 것입니다. 자신이 모시는 신이 이런 것쯤이야 해주겠지, 보호해주겠지 하는 자신감 말입니다. 일단 그들이 그렇게 마음을 먹으면 다치기는커녕 다른 사람까지 그렇게 전염을 시키지요.」

「다른 사람을 전염시킨다구요?」

「나는 그런 모습을 수없이 봤습니다. 평범한 동네 여자 중에도 무당 옆에서 구경을 하다가 신이 터지면 같이 올라가 춤을 추어대는 경우가 있는데, 자신이 한 번도 추어보지 못한 춤을 저 시퍼런 작두 위에서 어쩌면 그렇게도 정신없이 추어내는지 두 눈으로 보면서도 도저히 믿어지지 않더군요.」

「무당이 아닌 보통의 여자가 말입니까?」

「그렇습니다. 그러나 사실 그런 것은 알고 보면 별게 아니죠.」

변 교수의 말에 기미히토는 고개를 갸웃했다.

「그건 무슨 소립니까, 별게 아니라뇨?」

「신이 내리면 얼마든지 가능한 일이라는 거죠.」

기미히토의 표정이 자못 심각해졌다.

「그런데 무당들이 모시는 신은 어떤 신입니까? 전지전능하고 천지를 창조한 유일신입니까?」

「아닙니다. 처음 내림굿을 할 때 모시게 되는 신이지요. 칠성님, 서산대사, 사명대사, 천신대감, 부처님, 옥황님, 일월성신, 화덕벼락장군, 대신할머니, 산신령 등 다양합니다.」

수호사자

기미히토는 변 교수의 설명을 들으면서 역시 한국에 오기를 잘했다는 생각이 들었다. 토우라는 존재를 알게 되면서 보이지 않는 세계의 신비가 차츰 가슴속에 자리 잡았다.

김일성과 김정일의 사주가 두 무당에게서 거의 똑같이 나오는 것은 일면 과학적 검증이라 할 만하다는 생각도 들었다. 같은 조건을 부여했을 때 같은 반응이 나오는 것이 과학이라면, 김일성이라는 동일인의 사주를 넣었을 때 비슷한 점괘가 나오는 것은 일견 과학적 체계와 궤를 크게 달리하는 것은 아니지 않는가.

기미히토는 이런 사람들을 통하면 토우의 정체를 알아내는 일이 어려울 것 같지 않았다. 그는 조심스럽게 변 교수에게 자신이 겪었던 토우에 대해 설명을 하기 시작했다.

「총독부에서 했던 일이 무엇인지는 모르겠으나 그 토우가 뭔가의 염승이었을 거라고 스기하라 씨는 추측하시더군요.」

그러나 기미히토의 설명을 다 들은 변 교수는 아무 대답 없이 눈을 감고 깊은 생각에 잠겨 있었다. 한참이 지나서야 비로소 눈을 뜬 변 교수는 약간 들뜬 목소리로 물었다.

「그것만 깨면 조선은 무너진다고 말했답니까?」

「그렇습니다.」

「또 그것이 조선에서 스스로를 지켜온 유일한 힘이라고요?」

「네. 무라야마의 제자 하토야마로부터 들은 얘기입니다.」

「아, 아무리 생각해도 알 수가 없군요. 그들이 모든 자료를 없애버렸으니 이제 와서는 짐작조차 할 수가 없군요.」

「그들이라면?」

「총독과 무라야마를 비롯한 식민 통치자들 말입니다.」

「아까 그 무당들에게 물어보면 모를까요?」

변 교수는 입가에 쓴웃음을 지었다.

「크기가 다른 일입니다.」

「무슨 말씀이신지?」

「사주를 보고 점을 치는 정도의 일이 아니란 뜻입니다. 수천 년 동안 나라를 이어온 정기에 해당하는 부분일 겁니다.」

「무라야마가 그 작업을 해냈는지의 여부는 알 수 없을까요?」

「짐작할 수 없군요. 어쨌거나 그날 수호 토우를 파냈다면 일단 1차 작업은 성공한 것 아닙니까?」

「수호 토우라구요?」

「그렇습니다. 그 토우는 염승이 아니라 수호사자입니다.」

「무엇을 지키는 사자였을까요?」

「그것을 확실히 알 수는 없습니다만, 예로부터 진귀한 보물은 기가 허한 방위에 수호사자를 두어 지키게 했습니다. 수호사자의 종류에는 여러 가지가 있습니다만, 토우를 땅에 묻었을 정도면 보통의 보물이 아닌 건 확실한 것 같군요. 단순한 물건이 아니란 얘기지요.」

「그렇다면 어떤 종류의 보물이었을까요?」

「신력이 있는 범상치 않은 보물일 겁니다. 그 토우에는 물론 신력에 의한 주문이 들어가 있었겠죠. 그래서 괴력을 발휘했을 겁니다.」

「토우가 파헤쳐졌다면 그 보물은 파괴된 것으로 보아야 할까요?」

「글쎄요, 그것은 모르겠습니다.」

「무라야마는 그 보물이 무엇인지 알고 있었을까요?」

「거기에는 이상한 점이 있습니다. 무라야마가 토우를 파헤치는 등의 행위를 한 것으로 보면 그는 그 큰 힘을 깨려고 했을 겁니다. 그러나 그는 토우를 파헤쳤을 뿐 그 힘의 실체를 파괴하지는 못했죠.」

「어떻게 그것을 알 수 있지요?」

「힘의 실체가 없어졌으면 토우도 괴력을 잃었겠지요.」

「아, 그렇군요.」

「기미히토 교수님의 얘기에 따르면, 무라야마는 죽어가면서도 그 힘의 실체를 밝히지 못했습니다.」

「그렇습니다. 그 큰 힘이 무엇인지 정말 궁금해지는군요.」

변 교수로부터 이야기를 전해 들은 조세형 교수는 며칠 동안 망설이고 있었다.

토우와 관련된 지난날의 비밀에 대해 짐작조차 할 수 없었던 그는 몇 사람의 동료와 더불어 찾아볼 수 있는 기록은 모두 샅샅이 뒤졌다. 그러나 그토록 극비리에 행해졌던 일이 기록에 남아 있을 리 없었다. 따라서 그는 온갖 지력을 짜내어 무라야마가 했던 말의 의미를 알아내려 했으나 추측조차 할 수 없었다.

변 교수는 변 교수대로 법술사들을 통해 토우의 내력을 알아보았으나 역시 아무도 아는 사람이 없었다.

시간이 꽤 흘러 초조해진 조 교수의 뇌리에 한 사람의 얼굴이 아른거렸다.

사도광탄.

함흥차사를 뒤집어 생각했던 사람. 그리하여 삼각산을 헤매는 이태조의 혼을 달래야 한다던 그 사람이라면 무엇인가 짐작해낼지도 모른다는 예감이 조 교수의 뇌리를 스쳤다.

그러나 자신은 사도광탄의 주장을 실소에 부치고 와버리지 않았던가. 그때 그는 굿이 영험이 있고 칠성님이 영험이 있고 산신령이 영험이 있다고 했다. 자신은 무엇이 우스워 그 얘기에 그렇게 웃어버렸을까. 사실 시간이 지나면서 조 교수는 자신의 경솔한 처신을 은근히 후회하고 있었다.

이제 그를 다시 찾아가봐야 하지 않을까.

「잘 있었나, 서 원장?」

「아니, 조 교수 아냐. 웬일이야, 부르지도 않았는데 여길 다 찾아오고.」

서 원장은 조 교수가 여러 사람을 데리고 예고도 없이 찾아오자 반가워하면서도 약간 의외라는 반응을 보였다. 지난번에 조 교수는 사도광탄의 면전에서 실소를 터뜨리고 가버리지 않았던가.

「손님들을 소개하겠네. 이분은 기미히토 교수, 도쿄대학교의 전산학부 교수시지. 그리고 이분은 무속연구가 변익중 박사시고.」

인사가 끝난 후 조 교수는 찾아온 목적을 간략하게 설명했다.

「또 웃어버리고 나가진 않겠지. 지난번처럼 말이야.」

역시 서 원장은 사도광탄을 배려하고 있었다. 그러나 손님들이 있어 그런지 더 이상 추궁하진 않았다.

「이를 말인가.」

그는 여전히 천천히 걸었다. 찾아온 사람들 앞에 자신의 모습을 보이는 것이 부끄러운 양 걸어오면서 수줍게 웃었다. 악수 대신 진중하게 머리를 숙여 인사하는 모습이 이제 세 번째 그를 보는 조 교수에게 친근하게 와 닿았다.

「건강은 어떻습니까, 사도광탄 씨?」

「여전합니다.」

인사가 끝나자 조 교수가 기미히토를 대신해서 토우에 대해 설명하기 시작했다.

「결국 유일한 단서는 '조선에서 스스로를 지켜온 유일한 힘'이라는 것과 '그것만 깨면 조선은 무너져'라는 말인데, 도저히 짐작이 가지 않는군요.」

조 교수가 이야기의 핵심을 강조하면서 말을 끝냈지만 사도광탄은 눈을 감은 채로 아무 말도 없었다.

기미히토에게는 이런 광경들이 모두 우습게 생각되었다. 중요한 문제라고 하면서 정신병원에 찾아와 이상한 환자에게 내용을 설명하는 것이나, 이 환자로부터 대답을 기대하는 것이나, 이해가 가지 않았다. 그에게는 차라리 무당에게 가서 점을 치는 것이 훨씬 낫겠다는 생각이 들었다.

환자가 아무 반응이 없음에도 불구하고 조 교수는 끈질기게 기다렸다. 기미히토가 보기에는 답답하기 짝이 없었지만 변 교수도 아무 말 없이 기다리고 있는지라 자신이 뭐라고 할 계제는 아니었다.

「그들이 무슨 일인가를 도모하고 있다는 조짐이군요.」

지금까지 굳게 입을 다물고 있던 사도광탄이 말문을 열었다.

「그들이라니요?」

조 교수가 반가움을 감추며 물었다.

「일본인들 말입니다.」

「그들이 어떤 일을 하고 있습니까?」

이번에는 기미히토가 물었다. 사도광탄이 눈을 뜨며 기미히토를 바라보았다.

「그 토우는 주문과 기가 들어가 있는 영물입니다. 아무런 이유도 없이 움직이지는 않지요. 토우가 다시 괴력을 발휘하는 걸로 보아서 뭔지는 모르지만 음모가 있을 것 같군요.」

기미히토는 사도광탄의 눈길을 피하지는 않았지만 침묵을 지켰다. 그에게는 사도광탄이라는 사람이 비정상적으로 여겨졌기 때문이다. 다소 이상한 얘기라도 교수들이 하는 말은 그래도 받아들일 수 있었지만 정신병원의 환자인 이 사람의 얘기에까지 어떤 반응을 보인다는 것이 우스웠던 것이다.

「그런데 그 토우는 무엇을 지키던 수호사자였을까요?」

이번에는 변 교수가 물었다. 그는 친구인 조 교수로부터 그에 대한 얘기를 들은 적이 있었던 터라 어느 만큼은 진지한 믿음을 가지고 있었다.

「알 수 없군요.」

「그 신물은 파괴되었을까요?」

변 교수가 다시 근심스런 표정으로 물었다. 그러나 사도광탄은 뭔가 곰곰이 생각하더니 기미히토에게 물었다.

「토우는 어느 방위를 보고 있었죠?」

「네에? 무슨 말씀이신지?」

「파헤쳐질 당시 토우가 어떤 방향을 보고 있었느냐는 말입니다.」

「그것에 대해서는 들은 적이 없습니다.」

「스기하라 씨는 기억하고 있을 것입니다. 한번 물어주시지요.」

서 원장이 얼른 전화기를 건네주었다. 그녀는 늘 사도광탄과 관련된 일이라면 무슨 일이라도 할 수 있을 것 같은 기분이었고, 지금 그들의 대화 내용으로 봐서 보통 일이 아닌 것 같아 기미히토로 하여금 바로 전화를 걸게 하는 것이 낫겠다고 생각한 것이다.

스기하라는 언제나처럼 집에 있었다. 기미히토는 스기하라가 그런 것까지 기억하고 있으리라고는 생각하지 않았으므로 전혀 기대하지 않고 전화를 걸었다. 그러나 뜻밖에도 스기하라는 토우가 향했던 방향을 똑똑히 기억하고 있었다.

「서쪽이라 합니다.」

기미히토가 수화기를 놓으며 이상하다는 듯이 사도광탄을 쳐다보자 그는 기미히토의 속마음을 읽고 있기라도 한 듯 고개를 끄덕였다.

「무라야마는 토우가 향하고 있는 방향에 신경을 많이 썼을 겁니다. 수호사자는 앉히는 방향이 중요하기 때문입니다.」

「신물을 등지고 앞을 보고 있는 것입니까?」

「그렇지요. 그러면서 신물의 정면을 지키는 것입니다. 따라서 그 신물은 서향을 하고 있었다는 얘깁니다.」

기미히토는 사도광탄에 대한 인식이 조금씩 달라지는 것을 느꼈다. 조 교수나 변 교수가 모두 일본에서 소개받은 훌륭한 학자임에도 불구하고 그들이 흘려버렸던 것을 사도광탄이 집어내는 것을 보고는 마냥 무시하려던 생각이 바뀌었던 것이다. 기미히토는 내처 물었다.

「방향이 왜 중요합니까?」

「수호 토우를 묻었으면 풍수를 고려해서 신물을 간직했겠지요. 현무 주작이 결정되고 좌청룡 우백호가 있을 터이니, 그 신물이 무엇인가를 알아내는 데 큰 도움이 되지요.」

사도광탄의 말은 기미히토로서는 이해하기 어려웠다.

「짐작 가는 데가 있습니까?」

조 교수가 같은 질문을 반복했다.

「그 단서를 가지고 깊이 생각하면 알 수 있을지도 모르겠군요. 신물이 서향이었다는 것이 유일한 단서가 될지도 모르겠어요. 게다가 무라야마의 말대로 우리 역사에서 스스로를 지켜온 것이라면 기를 모으면 생각해낼 수도 있을 것 같군요. 문제는 얼마나 생각에 몰입할 수 있느냐지요.」

다음날 사도광탄은 사라져버렸다.

파티마의 예언

그가 사라졌습니다. 어젯밤 한 시경으로 추정됩니다. 모두가 잠들었을 때 홀연히 없어져버렸습니다.

사도광탄이 없어져 한바탕 법석을 떨고 난 오후 서 원장은 두 사람의 방문을 받았다. 형사들이었다.

「사도광탄 씨를 만나러 왔습니다.」

서 원장은 이상하다는 생각이 들었다. 그가 없어지자마자 사람들이 찾아오다니.

「무슨 일이죠?」

「우리는 정보과 형사인데, 그 사람의 동정을 보고하게 되어 있습니다.」

「글쎄, 무슨 이유로 그 사람의 동정을 보고하게 되어 있느냔 말이에요?」

「그것은 말할 수 없습니다.」

「말할 수 없다구요? 그렇다면 나도 말할 수 없어요.」

「그러시면 안 됩니다. 아실 만한 분이 도와주셔야지 이렇게 비협조적으로 나오시면 됩니까?」

서 원장은 의아했다. 과거 군사독재 시절에나 있을 수 있었던 일이 목전에서 벌어지고 있었다. 화가 치밀어 나가라고 소리 지르려던 서 원장은 순간 주춤했다. 혹시 사도광탄이 무슨 일을 저지른 것은 아닐까. 평소 그의 엉뚱함으로 보아 그랬을 가능성은 충분히 있었다.

「무슨 일이라도 생겼나요?」

「아닙니다. 통상적인 동향 조사입니다.」

「그렇다면 이제까지는 왜 한 번도 오지 않았죠?」

「그건…….」

그제야 서 원장은 깨달았다. 경찰은 간호사를 매수해두고 있었던 것이다. 그러니까 사도광탄이 없어지자마자 경찰이 알고 찾아온 것이다. 그런데 도대체 무슨 일로 경찰은 그를 감시하고 있단 말인가.

「쓸데없는 건 묻지 마시고 그를 만나게 해주십시오.」

「잘 알잖아요, 그 사람이 없어진 것을.」

「어디로 갔습니까?」

「그걸 내가 어떻게 알겠어요?」

「생각해보십시오. 평소에 대화를 많이 나누지 않았습니까?」

「대화 나눈 적 없어요. 알지도 못하고, 알아도 얘기할 수 없어요. 도대체 무슨 이유로 그 사람을 감시하는지를 알기 전에는.」

두 사람의 형사 중 나이가 많아 보이는 사람이 눈을 껌벅하자 젊은 사람이 작은 목소리로 짧게 내뱉었다.

「그 사람은 인터폴에서 감시하고 있어요.」

「뭐라구요, 인터폴?」

서 원장은 놀라지 않을 수 없었다. 인터폴이라면 국제경찰 아닌가. 사도광탄이 도대체 무슨 일로 국제경찰의 감시를 받고 있단 말인가.

「그가 무슨 국제 범죄라도 저질렀나요?」

「그거야 모르죠. 우리는 그냥 감시 요청만을 받고 있으니.」

「수배되지 않은 것을 보면 범죄행위가 드러난 것은 없는 모양입니다. 범죄의 가능성이 농후하거나 혐의를 받고 있겠죠.」

나이가 든 사람이 한마디 거들었다.

「어디로 갔는지는 나도 몰라요. 아무 말도 없이 가버렸으니.」

이 말을 하면서 서 원장은 한 줄기 섭섭한 감정이 가슴 밑바닥에서 솟아나는 것을 느꼈다. 아무 말도 없이 가버리다니. 가겠다고 말한다고 해서 안 보내지는 않았을 텐데.

사실이 그랬다. 비록 자신의 환자로 남들과 같이 엄중한 감시 밑에 있기는 했지만, 그가 가겠다고 나설 때에 붙잡아둘 수 있는 처지는 아니었다. 우선 자신이 치료를 한 바가 없었다. 그럼에도 불구하고 그의 증발이 안타까운 것은, 자신도 모르는 사이에 사도광탄에게 차츰 빠져들고 있었기 때문이라는 생각이 들었다.

이것은 이성에 대한 단순한 이끌림이 결코 아니었다. 같은 인간 존재로서의 이끌림이었다. 그에게는 내면으로부터 울려오는 힘이 있었다. 그것은 공허한 이론이나 휴머니즘 같은 원리가 아니었다. 서 원장은 요즘 사람들에게서는 볼 수도 겪을 수도 없는 사도광탄의 괴이함을 좋아했고, 그 괴이함 속에 있는 삶과 우주에 대한 통찰을 존중했다.

비록 의사와 환자 사이지만 서 원장은 사도광탄에게서 삶의 깊이에 대해 배우는 것이 있다고 생각했다. 그까짓 병원비 같은 것은 문제도 아닌데 아무런 말도 없이 떠났다는 사실이 야속했다.

「알겠습니다. 만약 연락이 오거나 하면 여기로 전화 부탁드립니다.」

파리 경시청의 국제형사과 드파이유 경부는 한국의 경찰청으로부터 날아온 한 장의 팩스를 책상 위에 올려놓았다.

인물 번호 1980KOR0009 감시 이탈.

팩스는 짧은 내용이었다. 미국 FBI의 협력관으로 오래 근무하다가 새로 부임한 그는 인물 번호를 보자 호기심이 솟았다. '감시 이탈'이야 이제 곧 다시 '행적 포착'으로 바뀌어 날아오겠지만, 어떤 인물이기에 20년 가까이 감시 해제가 안 되고 있는지 궁금해진 것이다. 더군다나 인터폴 수배 인물로는 극히 드문 한국인이 아닌가.

〈사도광탄〉
1955년 11월 14일생.
르투케 하이재킹 사건의 주범 다우니와의 연관 추정.
(중략)
이자는 결국 다우니의 정신을 지배하여 사건을 배후 조종했다는 심증이 있음.
물증 없음.
지속적 감시 요망.
*바티칸 특별 요청.

드파이유 경부는 마지막의 바티칸 특별 요청이라는 별도 표시에 주목했다. 그는 다시 한편에 붙어 있는 르투케 하이재킹 사건의 번호를 찾았다. 사건은 매우 상세하게 기록되어 있었고, 하이재킹 사건의 기록이 늘 그렇듯이 여러 각도에서 재구성되어 있었다.

그는 시계를 봤다. 20분 후면 점심시간인 것을 확인하고는 수화기를 들어 사건 당시의 담당 수사관이었던 데스탱 경부의 번호를 돌렸다.

「내가 먼저 사야 하는데 이거 미안하게 됐네.」

「아니야, 자넨 이혼한 부인에게 돈을 부쳐야 되잖아.」

「제기랄, 내가 이렇게 될 줄 누가 알았겠나?」

「인생이 그렇지 뭐. 근데 자네 그 르투케 하이재킹 사건을 수사했더구먼.」

「그랬지.」

「그 당시의 얘기를 들려주게, 낱낱이 말이야.」

「참, 자네 다시 국제형사과로 발령 받았지?」

「팔자인 모양이야.」

데소탱은 포도주 잔을 입으로 가져가며 당시의 상황을 입체적으로 구성하여 설명했다.

「캔터베리 상공이군.」

더블린공항을 이륙한 비행기가 잉글랜드를 가로질러 막 도버해협에 들어서기 직전에 누군가가 낮은 목소리로 중얼거렸다. 스튜어디스는 도버해협 건너편의 칼레를 바라보며 좀 이상하다 싶었을 때 미리 조치를 취했더라면 이렇게까지 되지는 않았을 텐데 하는 생각에 자신을 질타하고 있었다.

사나이는 처음부터 말이 없었다. 이 사나이처럼 비행기에 타서 한마디도 하지 않는 경우는 극히 드물었다. 음료수 접대나 식사 메뉴를 물었을 때도 그저 고개를 가로저을 뿐이었다. 스튜어디스는 사나이의 기분을 풀어보려고 일부러 시선을 마주치고는 미소를 지어 보였다. 사나이는 가슴에 걸려 있는 굵고 낡은 은십자가를 만지더니 천천히 성호를 그었다.

'독실한 가톨릭이군.'

스튜어디스는 괜히 신경을 곤두세웠다고 생각하면서 통로를 지나쳤다.

그로부터 10분 후 비행기의 후미에 앉아 있던 그녀는 이 사나이가 비행기의 앞쪽으로 걸어나가는 것을 보고 다시금 신경이 쓰였다. 화장실을 그냥 지나쳐 가는 사나이의 걸음걸이가 어딘지 모르게 이상하기도 했지만, 손에 들고 있는 결코 작지 않은 검은 봉투가 마음에 걸렸기 때문이다. 스튜어디스는 급히 수화기를 들었다.

「기장님, 지금 앞으로 걸어나가는 사람이 어딘지 마음에 걸려요. 혹시 조종실 문을 안 닫았다면…….」

그러나 스튜어디스의 말은 더 이상 이어지지 않았다. 비행기의 맨 앞에까지 걸어나간 사나이가 몸을 돌리고 뱉어낸 한 마디에 그녀는 온몸의 힘이 쭉 빠지는 것을 느꼈기 때문이다.

「신사 숙녀 여러분, 이 비행기는 지금 이 순간부터 납치되었습니다.」

말의 내용과는 너무나 딴판인 조용하고 점잖은 목소리였다. 이 점잖은 목소리가 승객들로 하여금 기묘한 혼동을 일으키게 했다. 마치 일요일에 신자들을 모아놓고 설교하는 신부나 목사의 것으로나 알맞을 이 목소리 때문에 승객들은 도저히 자신들이 처해 있는 상황을 깨달을 수 없었다.

목소리뿐만이 아니었다. 얼굴 역시 온화해 보이는데다 평생 남과 한 번 다투어보지도 않았을 것 같았다. 몇몇 승객은 무슨 재미있는 구경거리라도 생긴 양 앞뒤를 두리번거리며 흥미있는 표정으로 사나이의 다음 동작을 살폈다. 사나이의 동료들이 아무도 나타나지 않아 안심이 되기도 했고, 무엇보다 사나이가 들고 있는 봉투도 세탁물 봉투같이 부드럽고 푹신해 보이는 것이어서 그 안에 위험한 총기 같은 것이 있으리라고는 생각되지 않았기 때문이다. 게다가 사나이는 영화에서 보았던 것처럼 모두의 고개를 숙이게 하거나 손을 들고 눈을 감게 하지도 않았다.

그러나 다음 순간 승객들은 경악하지 않을 수 없었다. 사나이의 입에서 무시무시한 소리가 흘러나왔기 때문이다.

「이 봉투 안에는 매우 민감한 폭발물이 있습니다. 만약 승무원이나 승객 여러분 중 누구라도 저를 제지하거나 무기를 꺼내는 분이 있으면 우리 모두는 공중에서 몰사하고 맙니다. 심지어는 제가 넘어지기만 해도 폭발하고 말 것입니다. 그러므로 저는 여러분께 진심으로 협조를 부탁하는 것입니다.」

그제야 승객들은 자신들이 어떤 지경에 처했는지 생생하게 깨달을 수 있었다.

하이재킹.

비행기는 납치된 것이다. 매우 점잖아 보이는, 그러나 그 점잖음으로 인해 더욱 기묘한 느낌을 주는 한 사나이에 의해.

「납치범의 신원은 밝혀졌나요?」

내무장관은 눈살을 찌푸리며 수화기를 귀에 좀 더 가까이 갖다 댔다. 아일랜드에서 이륙한 비행기라면 필시 IRA의 소행일 것이다. 그렇다면 자신은 또다시 그 목소리조차 듣기 싫은 영국 친구들과 지루하고도 복잡한 대책회의를 끝없이 반복해야만 한다. 장관은 벌써 몇 개비째 연달아 피우던 담배를 비벼 껐다.

「이름과 신분은 알아냈습니다.」

「뭔데요?」

「다우니라는 이름의 아일랜드 출신 수도사입니다.」

「뭐요, 수도사라구요?」

「그렇습니다.」

「어느 종파의 수도사랍니까?」

「가톨릭.」

「허허, 저런! 세상이 이제 드디어 말세로 가는구먼. 그래, 가톨릭의 수도사가 비행기를 납치했단 말이오?」

내무장관은 혀를 끌끌 찼다. 이것은 그야말로 미증유의 사건이었다. 수도사라면 바로 신부가 아닌가. 아니, 성당의 봉직 신부보다도 오히려 더욱 진지하고 치열하게 성부와 성자와 성령과 더불어 사는 인간이 아닌가. 그런 수도사가 비행기를 납치했다는 사실을 어떻게 믿을 수 있단 말인가.

「요구조건이 뭐요?」

「그 요구조건이라는 것이 이상하기 짝이 없는 것입니다.」

「뭔데요, 우리더러 성당 건립 자금이라도 내놓으라는 건가?」

「그게 아니고…….」

「뭐요?」

「납치범은 교황청에 뭔가를 요구하고 있습니다.」

「교황청에?」

「그렇습니다.」

「흐음, 가톨릭의 수도사라면 교황청에 뭔가를 요구할 수 있겠지. 그런데 하필이면 왜 우리나라에 비행기를 착륙시키고 그런답니까?」

납치범의 요구조건이 프랑스와는 아무런 상관이 없다는 것을 알게 된 장관은 적이 안심이 되는 모양인지 여유를 찾은 음성으로 약간의 농담이 밴 투정을 부렸다. 그러나 수화기 저편의 경시청장은 여전히 긴장된 목소리였다.

「하지만 일단 르투케 비행장에 내린 이상 모든 책임은 우리에게 있습니다. 특히 우리 경찰에게 말입니다.」

「그야 그렇지만, 어쨌든 정치적으로는 크게 곤란할 문제가 없단 말이오. 그런데 그 납치범이 교황청에 요구하고 있는 조건은 무엇이오? 도대체 무슨 원한이 있기에 수도사가 비행기를 납치하고 조건을 내건단 말이오?」

「그 수도사가 교황청에 요구하고 있는 것은 어떤 비밀을 공표하라는 것입니다.」

「뭐라구, 비밀을 공표해?」

장관은 더더욱 이해할 수 없었다. 이제껏 비행기 납치범의 요구란 것은 언제나 돈이 아니면 과격파 테러단의 석방 같은 것이었다. 그런데 이번에 생긴 사건은 납치범의 정체도 이해할 수 없었지만 그 요구조건은 더더욱 이해할 수 없는 것이었다. 교황청에 비밀을 공표하라는 것은 비행기 납치범의 요구조건으로서는 얼토당토않은 것이었다.

「그거야말로 정말 이해할 수 없는 일이로군. 그래, 도대체 무슨 비밀을 공표하라는 거지?」

이제 장관은 자신의 업무를 떠나서 개인적으로도 지대한 관심이 생겼다.

「파티마의 제3의 예언이란 것입니다.」

「뭐라구, 파티마의 제3의 예언?」

「그렇습니다.」

「…….」

시종 투정 섞인 목소리로 물어나가던 장관의 목소리가 여기서 딱 끊겼다. 아니, 끊긴 것은 목소리만이 아니었다. 장관은 자신도 모르게 탁자에 뻗었던 두 다리를 내려놓고 있었다. 이것은 세상에서 늘상 일어나는 그런 문제가 아니라는 생각이 들자 장관은 더욱 날카로운 목소리로 물었다.

「그게 도대체 무엇이오? 파티마의 제3의 예언이란 것은?」

「그것은 마리아의 예언입니다.」

「마리아? 성모 마리아 말이오?」

「그렇습니다.」

「마리아가 예언을 했단 말이오?」

「그렇습니다.」

「언제?」

「아주 최근의 일이라 합니다. 20세기에 일어난 일입니다.」

「20세기에? 아니, 그게 정말이오?」

「그렇습니다. 정확하게는 1917년 5월 13일 포르투갈의 파티마에 성모 마리아가 나타난 것입니다. 마리아는 세 명의 어린 목동 앞에 나타나서 인류의 미래와 관련한 예언을 했답니다.」

「이봐요, 총감. 세상에는 뭐가 나타났다, 누가 어떤 예언을 했다, 마리아를 보았다, 예수를 보았다 하는 등의 얘기가 너무도 많지 않소? 그런 것을 어떻게 일일이 믿는단 말이오?」

「물론입니다. 그래서 그런 보고가 있을 때마다 로마의 교황청에서는 일일이 조사를 한답니다. 거의가 허위로 밝혀지지만 이 파티마의 성모 출현은 교황청으로부터 공식적인 인정을 받았습니다.」

「공식적인 인정을 받았다는 것은?」

「마리아의 출현과 예언이 검증되었고, 교황청은 파티마를 성지로 정했습니다. 그로부터 지금에 이르기까지 매년 수많은 교인들이 파티마를 찾고 있습니다. 심지어 교황은 아그자의 총격을 받고 기적처럼 살아나자마자 완치도 되지 않은 몸을 이끌고 바로 파티마를 찾아 성모에게 감사했습니다.」

「그래요? 출현은 인정을 받았다니까 그렇다 치고, 도대체 어떤 예언이 검증되었다는 거지요?」

소르본느 법학부 출신인 내무장관은 시간을 다투는 이 긴박한 상황에서도 꼬치꼬치 물어갔다. 그는 자신이 납득되지 않는 일에 대해서는 어떤 중요한 결정도 내리지 않는 사람이었다.

「미카엘 천사가 먼저 나타나 5월 13일 세 명의 어린 목동 앞에 마리아가 나타날 것이라고 예언을 했답니다. 과연 그날이 되자 마리아가 나타났는데, 다른 사람들에게는 이 어린 목동들 앞에 한 줄기 강렬한 광채가 나타나는 것이 보였답니다.」

「그러나 그것만으로는 마리아가 나타났다고 인정할 수 없는 것이 아니오?」

「그렇습니다. 마리아는 그 후에도 매달 같은 날 여섯 번에 걸쳐 나타났고, 마지막 발현 때에는 소문을 듣고 몰려든 약 7만 명이 희한한 기적을 목격했다고 합니다. 그리고 세 아이 중 둘은 마리아의 예언대로 곧 인플루엔자에 걸려 죽었습니다.」

「그러니까 마리아는 두 아이가 죽을 것이라고 예언했고, 그 예언이 맞았다는 얘기요?」

법학을 전공한 내무장관은 이런 종류의 문제를 가지고 설득하기에는 가장 어려운 사람이었다. 그러나 수화기에서 흘러나오는 총감의 목소리에는 자신감이 담겨 있었다. 장관은 총감이 가톨릭 신자라는 것을 떠올렸다.

「그런 것은 사소한 것이지만, 파티마의 예언은 크게 세 가지로 볼 수 있습니다. 제1예언은 제1차 세계대전이 예언 당시로부터 일 년 반 안에 끝날 것이라는 것이었습니다. 당시 사람들은 그 전쟁이 언제 끝날지 몰라 절규하고 있었는데, 마리아는 이제 일 년 반 후면 전쟁이 끝날 것이라고 예언을 하셨던 것입니다. 어린 목동들 중 하나가 '그러면 이제 세계전쟁은 끝입니까'라고 묻자 '아니다. 이 전쟁이 끝나고 20년이 지나면 또 한 차례의 세계대전이 있을 것이다'라고 말씀하셨습니다. 정확히는 20년 1개월 후에 2차 대전이 일어났습니다. 마리아는 전쟁의 자세한 양상과 원자폭탄도 예언하셨습니다. 어린 목동들 중 하나에게 환상으로 거대한 버섯 모양의 구름을 보여주었으니까요. 이것을 제2의 예언이라고 합니다.」

「그러면 제3의 예언은?」

장관은 자신도 모르게 내처 물었다.

「그게 바로 지금 이 순간 이 수도사가 로마 교황청에 공표를 요구하고 있는 것입니다. 비행기를 납치해가면서까지요.」

「이상한 일이군. 교황청에서는 왜 그 제3의 예언을 이제껏 공표하지 않는 거요?」

「그것은 성모마리아의 계시였습니다. 마리아는 이 예언을 세 어린 목동들 중 하나인 루치아에게 일러주며 제3의 예언은 아무에게도 얘기하지 말고 오로지 로마의 교황에게만 알려주라고 했던 것입니다.」

「그래서요?」

장관은 이제 강한 호기심을 보이고 있었다.

「루치아는 이 예언을 글로 작성하여 교황에게 보냈습니다. 그리고 두 아이가 죽자 칼멜의 기도원에 들어가서 지금까지 은둔생활을 하면서 오직 기도로만 살고 있습니다.」

「그렇다면 이 제3의 예언을 알고 있는 사람은 얼마 되지 않겠군요.」

「얼마 되지 않는 것이 아니라 세상에서 단 두 사람밖에 모릅니다.」

「두 사람이라면?」

「바로 루치아 수녀와 교황입니다.」

「교황청의 간부들도 모르고 있다는 얘긴가요?」

「그렇습니다. 오직 교황만이 그 예언을 볼 수 있습니다. 그것은 성모 마리아의 계시입니다. 교황 이외의 그 누구에게도 그 예언을 공개해서는 안 된다는 것입니다.」

장관은 그제야 이 우스꽝스러운 하이재킹의 의미를 이해할 수 있었다. 그와 동시에 이 납치범의 요구조건이 이제껏 있어온 그 어느 조건보다도 까다롭고 실현되기 어려운 것임을 깨달았다.

같은 시각 바티칸 공의회에 참석하기 위해 모인 추기경들의 표정은 엄숙하다 못해 삼엄한 분위기까지 감돌고 있었다. 시스티나 대성당 옆의 교황궁으로 급히 모이라는 연락을 받은 추기경들은 국무장관인 비오 추기경으로부터 설명을 듣기 전까지는 자신들이 왜 그토록 급히 와야 했는지 알 수 없었다.

그러나 국무장관의 설명을 듣고 난 그들의 얼굴에는 숨길 수 없는 위기감이 나타나 있었다. 아무도 말문을 열지는 않았지만 그들은 교황청이 그토록 감추고자 했던 비밀이 이제 세상에 노출될 위기에 처했다는 사실에 당혹감을 감추지 못하고 있었다.

하이재킹이라면 세계 언론으로부터 제1급의 주시를 받게 마련이다. 아마 지금쯤 바티칸 광장에는 세계의 수많은 언론기관에서 구름같이 몰려온 기자들이 이 회의의 결론을 지켜보고 있을 것이다.

당황한 추기경들은 이 회의의 결론을 어떻게 내려야 할지에 대해 미리 자신의 생각을 정리하느라 바삐 머리를 돌리고 있었다. 가까운 사람들은 더러 귓속말로 의견을 나누었다.

「수도사가 이런 짓을 하다니 고통스럽군요.」

「그러게 말입니다. 이제껏 수천 번이나 예언의 공개를 거부해왔지만 이번에는 어쩐지 쉬울 것 같지 않군요.」

「차제에 아예 예언을 공개하도록 진언하는 것은 어떨까요?」

「그것은 안 될 말입니다.」

「혹시 장관께서는 예언에 접촉해본 적이 있으신지요?」

「없습니다. 아직도 루치아 수녀와 교황 성하께서만 알고 계십니다.」

「대략 어떤 내용일지 짐작은 하고 계시지 않습니까?」

「짐작만 하고 있을 뿐이지요. 바오로 6세 성하와 요한 바오로 1세 성하의 경우를 미루어보면 말입니다.」

바오로 6세는 교황이 되어 파티마의 예언을 꺼내 보다가 너무나 놀란 나머지 의자에서 굴러떨어져 실신했다. 그리고 누구보다도 심약했던 요한 바오로 1세는 즉위한 지 한 달 만에 심장마비로 숨졌다.

그의 죽음을 놓고 이런저런 말이 많았지만 파티마의 예언을 보고 그 중압감에 숨졌다는 견해가 유력했던 것이다. 심지어 그가 파티마의 예언을 본 날 밤 홀로 미친 듯 기도를 하다가 죽었다는 얘기도 있었다.

예언의 구체적인 내용은 교황과 루치아 수녀만이 알고 있지만 바티칸 깊은 곳에서 일하는 몇 사람의 핵심적 추기경들은 그 예언의 내용을 어느 정도는 미루어 짐작하고 있었다. 그들은 예언의 내용이 매우 무시무시하다는 것과 가톨릭에 결코 호의적이지 않다는 느낌을 갖고 있었다.

「교황 성하께서 드십니다.」

이윽고 교황 요한 바오로 2세가 나타나자 추기경들은 모두 일어나 그를 맞았다.

태어나서부터 지금까지 오직 기도로만 살아온 사람, 그리하여 성령의 축복을 받아 비이탈리아인으로서는 5백 년 만에 처음으로 교황이 된 이 사람은 즉위하는 그날부터 참으로 정열적으로 일해왔다. 그는 이제까지의 구태의연하고 권위적인 교황청 분위기를 일신하고, 신도들과 살갗을 맞대며 진심으로부터 우러나오는 기도를 요구했다.

원칙 그 자체라고 해도 좋을 만큼 철저히 고전적인 가치를 고집해온 그는 요한 23세 시절 제2차 바티칸 공의회에서 교회의 전례에 대한 혁신적인 헌장을 발표하는 데 중추적인 역할을 했다. 그 헌장의 요체는 하느님의 백성이라는 장은 교계 제도보다 중요하다는 것으로, 가톨릭 의식의 새 장을 여는 것이었다.

교황이 자리에 앉자 추기경들 사이에 토론이 시작되었다.

「최악의 사태는 우리가 그 예언을 공표하지 못하겠다는 결론을 내리고 그 사실에 대해 납치범이 폭탄을 터뜨림으로써 결말을 내는 경우입니다. 전세계의 언론은 이구동성으로 교황청을 비난할 것입니다. 피범벅이 되어 나뒹구는 시체들을 보여주며 그 사람들의 목숨에 대해 조금도 개의치 않았던 우리를 사정없이 매도할 것입니다.」

공의회에 모여든 추기경들의 대부분은 교황청의 지위에 대해 염려했다. 그것은 어쩌면 당연한 일이었다. 세계적으로 가톨릭의 신도 수가 급감하고 있었으므로, 교황청은 전세계의 언론이 주목하고 있는 이번 사건의 경우 자연히 사회·정치적 측면에서 문제를 보지 않을 수 없었다.

그러나 이러한 시각은 곧 좀 더 근본적인 문제를 의식하고 있는 추기경들과 교황의 측근들에 의해 묻혀버리고 말았다.

「예언은 절대 공개되어서는 안 됩니다. 이것은 성모님의 계시입니다.」

추기경들은 고개를 끄덕였다. 교황청의 입장을 구태여 따질 필요도 없이, 예언이 공개되어서는 안 된다는 것은 성모 마리아의 계시였다. 전인류가 멸망하더라도 성모 마리아의 예언이라면 지켜져야 한다는 것이 그들만의 종교에 극도로 충실한 추기경들의 원칙이었다.

성경은 이미 하느님에게 자식을 제물로 내놓는 아브라함의 이야기를 실음으로써 이런 경우의 지침을 내려놓고 있었다. 그리고 무엇보다도 그들은 역대 교황과 입장을 같이하고 있다는 사실에 자신감을 얻고 있었다.

지체할 시간이 별로 없다는 것을 알고 있는 그들은 이내 의견을 정리한 후 두 눈을 감고 무엇인가를 골몰히 생각하고 있는 교황에게로 눈길을 모았다. 주변이 조용해지고 나서도 한참이 지나서야 교황은 눈을 떴다.

카롤 보이티야, 즉 요한 바오로 2세는 평화롭고도 부드러운 표정으로 한 사람 한 사람의 얼굴을 깊이 들여다보았다. 이것은 그가 1978년 교황에 선출되고 나서 모든 회의의 결론을 내리기 전에 항상 해오던 버릇이었다.

그러나 이날만은 어딘지 모르게 눈동자에 생기를 잃고 있었다. 추기경들은 교황의 얼굴에서 이제까지 보지 못했던 망설임을 읽어낼 수 있었다. 원칙에 관한 한 이 사나이 카롤 보이티야는 돌과 같은 사람이었지만 오늘은 눈에 띄게 흔들리고 있었고, 이 점은 교황 자신이 누구보다도 잘 알고 있었다.

오늘의 결론은 결코 추기경들의 몫이 아니었다. 대체 교황청 안에서 교황을 제외한 어느 누가 파티마의 예언이 어떤 것인지 알고 있단 말인가. 그런 의미에서 이번의 하이재킹은 바티칸이 아닌 교황에 대한 도전이요 시험이었다.

그동안 교황은 파티마의 예언에 대한 공표를 수많은 사람들로부터 강요당해왔다. 거기에는 공산주의자나 무정부주의자들뿐만 아니라 가톨릭의 성직자들, 심지어는 바티칸 추기경들의 보이지 않는 압력도 있었다. 바티칸 성청의 핵심 간부들은 교황만이 그 비밀을 알고 있다는 사실에 대해 일종의 소외감을 느끼고 있었다.

의례적인 미소가 지나간 교황의 얼굴에는 이윽고 고뇌에 찬 표정이 노골적으로 드러났다. 비록 정치적 교황이라는 얘기를 듣고 있긴 했지만 표정을 관리하는 정치 기술이 이 폴란드인 교황에게는 없었다.

기실 교황은 크게 고심하고 있었다. 이것은 교황에게는 매우 드문 일이었다. 원칙에 관한 문제에서는 양보할 줄 모르는 교황이지만 오늘은 너무나 다른 문제였다.

이제 한 시간 후면 비행기가 폭파되고 승객들은 소중한 목숨을 잃고 만다. 그렇게 되면 결국 바티칸은 풀 한 포기라도 귀중히 여기라는 하느님의 계시를 어기고 대답 한마디로 살릴 수 있었던 수많은 승객의 목숨을 잃은 원망을 홀로 들어야 한다. 그 비도덕적이고 비윤리적인 결정은 가뜩이나 줄고 있는 신도들의 수를 격감시킬 것이다.

맨 처음 발언한 추기경은 바로 그 점을 지적했던 것이다. 그까짓 예언이 무엇이기에 죄 없는 수많은 사람들을 버려야 하느냐고 묻는 그 추기경의 항변은 정당하고 인간적인 것이었다. 바티칸은 명분을 잃어서는 안 되는 상황에 처한 것이다.

추기경들은 교황의 곤혹스러운 입장을 잘 이해했다. 그들은 아무리 원칙의 신봉자라 하더라도 바티칸의 정치적 입장을 고려하지 않을 수 없는 교황의 입장을 알았고, 그런 시각에서 교황의 고뇌를 이해했다.

그러나 정작 교황의 고민은 추기경들이 이해할 수 있는 범주에서 벗어나 있었다. 교황은 최고 결정권자이고 세계의 위대한 지도자 중 한 사람이다. 성모 마리아의 예언이 아니라 하더라도 납치범의 협박에 굴할 수는 없는 것이다. 그러므로 결론은 이미 내려져 있는 것이나 마찬가지다.

이 점은 사건 해결에 있어 인도적 측면에 비중을 두는 추기경들이 간과하고 있는 지도자의 입장이었다.

그러나 지금 교황의 격심한 고뇌를 불러일으키는 것은 협박에 대한 답변 때문이 아니었다. 이 자리에 나오기 전 교황은 부속 기도실에서 두 시간 동안이나 기도를 올렸지만 이상하게도 마음이 안정되지 않았다.

하필이면 왜 파티마의 예언인가. 기이하게도 증오와 더불어 비행기를 납치하면서까지 예언을 알고 싶어 하는 그 수도사에 대한 동정과 연민이 교황의 가슴을 무섭게 후벼대고 있었다. 한 번도 얼굴을 본 적이 없는 수도사였지만 이 사람은 이상하게도 그 언젠가 만났던 엘살바도르 대주교의 기억을 되살려내고 있었다.

로메로.

그는 교황을 만나기 위해 로마에 와서 보름 이상이나 기다렸다. 하지만 라틴아메리카에서 불길처럼 타오르던 해방신학이 못마땅했던 교황은 마지못해 그를 만나기는 했지만 이미 대화의 문은 철통처럼 잠겨 있었다.

자신의 애원이 거절당하자 엘살바도르 대주교의 두 눈에 어리던 그 고독하고 절망적이던 눈빛이 기도를 드리는 내내 교황의 가슴속에서 살아나고 있었다.

그로부터 3주일 후, 로메로는 미사를 드리던 도중 가슴에 총을 맞고 운명했다.

교황은 몇 날 밤을 고통과 회한으로 몸서리치며 기도에 매달렸던가. 그날 로메로를 지지하는, 아니 그의 수고를 위로하는 단 한마디의 말만 건넸더라도 기꺼이 민중 속으로 뛰어든 그 대주교는 독재자의 테러에 그토록 무참하게 희생당하지는 않았을 것이다.

그가 교황으로부터 푸대접을 받고 돌아왔다는 사실이 알려지자 독재 정부는 그를 제거해도 된다는 자신감을 얻었고, 그는 미사 도중 한 킬러의 총을 맞고 즉사하고 말았다. 교황은 고뇌했다. 자신이 로메로를 죽인 것이나 마찬가지였던 것이다.

그런데 로메로를 향한 연민의 정이 왜 비행기를 납치한 다우니라는 이름의 수도사에게서 되살아나는지 교황은 이해할 수 없었다. 아마 이 사람도 곧 죽으리라는 것을 알기 때문인지 몰랐다. 예언은 공표될 수 없다는 자신의 한마디에 의해.

바티칸의 중요한 인물이 모두 회의장에 모여 있는 두 시간 동안 정작 가장 중요한 한 추기경이 빠져 있다는 사실을 알아차린 사람은 별로 없었다. 모두가 회의의 엄숙한 분위기에 사로잡혀 있는 시간에 그는 바티칸의 깊숙한 곳에서 외부로 향하는 전화기에 나직한 목소리를 밀어내고 있었다.

「교황청에서는 절대로 예언을 공개할 수 없소. 하지만 비행기가 납치되고 승객의 목숨이 경각에 달려 있는 상황에서 그렇게 발표할 수는 없는 일이 아니오? 상황이 급해지면 예언은 공개될 수 있다고 보도가 나갈 것이오. 귄터, 당신이라면 이 상황에서 유일한 해결책이 무엇인지 알 것이오.」

프랑스의 특수부대 장다름이 비행기에 침투한 것은 납치범의 요구 시한이 불과 30분 남아 있을 때였다.

창설 이후 단 한 번도 테러 진압에 실패한 적이 없는 이 부대에게도 이번 작전은 쉽지 않았다. 납치범의 정체가 너무도 낯설어 약점을 찾기가 쉽지 않았기 때문이다. 전해진 바로는 그가 매우 민감한 폭발물을 가지고 있다고 했다.

이런 일이 생길 때마다 그 무엇보다도 승객의 안전을 제일로 생각하는 경시청의 협상 전문가 크레망은 특수부대의 작전을 극구 반대했다. 일단 예언을 공개하겠다고 수도사를 안심시키는 것이 중요하다는 것이 그의 생각이었다. 그리고 설사 그까짓 예언쯤 공개하면 도대체 뭐가 어떻단 말인가. 그 예언이 공개된다고 세상이 뭐가 달라지겠는가.

크레망은 이런 상황에서는 자신의 역할이 누구보다도 중요하다는 확신을 갖고 있었다.

그러나 이 유능한 협상 전문가는 갑자기 상황이 긴박하게 돌아간다는 것을 느꼈다. 피랍기의 착륙 초기 상황을 장악했던 자신이 어느 순간 갑자기 뒷전으로 밀려나버리고, 도저히 납득할 수 없는 위험천만한 상황에서 장다름이 갑자기 투입된 것이다.

장다름은 소음기가 장착된 특수 용접기로 일등석 전용의 문을 따냈다. 등 뒤에서 무슨 일이 일어나고 있는지 전혀 몰랐던 다우니는 다섯 명의 요원이 바싹 다가갔을 때에도 메인캐빈의 한쪽에 승객들을 몰아놓고는 그들의 불편에 대해 사과하고 있었다.

그림자같이 다가간 폭발 전문가가 흔들림을 방지하기 위해 다우니의 손목을 꽉 붙잡자 또 한 사람의 요원이 번개같이 그의 손에 들린 검은 봉투를 낚아챘다. 그것으로 상황은 끝이었다.

아무런 무기도 흉기도 없는 이 나약한 수도사의 양팔을 억센 요원들이 좌우에서 끼는 것으로 상황은 끝이었다. 실제 요원들은 그의 양팔을 꽉 붙들었다. 위험은 끝난 것이다.

그러나 다음 순간 승객들뿐만 아니라 요원들도 놀라고 말았다. 몇 발의 총성이 들리면서 수도사의 허리가 푹 꺾였던 것이다. 특공팀장이었다.

요원들은 그가 귀에 못이 박히도록 들어온 작전수칙을 위반한 것을 알았다. 저항력을 완전히 상실한 범인을 살해해서는 안 되는 일이었다.

하지만 다우니의 죽음과 함께 파티마의 제3의 예언도 급속히 사람들의 뇌리에서 사라져갔다. 이것이 그가 전혀 무력한 상황에서도 죽어야만 했던 이유였던 것이다.

사건이 종결된 후 교황청에서는 일단의 사람들을 아일랜드로 보냈다. 아일랜드 경찰보다도 더욱 깊숙이 수도원을 조사한 교황청의 사람들은 다우니가 비행기를 납치한 것은 한 사람과의 오랜 교리 논쟁을 통해서였다는 결론을 내렸다.

몇몇 핵심적인 추기경들이 염려했던 것과는 달리 다우니의 배후에 이슬람 근본주의자들이 있었던 것은 아니었다. 게다가 다우니가 가톨릭에 대해 적대적이지 않다는 사실도 교황청을 안심시켰다.

그러나 그것으로 문제가 끝난 것은 아니었다. 문제는 다우니와 오랫동안 교리 논쟁을 벌여온 사람이었다. 현재로서는 그가 다우니와 어떤 내용의 교리 논쟁을 벌였는지조차 알 수 없었다.

하지만 충실한 가톨릭의 수도사이자 기독교 신비주의자였던 다우니가 그 사람과의 교감을 통해 신비주의에 대한 더욱 강렬한 믿음을 갖게 되었던 것은 틀림없는 듯했다. 다우니는 얼마 동안 한국에서 봉직한 적이 있었고, 그때 그 사람을 사귀

게 되었던 듯했다.

주변의 증언에 의하면 그는 최근까지도 무수한 서신 왕래를 통해 그 한국인과 교리에 대한 의견을 나누었다.

교황청의 우려는 다우니에게 깊은 영향을 미친 그 인물에게 집중되었다.

그는 도대체 어떤 인물일까. 그는 급작스레 교황청에서 주목하고 감시하는 세계 각지의 제1급 중요 인물들 중 하나로 떠올랐다. 그가 바로 사도광탄이었다.

데스탱은 술잔을 놓으며 드파이유에게 말했다.

「다우니는 완전히 제압당한 상태에서 특공팀장의 총격을 받고 즉사했어. 특공팀장의 이런 행동은 살인으로 판단될 수도 있었지만 워낙 중요한 사안이었던지라 단 한 명의 승객도 다치지 않고 구조했다 하여 오히려 표창을 받았지.」

「무슨 말인지 알겠네. 그가 살아서 재판이 진행되었다면 세상은 온통 파티마의 예언 이야기로 떠들썩했겠지.」

「당시 바티칸의 입장이 매우 곤란했어. 윗선에서 거래가 있었겠지.」

「그런데 다우니는 어떻게 해서 사도광탄이라는 한국인과 교리 논쟁을 벌이게 되었나?」

「확실한 것은 몰라. 교황청에서 기록을 다 가져가버렸으니까. 하지만 탐문수사 등에 의해 어느 만큼은 알게 되었지. 다우니는 아일랜드 주교회의 추천을 받아 한국의 어느 신학교에서 유학 생활을 했어. 거기서 그는 한 청년을 만났는데 그 청년은 지극히 동양적인 방식인 자기 속으로의 몰입이라나 참선이라나, 좌우간 그런 방법을 통해 깊은 정신세계에 도달했다는 거지. 어쨌든 그 청년은 다우니로서는 도저히 생각하지도 못했고 이해할 수도 없는 말을 하곤 했대. 둘은 자연스럽게 신앙의 문제를 얘기하기 시작했고, 다우니는 차츰 가톨릭만이 세상의 진리가 아니라는 청년의 사상에 빠져들었던 모양이야. 청년은 가톨릭이 독선에서 벗어나 이제껏 전세계의 타 종교와 각 민족의 고유문화에 대해 저지른 죄악을 회개하고 사과해야 한다고 주장했지. 그러면서 그는 파티마의 제3의 예언이란 성모 마리아가 직접 가톨릭의 죄상을 질타하고 참회를 촉구하는 내용이지만 교황청이 은폐하고 있다고 주장한 거야.」

「그 예언은 마리아가 교황에게만 공개하라고 했다며.」

「그 청년은 그것도 가톨릭의 속임수라고 했어. 세상의 예언이란 모두 공개되었지 은폐된 것이 없었다는 거지. 들으면 사람들에게 전하는 것이 예언의 본질이라고 하면서, 가톨릭이 거듭나기 위해서는 교황이 그 예언을 공개해야만 한다고 했지. 그의 말과 인생에 영향을 받은 다우니는 그것이 종교인의 참된 자세라 생각하고는 아일랜드로 돌아와서 고민 끝에 결국은 범행을 결심한 것으로 추정돼.」

「그러니까 엄밀히 얘기하면 경찰의 수사를 통해서는 사도광탄이 범행을 공모한 것으로 밝혀지지는 않았다는 거지?」

「그렇지. 그가 위험인물이라는 것은 교황청의 결론이네.」

한밤의 기도

골짜기를 건너가는 바람이 쏴 소리를 내며 내를 스쳤다. 어둠 속에 솟아 있는 바위들이 황홀한 달빛을 받아 빛을 발하고, 산등성이에서는 간간이 산짐승의 날랜 걸음이 돌부스러기를 흘렸다. 어디선가 들려오는 산새의 울음소리가 태초의 순수를 아직도 간직한 채 하늘 아래 우뚝 선 태백을 고요히 적시고 있었다.

달빛에 은은히 젖어 차고 맑은 물이 흘러넘치는 계곡에서 사도광탄은 도시, 그것도 음침한 정신병원에서 보내느라 지쳐버린 육신을 깨끗이 씻고는 정신을 모았다. 깊은 밤이라 심산을 흐르는 정기를 타고 마음이 저절로 따라 흘렀다.

백두산에서 바다를 따라 아래로 내리뻗은 정기는 금강, 설악을 거쳐 태백산에 머물렀다가 왼쪽으로 방향을 틀어 소백을 타고 일단 속리에 머무른 후 덕유와 가야를 거쳐 지리산으로 들어갔다. 사도광탄은 기를 모아 백두의 정기를 따라 몸속으로 돌리며 숨을 고른 후 두 눈을 감고 손을 가슴에 모았다.

「국조 단군이시여, 하늘의 뜻과 땅의 지지를 받아 동북아시아의 좋은 터에 자리를 잡은 이래 우리 겨레는 자애와 인정으로 5천 년을 살아왔나이다. 이웃을 내 몸처럼 아끼고 온 누리에 사랑을 베풀며 선인을 존중하고 후인을 위해 덕을 쌓아왔지만 역사는 늘 창궐하는 외적으로 어지러웠나이다. 오직 평화로 지내길 바랐던 겨레의 염원은 피지배의 굴욕으로 얼룩졌고, 이제 민족은 갈라지고 흩어져 그 아픔이 하늘을 찌르고 있나이다. 전통을 존중하고 인륜을 밝히며 살아왔던 우리가 이제는 타국의 거친 문화에 미풍양속을 묻어버린 채 뿌리를 잃고 살고 있나이다. 그러나 국조시여, 지난 5천 년간 나라를 위하고 겨레를 위해 순결한 마음과 몸을 바친 수많은 선열이 지켜보시고 이 땅에 우리를 있게 한 천지신명이 굽어살피시는바, 저는 이 미천한 몸을 바쳐 겨레의 정신을 되찾고 문화를 다시 세워 국조의 창업을 이으려 하나이다. 이제 이국의 마흉이 침입하여 겨레의 성보를 훼하였으니 마땅히 다시 찾아 조상님 앞에 올리고 눈물을 흘리려 하나이다. 국조 단군이시여, 이 미천한 몸으로 하여금 앞날을 볼 수 있는 혜안을 가지게 하옵소서. 그리하여 역사의 치욕을 땅에 묻고 자랑스러운 이 땅의 주인으로 국조의 뜻을 수대에 이어가게 하옵소서.」

기도를 마친 사도광탄은 물에서 나와 몸을 닦은 후 바위에 가부좌를 틀고 앉았다. 눈을 들어 멀리 북극성에 모으고 양

손을 가볍게 맞잡은 채 두 다리 위에 자연스럽게 내렸다. 사도광탄은 정신이 맑고 깨끗해지자 기를 모아 깊은 명상의 세계로 들어섰다.

'조선에서 스스로를 지켜온 유일한 힘이란 무엇을 말하는가. 이것만 깨면 조선은 무너진다는 그 신물은 무엇이란 말인가.'

아무것도 먹지 않은 채 계속된 명상은 사흘 밤낮 동안이나 이어졌다.

사도광탄은 태백에서 청량리까지 기차를 타고 오면서 자연의 여유로움을 한껏 맛보았다.

그 어느 때던가, 한창 진리를 구하던 무렵 극도로 정신이 순수해지자 자연과 교감을 나누는 단계가 펼쳐졌던 것이 어렴풋이 기억나는 듯했다.

그때에 멈추었으면 시인으로, 사색가로 인생을 즐겁게 살 수 있었을 것이다. 사도광탄은 씁쓰레한 미소를 지었다. 손에 잡힐 듯이 다가왔다 이내 사라지곤 하는 차창 밖의 풍물들이 포근하게 가슴에 와 안기는 것을 느끼면서 사도광탄은 오랜만의 여유로움에 몸을 맡겼다.

청량리역에서 내린 사도광탄은 다시 병원으로 돌아왔고, 그의 귀환은 즉각 보고되었다.

그가 다시 병원으로 돌아왔습니다. 오늘 오후 세 시에 혼자 돌아왔습니다.

서 원장은 사도광탄이 다시 돌아온 것이 몹시 기뻤다. 서 원장은 사도광탄이 말없이 나간 이후 계속 허전함을 느끼고 있었던 것이다.

딱히 집어서 뭐라 말하기는 어려워도 서 원장에게는 사도광탄에 대한 애정이랄까 보호본능 같은 것이 작용하고 있었다. 서 원장이 문득문득 느끼는 것이지만 사도광탄에게는 삶을 초월하여 바라보는 안목이 있었고, 그것은 보통 사람에게서는 도저히 느껴지지 않는 것이었다. 특히 그가 떠나고 나서 찾아온 형사들은 서 원장에게 놀라움을 주었고, 그들의 출현은 의사로서의 보호본능을 더욱 자극했다.

뿐만 아니라 서 원장은 이제 사도광탄이 살아온 내력에 대해서도 더욱 궁금증을 갖게 되었다. 사도광탄은 자신에 대해서는 한마디도 하려 들지 않았지만 그의 내력은 엉뚱한 방향에서 드러나고 있었다.

바티칸에서 온 신부

「베르나데타님, 잠깐 얘기 좀 나누실까요.」

주일 미사를 마치고 나오던 서 원장은 주임신부의 부름에 약간 의외라는 느낌이 들었다. 오랫동안 성당을 다니고 있긴 했지만 그리 열성적이지도 않은데다가 성직자들과는 별로 대화를 나누지 않던 그녀였기에 주임신부가 일부러 자신을 기다렸다가 부른 것을 알고는 쉬이 그 이유를 짐작할 수가 없었던 것이다.

자신의 사무실에서 차를 한잔 대접한 신부는 미소를 지으며 편한 분위기를 유도했다.

「베르나데타님의 병원에 있는 사도광탄이라는 환자를 만나 볼 수 있을까요?」

서 원장은 적이 놀라지 않을 수 없었다. 아무런 상관도 없어 보이는 주임신부가 사도광탄이 자신의 병원에 있는 것을 아는 것이나 또 그를 만나려고 하는 것이나 모두 너무나 엉뚱한 일이었다.

「무슨 일이라도 있습니까?」

「그와 대화를 나누고 싶어 하는 손님들이 있습니다.」

「손님이라구요? 어떤 분들입니까?」

「바티칸에서 오신 신부님들입니다.」

서 원장은 다시 한 번 놀랐다. 그녀는 사도광탄이 가톨릭과는 아무런 관련이 없다는 것을 알고 있었다. 그런데 무슨 이유로 바티칸에서 신부들이 그를 찾아왔단 말인가. 혹시 지난번의 외출과 무슨 관계가 있는 것이 아닌가 생각하던 서 원장은 고개를 끄덕였다.

사도광탄은 두 사람의 외국인 신부를 보고는 뭔가 기억해 내려 애쓰는 듯했다. 인사가 끝나자 외국인 신부의 말을 주임 신부가 통역했다.

「저는 바티칸의 교리청에서 일하는 신부입니다. 교황청에서는 귀하가 오래전 아일랜드의 한 수사와 교환한 편지들을 오랜 기간에 걸쳐 신중하게 검토했습니다. 그 결과 한국의 종교에 대한 가톨릭의 공격적 태도를 지적한 귀하에게 몇 가지 설명을 해드려야 한다는 결론을 내렸습니다. 이 결론에 따라 교리청 장관께서 저를 보내셨습니다.」

「내가 위험성이 있다고 생각한 모양이군요.」

서 원장은 사도광탄의 이 말이 무엇을 의미하는지 몰라 당황했다. 사도광탄에게 자신이 모르는 위험이 내재되어 있다는 말인가.

「사실을 말하자면 다우니 신부는 귀하와 서신 교환을 계속하면서 신비주의의 깊은 영향을 받은 것으로 조사되었습니다.」

「그는 동양의 정신문화를 배척하려 하지 않았습니다. 한국에서 뜻깊은 유학 생활을 했다고 얘기하곤 했지요. 우리는 서로 영향을 주고받았고, 그는 훌륭한 신부였어요.」

「우리는 귀하에게 타 문화에 대한 교황청의 입장을 설명하고자 합니다.」

사도광탄은 진지한 표정으로 신부를 바라보며 말했다.

「내가 바라는 것은 파티마의 제3의 예언을 공개하는 거요. 그러면 모든 것이 설명되는 것이란 말이오.」

「그러나 그것을 공개하지 않는 것이 교황청의 원칙입니다.」

「교황은 이미 그 자신의 태도로 파티마의 예언을 공개하고 있지 않은가요?」

「무슨 얘긴지 이해할 수 없군요.」

「교황은 이미 타 종교와의 화해 및 공존을 천명했지요. 그는 유대인들의 종교인 유대교를 인정하고 불교를 인정했어요. 그리스정교와 이슬람교 역시 인정했습니다. 그것은 무엇을 말하는 것이지요?」

「…….」

「이제까지의 오류에 대한 반성으로 받아들일 수 있지 않은가요?」

「무슨 오류를 말하는 겁니까?」

「기독교를 제외한 세상의 모든 종교 및 각 민족의 독특한 신앙에 대한 이제까지의 부정이 잘못되었음을 인정하는 것이 아닌가요?」

「교황께서는 궁극적으로 세계의 평화를 염원하시는 겁니다.」

「결국 그것은 이제까지 기독교만이 유일한 진리임을 내세워 온 입장을 바꾸었다는 것을 의미하는 것이지요. 그렇다면 그 입장의 변화, 즉 이제까지의 잘못된 진리관을 진지하게 공개해야 하는 것이 아닌가요?」

「교황 성하께서는 각 종교의 지도자들을 만나 그들과 포옹함으로써 역사적 화해를 이루셨습니다.」

「그것만으로는 올바른 반성이 이루어졌다고 말할 수 없어요. 아직도 전세계의 수많은 교회는 배타적이지요. 즉, 고유의 민속신앙을 우상숭배로 터부시하고 있단 말이오.」

「그러나 다른 신앙을 위해 바티칸이 어떤 적극적인 입장을 취할 수는 없습니다.」

「아니지요. 교황이 다른 종교와의 공존을 선언했다는 것은 그 자신 다른 신앙과 같은 위치에 서겠다는 겸허한 자기반성이 아닌가요? 그렇다면 이제까지 기독교의 독선적 진리관 때문에 희생된 신앙과 문화에 대한 사과가 필요하지요. 특히 서양 여러 나라의 제국주의적 팽창 정책에 편승하고 과학적 물질문명의 힘에 의존하여 타민족의 토속신앙과 문화를 거세했던 역사에 대한 원상회복 노력이 있어야만 하지 않을까요?」

「도대체 바티칸이 무엇을 어떻게 해야 한다는 얘기입니까?」

「가장 좋은 방법은 파티마의 제3의 예언을 공개하는 것이오.」

「그것이 어떤 내용인 줄 알고 그것의 공표를 그렇게 주장한단 말입니까?」

「파티마의 제3의 예언은 지금의 가톨릭이 인간의 탐욕과 진리를 부정하는 이기심에 의해 그 본래의 순수한 모습으로부터 크게 이탈되어 있음을 지적하고 있는 것이 아닌가요? 그 예언은 마리아의 경고이고, 교황은 그 경고를 잘 이해하고 있어요. 파티마의 마리아를 철저히 믿는 요한 바오로 2세는 그 경고에 의해 타 종교와의 공존을 천명한 것으로 볼 수 있어요.」

「보지도 않은 예언을 어떻게 그렇게 잘 알 수 있단 말입니까? 그 예언은 교황 성하만 보도록 계시가 내려져 있는데요.」

「나는 그 예언의 내용이 무엇인지 알고 있소.」

「어떻게 알 수 있단 말입니까?」

「그 계시에는 음모가 숨겨져 있을 거요.」

「파티마의 예언에 음모가 숨겨져 있다는 것은 무슨 뜻입니까? 무엇이 음모란 말입니까?」

「교황에게만 전하라는 계시란 것이 바로 음모요.」

「그것은 성모 마리아의 말씀이었습니다.」

「결단코 아닐 거요. 그것은 오히려 마리아의 예언을 묻어버리는 음모적 행위로 볼 수 있소.」

「왜 그렇게 확신합니까?」

「마리아가 보낸 가톨릭에 대한 경고는 세속의 성직자들에게는 교세의 약화를 의미하는 신호탄이지요. 어떤 성직자도 그 예언을 달가워할 리는 없을 거요. 예언의 본질은 현재의 이익을 고려하는 정책과는 관계가 없지요. 도대체 왜 그 예언이 공개되어서는 안 된다는 거지요? 마리아의 예언이며 지고의 순수함에서 나온 뼈를 깎는 반성인데 말이오. 교황은 그 예언을 반드시 공개해야만 하오. 그래야만 지난 2천 년간의 과오에 대한 반성이 되기 때문이오.」

「귀하는 가톨릭에 무슨 원한이라도 있는 것처럼 보이는군요.」

「나는 내 민족의 문화를 얘기하는 거요. 기독교는 그 공격적 교리로써 우리 문화의 뿌리를 싹둑 잘라냈지요. 기독교가 아닌 모든 종교, 민속, 관습을 철저하게 부정하고 해체했어요.

기독교만이 옳다는 확신은 지금도 이 나라의 분열에 앞장서고 있어요.」

「그러나 그것이 어떻게 기독교의 잘못인가요? 고유 종교나 문화를 보호하는 것은 귀 민족의 역량 아닌가요?」

「그래서 나는 그 예언의 공개를 촉구하는 거요. 이 땅의 미개한 사람들이 자신의 문화를 버려가면서 그토록 신봉하는 기독교가 유일한 진리가 아니라는 사실을 바로 마리아를 통해 확인하도록 해주어야겠다는 말이오.」

「미개한 종교나 문화는 기독교보다는 오히려 과학에 의해 부정당하는 법입니다.」

「두 축이지요. 이 땅에 기독교는 서양의 물질과학 문명과 함께 들어왔어요. 우리의 토속신앙은 그 과학에 의해 미신으로 취급받고 전통문화는 기독교에 의해 우상숭배로 내몰려야 했지요. 이 땅의 모든 문화는 서양 과학의 잣대에 의해 철저히 재구성되었고 거의 대부분 몹쓸 것으로 폐기처분되었지요. 비과학적이라는 이유 하나 때문에. 그러나 그 과학, 이 땅의 모든 문화를 비과학이라고 매도하고 폐기해버린 그 서양 과학은 자신들의 종교인 기독교에 대해서는 그런 잣대를 세우지 않았어요. 그 이유는 무엇이지요? 기독교가 과학적이기 때문인가요? 하느님이 진흙으로 아담을 빚고 아담의 갈비뼈로 여자를 만들었다는 것이 과학인가요? 예수가 부활했다는 것이 과학인가요? 과학으로 보면 우리의 신앙은 미신이고 서양의 신앙은 미신이 아니란 말인가요? 그러니 과학은 얘기할 필요가 없어요. 나는 교황청에서 그간 타민족의 문화를 짓밟은 데 대한 사과를 하고 파티마의 예언을 공개할 것만을 바라지 다른 어떤 설명도 듣고 싶지 않소.」

주임신부와 두 사람의 바티칸 신부는 사도광탄에게 무엇을 설명하고 이해를 구한다는 것이 불가능하다는 것을 깨달았는지 더 이상 말을 꺼내지 않고 자리에서 일어났다.

그들이 돌아간 후 서 원장은 2층에 있는 사도광탄의 방으로 올라갔다. 이 심상치 않은 사람들의 출현에 대해 사도광탄으로부터 설명을 들어야겠다는 생각이었다.

「아까 듣자니 세상에서 단 두 사람, 교황과 루치아 수녀만 안다는 파티마의 제3의 예언을 안다고 얘기하던데, 실제로 알고 있나요?」

「보지 못했으니 알 수 없지요.」

「그러나 그들에게는 안다고 얘기하지 않았나요?」

「그랬지요. 그것은 누구라도 알 수 있는 것이거든요, 생각만 좀 깊이 해보면.」

「어떤 식으로 생각해야 하지요?」

「우선 마리아가 그 예언을 누구에게도 말하지 말고 교황에게만 알리라고 했다지 않은가요? 그것이 바로 열쇠지요.」

「어째서요?」

「그것이 마리아의 계시든 아니든 그 예언의 내용이 가톨릭에 대단히 불리한 것임에 틀림없어요. 좋은 내용이라면 그 예언은 이미 오래전에 공개되었을 테니까요.」

「그러면 누가 그 예언을 교황에게만 알리라고 했을까요?」

「그것은 어쩌면 처음 그 내용을 접한 루치아 수녀일지도 모르지요. 너무도 참담한 예언이었기에 아무에게도 알려선 안 되겠다고 생각했을 수도 있어요. 아니면 당시의 성직자들이었겠지요. 어쨌거나 그 내용은 지난 세월 기독교가 세계의 여타 신앙과 문화에 대해 저지른 과오를 경고하는 내용임에 틀림없을 겁니다.」

「어떻게 알지요?」

「요한 바오로 2세를 보면 알 수 있지 않은가요. 그는 아그자라는 암살자에 의해 총을 맞았어요. 겨우 1밀리미터 차이로 총알이 심장을 관통하지 못했는데, 그는 수술이 끝나고 회복도 채 안 된 상태에서 멀리 포르투갈에 있는 파티마를 찾아 마리아에게 기도를 했어요. 교황은 왜 하필 파티마의 마리아가 자신을 지켰다고 생각했을까요? 이것은 그가 평소에 파티마의 마리아를 향해 열심히 기도를 해왔다는 증거지요.」

「그렇죠, 평소에 늘 기도를 드리던 성령이 자신을 지켰다고 생각하게 마련이지요.」

「교황은 늘 파티마의 예언을 염두에 두고 있다는 것이 증명된 거지요. 이것은 그가 발표하는 바티칸의 수칙을 통해서도 알 수 있는데, 교황은 전례 없이 비장하게 가톨릭의 과오에 대한 인식과 반성을 촉구하고 있거든요.」

「가톨릭이 어떤 과오를 저질렀다는 거지요?」

「바로 아까 말한 타 신앙과 문화의 파괴지요. 가톨릭의 이름으로 자행된 반인권적 범죄도 포함되겠지요.」

「교황청은 왜 그 예언에 그렇게 민감할까요? 그냥 발표해버리고 무시하는 게 그렇게 숨기고 있는 것보단 나을 것 같은데.」

「교황청은 이미 파티마에 나타난 마리아를 이적으로 승인했어요. 승인을 했을 뿐만 아니라 성지로 선포했지요. 그렇게 해놓고 예언만 무시한다면 이치에 맞지가 않겠지요.」

「바티칸으로서는 참으로 곤란한 예언이군요.」

「나는 그 예언이 바티칸에 주는 상징적 의미는 훨씬 무서울 수도 있다고 생각해요.」

「무슨 의미인가요?」

「또 다른 예언들이 있기 때문이지요.」

비극적 예언

서 원장은 자신도 모르게 사도광탄과의 대화에 빠져들고 있었다. 그녀는 그의 말이 끝나기 무섭게 다음 질문을 하고 있는 자신을 발견했다. 이것은 그녀가 다른 환자들을 대할 때와는 완전히 다른 상황이었다.

「마리아의 또 다른 예언입니까?」

「아니요. 예언 그 자체로 유명한 사람들이지요. 세기의 예언자라고 부를 수 있을까.」

「누구의 예언이죠?」

「성 맬러가이, 혹은 성 말라카이라고 불리는 예언자지요. 그는 기독교 신비주의자로 아일랜드 북부의 대주교였어요.」

「언제 사람입니까?」

「11세기 말부터 12세기 전반을 산 사람인데 그의 예언이 공개된 것은 죽은 지 450년이 지난 1590년 무렵이에요.」

「가톨릭에 관한 예언을 했나요?」

「그래요. 그는 자신의 예언을 시를 통해서 남겼는데, 12세기 초반의 교황 세레스틴 2세부터 마지막 교황까지 110여 명의 인물에 대해 재임 기간, 출신지, 특징, 어떤 경우는 실제의 이름까지 열거했지요. 보는 사람들이 현기증을 일으킬 정도로 대부분 정확했어요. 예를 들면 클레멘트 13세를 '움브리아의 장미꽃'이라고 했는데 그것은 그가 움브리아 출신이었기 때문입니다. 클레멘트 14세를 '달리는 곰'이라 한 것은 그 교황 가문의 문장이 바로 달리는 곰이었기 때문이지요.」

「교황의 예언자라고 할 만하군요. 그가 현대의 교황들에 대해서 했던 예언은 어떤 것이었나요?」

「그는 베네딕트 15세를 '신앙 인구 감소하다'라고 표현했어요. 그런데 실제로 1차 대전을 겪어야 했던 그 교황의 재임 중에 유럽 사람들이 하도 많이 죽어서 신자들이 많이 감소했어요. 또 바오로 6세를 '꽃 중의 꽃'이라고 했는데, 그 교황이 프랑스 출신임을 암시한 것이죠. 꽃 중의 꽃은 백합으로, 바로 프랑스의 국화예요. 또한 그는 1978년에 즉위한 루치아노 알비노, 즉 요한 바오로 1세를 '반달에 관하여'라고 예언했어요. 즉위한 지 33일 만에 죽은 그 교황이 임종할 때 반달이 하늘에 걸려 있었지요. 지금의 교황인 요한 바오로 2세에 대해서는 '일식으로부터'라고 예언했는데, 그것은 그가 이제까지의 그 어떤 교황의 명성도 뒤덮어버릴 만한 업적을 쌓는다는 뜻으로 해석되고 있어요.」

「그런 예언들이 왜 바티칸에 무서운 상징이 될 수 있다는 거죠?」

「앞으로의 예언이 무섭기 때문이지요.」

「어떤 예언인가요?」

「그는 지금의 교황 이후 오직 두 사람의 교황만이 나온다고 했어요.」

「네에? 그게 무슨 말이죠? 그럼 가톨릭이…….」

서 원장은 놀란 입을 다물지 못했다.

「그래요. 다음의 교황은 '올리브의 영광'이라고 되어 있고, 마지막 교황은 '로마의 베드로'라고 되어 있어요. 이 로마의 베드로 시대에 가톨릭 교회는 종말을 고한다는 예언이지요.」

성 로마교회의 마지막 박해 때 로마의 베드로가 지배하게 되리라. 그는 많은 고난 가운데서 그의 양떼를 먹일 것이며, 그 후 일곱 언덕의 도시는 파괴될 것이며, 끔찍한 재판관이 그 도시를 심판하리라.

「끔찍한 예언이군요.」

「그 예언은 바티칸의 고문서 보관소에서 발견되었기 때문에 교황청에서는 상당히 신경을 쓰고 있어요. 무엇보다도 이제까지의 교황들에 대한 말라카이의 예언이 너무나 정확하게 맞았기 때문에 바티칸은 불안해하는 것이지요.」

「그러나 그런 예언을 과연 믿을 수 있을까요? 가톨릭에 종말이 온다는 것이 상식적으로 가능한 일일까요?」

「시작이 있으면 끝도 있는 법이지요. 가톨릭이라고 해서 영원할 수는 없지요. 다만 우리가 사는 시대에 그 종말이 온다는 예언이 당혹스러운 거죠.」

「그런 예언에 대한 바티칸의 입장은 어떻죠?」

「바티칸은 다만 침묵을 지키고 있을 뿐이에요.」

「교황청의 입장이 어려울 수밖에 없겠군요. 다른 사람도 아닌 마리아의 예언도 공표하지 못하고 있는 걸 보면 말예요.」

「사람들을 더욱 전율케 하는 것은 말라카이가 했던 예언과 조금도 다름이 없는 예언을 한 사람이 말라카이가 죽은 지 4백 년 후에 나왔다는 사실이에요.」

「그 사람은 혹시 말라카이의 예언시를 보지 않았을까요?」

「그랬을 가능성은 조금도 없어요. 말라카이의 예언시는 그 사람이 죽은 후에야 발견되기도 했지만, 그는 말라카이보다 훨씬 자세하게 교황들의 운명을 예언했고 세계의 모든 일들에 대해 다양한 예언을 했기 때문이지요.」

「그가 누구죠?」

「노스트라다무스. 사상 최고의 예언자지요.」

「노스트라다무스가 교황에 대해 예언한 것이 있다구요?」

서 원장도 나폴레옹과 히틀러의 등장을 예언한 세기의 예언자 노스트라다무스에 대해서는 잘 알고 있었다.

「그렇습니다. 가톨릭과 교회의 운명에 대한 그의 예언은 말라카이의 예언과 완전히 일치하고 있어요.」

「어떤 예언을 했는데요?」

「그도 역시 현재의 교황 이후에는 단 두 명의 교황이 존재할 것이라 했습니다. 말라카이와 마찬가지로 베드로라는 이름을 가진 사람이 마지막 교황이 될 것이며, 이 교황에 이르러 바티칸은 약탈당하고 로마교회는 무로 돌아갈 것이라고 했지요.」

페스트도 전쟁도 살해할 수 없었던 자, 한 언덕의 꼭대기에서 죽으리라. 하늘에 얻어맞아 사제는 죽으리라. 그때 보리라, 교황의 기반을 잠식한 교황청 사람들의 파멸을.

「어쩌면 그 두 사람의 예언이 이토록 똑같을 수 있을까요?」

「무서운 능력을 지닌 예언자들이지요. 나는 파티마의 제3의 예언도 그들의 예언과 맥락을 같이하고 있다고 생각해요.」

「그럼 실제로 사도광탄 씨가 다우니라는 수도사를 사주했나요? 비행기를 하이재킹하고 교황청에 파티마의 예언을 공개하라고 협박하도록 말이죠.」

「그것은 그의 선택이었지요.」

사도광탄의 얼굴에 다우니를 추도하는 듯한 표정이 잠시 떠올랐다.

「나는 사람들이 올바른 시각으로 종교를 보길 바랐을 뿐입니다. 그리하여 교회만 다니면 천국에 가고 안 다니면 지옥에 간다는 무자비한 논리에 빠져 기독교인과 비기독교인이 뚜렷하게 구분되는 현상을 막고 싶었지요. 결국 그것은 민족의 분열을 초래하니까요.」

「그러나 기독교를 믿을 자유는 누구에게나 있는 게 아닌가요? 그것이 민족 분열을 초래할 수 있으니 믿지 말라고 할 수는 없잖아요?」

「물론이지요. 다만 기독교가 아니면 모두 마귀라는 식의 주장은 곤란하지요. 나는 그런 주장이 틀렸다는 것을 마리아를 통해 보여주고 싶은 거예요. 파티마의 제3의 예언은 기독교의 독선과 성직자들의 오류를 질타하는 내용일 수밖에 없어요. 아니면 공개하지 못할 이유도 없고, 교황이 이제까지 마귀라고 몰아붙였던 타 종교와의 공존을 천명할 이유도 없지요. 그 예언은 교황에게 심한 압박감을 주는 겁니다.」

「그렇다 하더라도 무당을 믿고 굿을 할 수는 없는 것 아니에요?」

「믿고 안 믿고의 문제 이전에 그것들이 우리의 문화였다는 사실이 중요하지요. 오랜 세월을 우리와 가까이 있어온 것이에요. 거기에는 우리의 살아온 모습이 있지요.」

「그러나 아무래도 그것은 가까이 하기가 좀…….」

「신은 무엇이고 종교는 무엇입니까? 애정을 갖고 보면 예수가 하는 역할을 우리의 산신령도 충분히 해내고 있어요. 서세동점의 시대에 가장 피해를 본 것은 바로 우리의 종교문화이고 우리의 정신문화지요. 세상의 모든 신비한 힘은 사실 인간으로부터 나오는 것이고 신화란 그 민족의 인간들을 기록한 것인데, 우리는 지금 다른 민족의 신화만을 믿고 우리의 신화는 모두 기억에서 없애버리고 말았어요.」

「다른 민족의 신화라는 것은 무엇이죠?」

「구약이란 무엇이지요? 유대 민족의 신화가 아닌가요?」

서 원장은 혼란스러웠다.

「그렇다면 우리의 신화는요?」

「단군신화, 훌륭한 신화지요. 홍익인간의 이념이 있잖아요? 사람을 위해 존재한다는 최고의 휴머니즘을 우리 민족의 이념으로 천명한 것이지요.」

「그런 논리라면 우리의 신앙은요?」

「이 땅의 자연신, 조상신과 외래의 불교, 유교가 혼합되어 만들어진 우리 민족의 정신생활의 유산인 무속이 있지요. 과학적인 시각에서 보면 종교는 그것이 어떤 종교이든 다 미신이에요. 어떤 종교가 어떤 종교보다 낫다, 혹은 못하다고 얘기할 수는 없다는 말이지요. 종교적인 시각에서 보면 내 종교만이 올바른 것이에요. 그렇다면 왜 천지신명을 못 믿고 산신령을 못 믿는단 말입니까? 우리의 조상들이 잘 믿고 잘 살아왔던 내 것, 내 종교인데요.」

「그러나 무지하고 허황된 무당을 믿을 수는 없는 것 아니에요? 무당들이 얼마나 한심한지는 사도광탄 씨도 알 텐데요.」

「지금 우리나라에는 20만 명이 넘는 무당이 있어요. 모두가 신이 내린 것은 아니지요. 그 가운데는 생활을 위한 직업 무당이 많지요. 그들에게 신통력을 기대할 수는 없을지 몰라요. 그러나 종교를 통해 신통력을 바란다면 그들이 승려나 목사보다는 신통력이 있다고 나는 생각해요. 신이 내려서 무당이 되는 사람들이 많기 때문이지요. 하지만 종교는 어느 믿음이 신통력이 더 센가를 다투는 것은 아니에요.」

「그렇겠지요. 그러나 목사는 신통력이 없더라도 생활의 교훈을 주는 설교를 하지만, 신통력이 없는 무당의 행위는 모두 허위가 아닌가요?」

「아니지요. 그들도 나름대로 충실하게 인간의 병을 치료하고 있어요.」

「어떻게요?」

「무당은 인간의 마음속에 잠재되어 있는 막연한 불안감을 어루만지지요. 무당이 신이 내려 점을 치는 것은 인간의 합리적 판단이 어려울 때 행해져요. 인간이란 무척 합리적인 존재인 듯하지만 막상 중요한 문제에 대해서는 오히려 비합리적으로 행동하거든요. 근본적으로 인간은 신앙을 요구하는 존재이고, 무당은 신통력과는 무관하게 이에 부합하는 사람들이지요.」

서 원장은 사도광탄과의 대화에서 뭔가 잡힐 듯 잡힐 듯하다가 일정한 거리를 두고 다시 멀어지는 어떤 것을 느꼈다.

유아세례를 받고 이미 오랜 세월 성당에 다닌 그녀로서는 사도광탄의 말을 그대로 다 받아들이기는 어려웠다. 서 원장은 가톨릭이 우리 문화를 배려하는 관대한 종교이며, 가톨릭 교리가 동양 사상과 일맥상통하는 점이 많다고 막연히 생각해오던 터였다.

그러나 사도광탄의 얘기를 듣다 보니, 종교의 선택은 그 종교의 질적인 차이보다는 문화권의 힘의 차이에 의해 결정된다는 어렴풋한 생각이 들었다. 자신이 굿과 무당을 무조건 미신이라고 생각하고 멀리했던 것이 혹시 문화적 힘의 차이 때문은 아니었나 하는 생각이 들어 서 원장은 서둘러 대화를 마치고 일어섰다.

숫자의 비밀

조용한 대학 도시 스탠퍼드는 오로지 공부만을 위해 전세계에서 몰려든 학생들로 북적거리는 곳이다. 좁은 도시이지만 답답하다는 느낌이 별로 들지 않는 것은 아름다운 해변과 캘리포니아 특유의 부드러운 잔디가 깔린 좋은 코스의 골프장이 있기 때문이다.

스탠퍼드대학에는 한국에서 유학 온 학생들이 꽤 많은 편이어서 유학생회는 그런대로 북적거렸다.

수아의 컴퓨터 실력은 학교 전체에 정평이 나 있어서 유학생들은 문제가 생기면 늘 그녀에게 찾아오곤 했다. 비교적 여유가 있는 유학생이 얻은 그리 작지 않은 아파트가 수아에게 컴퓨터를 배우고자 하는 유학생들의 아지트였다. 그들은 한번 이 아지트에 모이면 하룻밤을 새우는 것은 보통이고 햄버거, 피자, 콜라 따위로 끼니를 때우며 며칠씩 지내곤 했다.

이렇게 된 데는 수아가 워낙 남녀 가리지 않고 허물없이 모두와 잘 어울려 지내는 이유도 있지만, 수아에게 환심을 사고

싫어 하는 남학생들이 좀처럼 그녀의 곁을 떠나려 하지 않기 때문이기도 했다.

「수아, 오늘은 뭘 가르쳐줄 거야? 체이스맨해튼뱅크에 잔고 없이 계좌 트는 방법이나 브라운대학 여학생들의 비밀 대화방에 들어가는 방법은 어떨까?」

「안 돼, 오늘은 할 일이 있어.」

「하지만 뭐라도 배우고 싶어 죽겠다. 해킹에 한창 맛들이게 해놓고 바쁘다고 하면 어떡해? 서울에 있는 미정이 ID 도용하는 방법이라도 가르쳐줘.」

「호호, 넌 머리가 나빠서 안 돼. 열흘은 꼬박 가르쳐야 겨우 미정이 비밀번호를 알까 말까 할 정도야.」

「하하하.」

자리에 모인 유학생들은 모두 웃었다.

「그러면 오늘은 우리도 배울 게 없는 거야?」

「오늘은 안 돼. 논문 계획서를 만들어야 돼. 그 대신 수수께끼를 하나 내줄 테니 맞혀봐.」

「그래, 뭔데?」

「얼마 전 뉴욕에서 윌리를 잡을 때 그의 컴퓨터에서 나왔는데 뭔지 모르게 약간 범죄 냄새가 난단 말이야. 탈세 자료와 함께 극비 파일에 들어 있어 FBI의 수사관들이 탈세 쪽으로 추궁했는데 그 회사는 단호히 부정했어. 아무런 연결 고리 없이 오직 숫자의 상관관계밖에는 단서가 없는데 어때, 한번 해 볼래?」

「맞히면 뭐가 있어?」

「FBI에서 포상금이 나온대.」

「얼마나?」

「글쎄, 모르기는 해도 한 학기 등록금은 해결될걸.」

「와아!」

탈세범들은 보통 숫자를 크게 줄여 장부에 기록한다. 하지만 모든 숫자들 사이에는 상관관계가 있기 마련이어서 FBI의 탈세 심리 수사관들 중에는 수학과 출신이나 심지어는 기호학이나 암호 해독의 전문가들도 있다.

그들은 윌리의 컴퓨터에 있던 숫자군이 한 금융회사의 극비 파일 중에서 나왔다는 점에서 의심했지만 어떤 혐의도 찾아낼 수 없었다. 그들은 수감 중인 윌리를 추궁하고 수아에게도 의견을 물어왔지만 그녀 역시 숫자 사이의 상관관계를 찾아낼 수 없어 포기하고 있었던 것이다.

「자, 그럼 문제를 주겠어. 시간은 무한대, 단 외부에 알리는 것은 안 돼. 한 가지 충고하자면, 하루 만에 상관관계를 못 찾으면 잊어버리는 게 좋을 거야. 다음 학기 등록금 공짜로 벌려다가 이번 학기 학점 날려 보내는 수가 있으니까.」

수아는 자신의 컴퓨터에 입력되어 있는 그 숫자군을 종이에 적었다.

U 750M – 825,000M – 1,155,000M – 1,050M

U 600M – 1,110,000M – 1,554,000M – 1,412M

F 750M – 142,500M – 199,500M – 181M

J 37,500M – 322,500M – 451,500M – 410M

H 2,250M – 315,000M – 441,000M – 400M

「정말 척 봐서는 탈세 자료 같아 보이네. 매출액 조작 같은 것 말이야. 왼쪽의 문자는 거래처고.」

「하지만 매출액 조작이라면 숫자들이 거꾸로 쓰여 있어야 되잖아. 축소돼야 하니까.」

「이런 바보, 그러니까 암호지. 전문가들은 일부러 거꾸로 하는 거 아냐.」

「그렇게 쉬운 게 아닐 거야, FBI의 전문가들이 못 찾았으면.」

「이건 수수께끼가 아니야. 누구도 이런 것을 가지고 상관관계를 알아낼 수는 없어. 즉, 정보가 너무 부족하다는 거지.」

모두들 한마디씩 하는 것을 듣고 있던 수아가 레이저프린터에서 출력을 끝내고는 일어서며 말했다.

「잘들 해봐, 나는 갈 테니. 등록금 벌려다가 학점 날리지나 말고.」

수아는 며칠 동안 논문 계획을 짜느라 집에 파묻혀 지냈다. 국내에서와 달리 외국에서 공부를 하는 것은 무엇보다도 비용이 큰 문제여서 논문을 한번에 써내야 한다는 강박관념에 쫓길 수밖에 없다.

삐이.

벌써 몇 번째 울리는 호출기 소리에 수아는 짜증이 나서 일어났다. 스위치를 아예 꺼버리려던 수아는 호출기에 찍힌 메시지를 보고는 약간 놀랐다.

테드.

그는 학교에서 자주 마주치는 남학생 가운데 하나였지만 수아와 친하게 지내는 사이는 아니었다. 그는 강의실이건 식당이건 콘서트홀이건 미팅 장소건, 금방 자고 일어난 사람처럼 부스스한 머리에 구김이 잔뜩 간 옷을 입고 다녀 여학생들 사이에 얘깃거리가 되곤 했다. 하지만 자기 할 일을 야무지고 똑떨어지게 해내서 교수들 사이에서는 평판이 좋은 학생이었다.

지난번에 그는 처음으로 아지트에 나왔었는데 그날따라 수아가 일찍 집에 와버려 그나마 친해질 기회가 없었다.

수아는 상대의 전화번호를 눌렀다.

「풀었어요.」

「네?」

「풀었다니까요.」

「무얼 말이에요?」

그제야 수아는 생각이 났다.

「네? 풀었다구요, 그 수수께끼를 풀었다는 거예요?」

「네.」

「뭔가 잘못 이해한 거 아니에요?」

「와서 보면 될 거 아닙니까.」

상대의 불쾌감이 전화기를 타고 흘러왔다.

「지금 어디 있어요?」

「학교에요.」

「그럼 지금 학생회관 휴게실로 갈게요.」

수아는 뭔가 잘못되었다고 생각했다. 우선 친하지도 않은 말없는 남학생이 그 수수께끼를 풀려고 마음먹었다는 것이 이상했고, 다음으로는 그가 수수께끼를 풀었다는 사실이 믿기 힘들었다.

수아는 도저히 이해할 수가 없었다. FBI의 전문가들도 손을 들고 자신도 일찌감치 기권해버린 수수께끼를 그가 풀었다는 것은 말이 안 된다는 생각밖에는 들지 않았다. 그의 착각일 수밖에 없는 일이었다. 그러나 만약 착각이 아니라면, 그것은 그 학생이 자기에게 관심이 있다는 얘기에 다름 아니었다.

수아는 귀국하게 된 한 선배한테서 거저 얻다시피 한 낡은 자동차에 시동을 걸었다. 그리고 자기도 모르게 백미러에 자신의 얼굴을 비춰보았다. 무신경하게 입은 듯한 자신의 옷차림이 왠지 마음에 걸렸다.

「뭔가를 의욕적으로 해본다는 게 더 중요하죠. 전문가들도 못 풀었으니 틀려도 괜찮아요. 다만 그런 문제에 너무 매달리다 보면 쓸데없는 시간 낭비가 될 수 있어요. 그러니 지나치게 마음 쓰지 말아요.」

보나 안 보나 당연히 틀렸을 것으로 생각하고 한껏 상냥한 목소리로 위로의 분위기를 돋우려던 수아는 다음 순간 테드의 사무적인 목소리에 맥이 풀려버렸다.

「별로 어렵지 않게 풀리던데요.」

테드는 여유 있는 표정으로 싱긋이 웃었다.

「네? 믿어지지 않아요.」

「설명할까요?」

「아니, 잠깐만요. 먼저 전화를 하구요.」

「어디에 전화를 해요?」

「FBI에요.」

「왜요?」

「풀었다고 해야죠.」

「그래요.」

이제 수아는 완전히 놀라고 말았다. FBI에 먼저 전화를 하겠다고 하면 놀랄 줄 알았는데 테드는 조금도 동요하지 않았다. 자신이 있다는 얘기였다. 수아는 신중해졌다.

「설명해보세요.」

「왼쪽 문자는 각 나라의 영어 이니셜이에요. 처음의 U는 미국, 그 밑의 U는 영국, F는 프랑스, J는 일본, H는 홍콩이에요.」

「그런가요?」

수아는 반신반의하면서 속으로 맞춰보았다. 유나이티드 스테이츠, 유나이티드 킹덤, 프랑스, 저팬, 홍콩. 다 맞았다. 테드는 수아가 속으로 맞춰보는 것을 아는지 웃으며 기다렸다.

「숫자는 무슨 의미죠?」

「왼쪽의 첫 번째 숫자는 각각 그 나라의 화폐로 표시한 금액이에요. 달러, 파운드, 프랑, 엔, 홍콩달러죠.」

「그 다음은요?」

「그것은 이 금액을 어느 나라의 화폐 단위로 환산한 거예요.」

「어느 나라죠?」

「어느 나라일 것 같아요?」

「글쎄요.」

「그대의 조국인데요.」

「내 조국이요? 어머, 한국 말이에요?」

「네, 바로 우리나라의 원화로 환산한 금액이에요.」

「그렇다면 세 번째 숫자는요?」

「원화에 40퍼센트씩을 곱한 액수죠.」

「마지막은요?」

「그것을 다시 달러로 환산한 거예요.」

「모든 화폐 단위를 달러로 환산한 거란 말이죠?」

「그래요.」

수아는 잠시 테드가 말한 것을 점검했다. 과연 틀림없었다.

「이게, 이게 말이 되나요? 이런 것을 어떻게 맞힐 수 있단 말이죠? 혹시 귀신이 아닌가요?」

「의외로 간단했어요.」

「간단했다구요? 믿어지지 않는군요. 나도 이 수수께끼를 풀어보려고 모든 방법을 썼지만 그런 건 생각도 못했어요.」

「세상엔 우연의 일치라는 게 있잖아요.」

「무슨 뜻이죠?」

「나는 그 다섯 개의 숫자열 앞에 있는 문자와 숫자와의 관계에 주목했어요. J 옆에 있는 숫자는 다른 숫자에 비해 월등히 커요. 다른 숫자가 백 단위 혹은 천 단위인 데 비해 J 옆에 있는 숫자만 그렇게 큰 이유는 무엇일까 생각했지요. 거의 백 배가 넘는 큰 숫자라 나는 그 J라는 문자의 이니셜에 집중했죠. 뭐가 떠올랐는지 알겠어요?」

「저팬?」

「그래요. 마침 서울에서 누나가 다니러 왔어요. 신문을 가지고 왔기에 거기에 있는 환율 조회표와 맞추었죠. 딱 맞더군요.」

테드는 수아에게 문제를 풀게 된 경위를 설명하기 시작했다.

아지트에서 돌아온 테드는 며칠 동안 수아가 제시한 괴상한 숫자들을 앞에 놓고 끙끙댔다. 그는 수아에게 해답을 들이밀고 싶은 일념으로 숫자풀이에 의욕적으로 매달렸다. 그러나 해답은커녕 조그만 단서조차 찾을 수 없었다.

하나의 문자와 그에 따른 네 개씩의 숫자들만으로는 도대체 그것이 무엇인지 알아낼 수 있을 것으로 생각되지 않았지만, 테드는 오기로 버텼다. 천재라고 소문난 수아가 풀지 못한 문제의 해답을 그녀 앞에 자신 있게 내밀고 싶었다. 그녀로부터 칭찬을 듣고 싶었다.

그것이 다른 남학생들처럼 그녀 주변을 맴도는 것보다 남자답고 품위 있게 그녀의 마음을 끌 수 있는 효과적인 방법이라고 생각되었다. 자신이 생각해도 그것은 훌륭한 결정이었다.

테드는 숫자풀이에 매달렸다. 그는 숫자풀이의 단서는 절대적으로 각 숫자열 사이의 상관관계에 있다고 생각했다. 그러나 그 상관관계는 그렇게 쉽사리 드러나지 않았다.

겨우 밝혀낸 것이라고는 각 숫자열의 세 번째 숫자는 두 번째 숫자의 1.4배가 된다는 사실이었다. 그리고 두 개의 U자 중에서 처음의 U자만이 네 번째 숫자도 첫 번째 숫자의 1.4배가 된다는 사실이었다.

이런 것으로 미루어볼 때 숫자군에는 반드시 어떤 규칙성이 있음에 틀림없었다. 그러나 이 외에 수학적으로 드러나는 통일적 관계는 더 이상 찾아낼 수 없었다.

'어째서 J만 이렇게 큰 숫자일까?'

하룻밤을 꼬박 샌 다음 테드가 주목한 것은 J라는 문자였다. 다른 문자가 붙어 있는 숫자보다 J가 붙은 숫자는 월등히 크다는 사실에 주목한 그는 J의 의미에 온 신경을 집중했다.

'아, 혹시?'

그때였다.

딩동 딩동 딩동.

한창 생각에 빠져 있던 테드의 귀에 기다리다 지쳤는지 초인종이 계속 울어댔다. 그러나 그는 초인종이 몇 번이나 울리도록 문을 열 생각도 하지 않고 자리에서 벌떡 일어나 베란다에 쌓아둔 폐지 꾸러미를 헤집었다.

딩동 딩동 딩동.

「누구요?」

테드는 있는 대로 짜증을 부리며 문을 열었다. 뜻밖에도 한국에서 온 누나가 서 있었다.

「어, 누나. 웬일이야? 그런데 혹시 한국 신문 있어?」

「잘 있었니? 안에 있으면서 왜 그렇게 문을 안 열어?」

「신문 있냐니까?」

「그래, 있어.」

테드는 누나의 가방 옆으로 비쭉 나와 있는 한국 신문을 가로채서는 황급히 넘겼다.

「그래, 이거야!」

신문의 한 면과 숫자를 맞춰보던 테드는 자기도 모르게 소리를 질렀다. 곧바로 수아를 호출한 테드는 이것저것 묻는 누나에게 건성으로 대답하며 전화를 초조하게 기다리다가 수아의 전화를 받자마자 누나가 부르는 소리를 뒤로하고 학생회관으로 달려왔던 것이다.

「아, 역시 역사는 우연히 이루어지네요.」

「그런데 이까짓 게 뭐 중요하다고 그래요?」

「결코 가볍게 볼 일이 아네요. 암호란 건 늘 비밀을 간직하고 있잖아요. 상대가 무슨 일을 꾸미고 있는지도 모르죠.」

「그런 일에 신경을 쓰는 건 시간 낭비예요. 할 사람들이 따로 있잖아요. FBI에 알려주기만 하면 일은 끝나잖아요.」

「하긴 그렇네요. 바로 FBI에 알려주죠. 성과가 있으면 연락이 오겠죠.」

「성과가 있으면요?」

「아무래도 뭔가 범죄의 냄새가 나는 자료 같아요.」

「내가 헛수고를 한 건 아니겠지요? 분명히 풀기만 하면 등록금이 나온다고 했지요?」

테드는 수아가 아무렇지도 않게 대답하는 데 대해 다소 화가 났다. 그는 숫자풀이에 며칠 밤낮을 바치고 문제를 푼 것이 너무 기뻐 유레카를 외치며 허겁지겁 달려왔는데, 수아가 너무 성의 없이 대답해 자존심이 상했다.

「아 참, 그랬던가요? 네, 아마 그게 그러니까…….」

「확실히 해요.」

「사실 누군가 이걸 풀 수 있을 거라고는 생각 못했거든요. 솔직히 무슨 의미가 있을 거라고도 생각하지 않았구요.」

「그럼 빈말이었어요?」

「아녜요, 제 얘기는 시간이 약간 걸릴지도 모른다는 그런 뜻이에요.」

「그럼 연락 줘요.」

간단한 인사와 함께 다소 냉랭한 표정으로 일어서는 테드의 뒷모습을 보면서 수아는 고개를 좌우로 흔들었다.

천년의 법력

「기미히토 교수님, 이번 주말에는 한국의 유서 깊은 절을 한 번 찾아가보는 게 어떨까요?」

「고마운 말씀입니다. 그렇잖아도 꼭 한번 가보고 싶었습니다.」

기미히토는 조 교수의 배려에 고마운 마음이 들었다.

「사도광탄 씨도 같이 갈 겁니다.」

「아, 그분이 돌아오셨군요.」

기미히토는 사도광탄이 돌아왔다는 말을 듣자 반가운 마음이 솟는 것을 느꼈다.

처음 봤을 땐 어딘지 이상하게 느껴졌던 사도광탄이 지금은 묘한 호기심을 자극하면서 다가왔다. 토우의 수수께끼에 대한 해답도 이제는 사도광탄에게 기대하고 있는 형편이었기에 그의 귀환이 다행스럽기조차 했다.

서 원장이 운전하는 자동차는 서울을 떠난 지 네 시간 정도 지나 해인사의 일주문에 도착했다.

서 원장은 모처럼 휴가를 내어 흥분되는지 가야산으로 오는 내내 유쾌한 목소리로, 시골 풍경을 감상하며 생각에 잠겨 있던 모두를 즐겁게 했다. 단풍이 곱게 물들기 시작한 산천은 산수화처럼 펼쳐져 있었고, 누렇게 변한 논밭은 그림엽서처럼 아늑하고 아름다운 색채를 연출해내고 있었다.

미리 연락을 해두어서인지 절에서는 학승을 내보내어 안내를 해주었다. 학승은 조 교수의 이름을 알고 있었던 모양인지 해인사의 사적 가치를 설명하는 데 열심이었다.

「가야산 해인사는 불교 삼보 중 법보로 유명합니다. 해인사는 부처님의 진신사리를 모신 양산 통도사와 국내 최대의 사찰인 순천 송광사와 함께 한국 불교를 대표하는 3대 사찰 중 하나입니다.」

「법보는 무엇을 말하는 겁니까?」

「불교에는 삼보란 것이 있는데 법보, 불보, 승보를 뜻합니다. 법보는 부처님의 계율을 수행하고 율법을 해석하는 데 있어 가장 권위를 가진 절을 말합니다. 우리 불교의 법통은 해인이 잇고 있다고 해도 과언이 아닐 정도입니다. 불보는 부처님의 가사나 사리를 모신 절을 말하는 것으로, 양산 통도사에는 인도로부터 전해진 부처님의 진신사리가 있습니다. 승보는 문자 그대로 스님을 말하는 것으로, 송광사에 뛰어난 스님이 많고 그 수에 있어서도 제일이라 승보라 하는 것입니다.」

기미히토는 학승의 설명을 귀담아듣고 있다가 말했다.

「우리 일본의 절과는 사뭇 다르군요.」

「어떻게 다릅니까?」

「일본의 절들은 사실 깊은 수양이나 참선을 위한 도장은 아닙니다. 승려들은 대중과 쉽게 어울려 지내고 거의 관광 수입 등에 의존해서 살아가지요. 때로는 귀신을 쫓기 위한 기도를 하러 오는 사람들도 있습니다만 그런 일은 거의 신사에서 신관들이 맡아서 합니다.」

기미히토가 학승의 설명에 귀 기울이며 관심을 나타내고 있는 것과는 반대로 조 교수는 아까부터 얼굴을 찌푸리고 무슨 생각엔가 깊이 잠겨 있었다. 일행이 학승을 따라 대웅전으로 올라가는 동안에도 조 교수는 뒤에 처져 여전히 생각에 잠긴 채 느릿느릿 발걸음을 옮겨놓았다.

사도광탄 역시 뭔가를 생각하는 듯 눈을 반쯤 감은 채로 손을 턱에 대고 한 손으로는 허공에 열심히 그림을 그리고 있었다.

학승은 괴이한 일행이라고 생각하는지 힐끔힐끔 두 사람을 쳐다보며 설명을 계속했다.

「해인사는 또한 우리나라 선교의 법통을 잇는 절입니다. 여러 해 전에 돌아가신 성철 큰스님을 필두로 해인선원에서는 우리나라의 고명한 선승들이 대행의 업을 쌓아왔습니다.」

변 교수가 학승의 설명을 한창 일본어로 옮기고 있을 때였다.

「그런가…….」

조 교수가 갑자기 무슨 중요한 사실이라도 밝혀냈는지 자신도 모르게 입을 벌리고 탄식했다. 일행은 모두 조 교수를 주목했다. 그러나 조 교수는 아무런 말도 잇지 않았다.

「사도광탄 씨가 해인사로 오자고 한 것은 틀림없이 이유가 있을 것 같은데 이제는 얘기를 해줘도 되지 않을까요?」

조 교수의 이런 모습을 본 서 원장이 사도광탄을 채근했다. 그러나 사도광탄은 잠시 고개를 끄덕였을 뿐 천천히 걸음을 옮기며 학승의 설명에 귀를 기울였다.

「해인사에는 수많은 보물이 있습니다만 그중에서도 팔만대장경이 으뜸이라 아니할 수 없습니다.」

학승의 발걸음은 경판고를 향하고 있었다.

「이 경판고도 역시 국보로서 그토록 오랜 세월 동안 경판을 보관하고 있습니다만 아직껏 단 한 장의 경판도 썩거나 곰팡이가 피지 않았습니다. 통풍에 대한 그 세심한 배려를 생각하면 놀라지 않을 도리가 없습니다.」

기미히토는 연신 고개를 끄덕거렸다.

「해인사에는 큰불이 일곱 차례나 나 거의 모든 건물들이 한

두 번씩은 불에 탔습니다. 지금의 건물들은 모두 조선 후기에 지어진 것들입니다. 그러나 이 경판고만은 단 한 차례도 불길에 손상된 적이 없습니다. 놀라운 일이 아닐 수 없습니다.」

일행은 학승의 설명에 놀라움을 표했다. 그러나 사도광탄의 표정에는 변화가 없었다. 그는 이미 그 모든 것을 알고 있기라도 한 듯 묵묵히 학승의 설명에 귀를 기울이고만 있었다.

「지리산 공비 토벌 때 팔만대장경은 다시 한 번 큰 위기를 겪었습니다. 당시 공비들은 아군에 쫓겨 모두 해인사로 피신했습니다. 작전을 지휘하던 미군 고문관은 해인사를 폭격하면 공비를 섬멸할 수 있다고 판단하고는 한국 공군의 출격을 명령했습니다.」

「출격했나요?」

서 원장이 조급하게 물었다.

「물론입니다. 당시 작전권은 미군이 갖고 있었으니 군령은 추상같았습니다.」

「그래서요?」

「네 대의 공군기가 출격하여 미리 떠 있던 미군 정찰기의 지시대로 해인사를 폭격하기 위해 급강하했습니다.」

「저런!」

「그러나 쏜살같이 아래로 내리꽂히던 전투기들 중 맨 앞의 지휘기가 급히 폭격 중지를 외치며 솟아올랐습니다. 편대장이었던 김영환 중령이었습니다.」

「그래서요?」

「그는 득시글거리는 공비를 코앞에 두고도 편대를 이끌고 그냥 기지로 돌아가버렸습니다.」

서 원장의 표정이 환해졌다.

「그런 인물도 있었군요. 그러고 나서도 그는 무사했나요?」

「화가 머리끝까지 난 미군 고문관이 공군참모총장과 김영환 중령을 호출했습니다. 당장에 군법회의에 회부한다며 펄펄 뛰는 고문관 앞에서 김 중령은 당당하게 항변했습니다. 군법에 의해 사형을 당한다 하더라도 팔만대장경이 있는 해인사를 폭격할 수는 없다고 한 거죠.」

「저런!」

「팔만대장경은 그렇게 지켜졌습니다.」

「가슴이 아리네요.」

서 원장이 가슴을 쓸어내렸다. 학승은 지난 이야기 한 토막을 무심하게 들려주고 있었지만, 그녀는 묘한 기분을 느끼고 있었다. 서 원장이 낮은 목소리로 조 교수에게 물었다.

「조 교수, 이상한 생각이 들지 않아?」

「뭐가?」

「그때 그 장소에 그런 군인이 있었다는 게 단지 우연으로만 생각되지 않는단 말야. 뭔가 큰 힘이 그것을 보호하고 있었던 건 아닐까? 그런 느낌이 들어.」

변 교수의 통역으로 이야기의 내용을 파악한 기미히토가 갑자기 무슨 말을 하려고 입을 열었다.

「혹시…….」

그러나 기미히토는 하고 싶은 말을 다 마무리할 수 없었다. 사도광탄이 손가락을 입에 갖다 대며 조용하라는 시늉을 했기 때문이다. 기미히토는 어쩐지 그런 사도광탄에게서 거부할 수 없는 힘을 느꼈다.

「게다가 일본, 중국 할 것 없이 모두 팔만대장경을 그토록 탐냈지만 임진왜란이나 병자호란 때도 티끌 하나 다치지 않았습니다.」

학승의 설명은 여기서 끊겼다. 나이 든 한 승려가 나타났기 때문이다. 학승은 매우 공손한 자세로 인사를 했다.

「아미타불, 큰스님을 뵈옵니다.」

「아미타불, 손님들을 뫼시고 있었구나.」

인자한 표정의 승려는 일행에게도 합장을 하며 인사를 했다.

「서울대학교 국사학과의 조세형 교수님과 일행들이십니다.」

「그래, 그래.」

큰스님은 조 교수를 비롯해 일행 한 사람 한 사람과 눈을 마주치며 인사를 나누다가 기미히토를 보고는 눈길을 멈추었다. 이내 그가 일본인이라는 것을 알아보았던 것이다.

「아미타불, 시주는 바다 건너서 오신 분이로군요.」

기미히토는 큰스님이 첫눈에 자신을 알아보자 깜짝 놀랐다.

「한국인과 일본인을 얼굴 하나로 구분하시는 것을 보니 과연 큰스님이십니다.」

일행은 스스럼없이 웃었다. 그러나 다음 순간 사도광탄의 얼굴에 눈길이 머문 큰스님은 움찔하며 놀라는 표정이 역력했다.

「아, 너무나 어려운 상이시군요.」

사도광탄은 말없이 웃었다.

「성철 큰스님께서 평소에 당신을 만나려면 반드시 3천 배를 하도록 하셨지만 몇 분의 기인이 오셨을 때에는 뛰어나가 손을 맞잡으셨습니다. 선생님은 성철 큰스님이 계셨으면 맨발로 나와서 손을 잡을 상이십니다.」

서 원장이 기회를 놓치지 않고 물었다.

「이분은 지극히 평범한 사람인데 어째서 그런 말씀을 하십니까? 무엇이 비범하단 말씀입니까?」

「천하 중생을 위해서 몸을 바치신 분입니다. 부처로 나아가는 큰 깨달음을 얻으셨다가 몸을 잃으셨군요. 하지만 몸이 뭐 그리 중요하겠습니까. 성철 큰스님께서 보셨으면 참으로 얼싸안고 춤을 추셨을 겁니다.」

서 원장은 알 듯 모를 듯 고개를 끄덕였다.

이때에 사도광탄이 나섰다.

「큰스님께서 팔만대장경을 구경시켜주셨으면 합니다.」

「기꺼이 그래야지요.」

큰스님은 일행을 안내하여 장경각의 문을 열고 안으로 들어섰다. 기분 좋은 냄새가 코에 스미며 천 년에 가까운 세월을 이어온 역사가 일행 앞에 그 엄숙한 모습을 드러냈다.

수천 장의 경판은 반듯하고 정연한 모습으로 판대 위에서 오직 침묵으로 기나긴 세월을 여며오고 있었다. 먼지 하나 쌓이지 않은 판고 안에 수천 장의 경판이 마치 생명처럼 기를 머금고 살아 있는 것이 그대로 느껴져오자 일행은 옷깃을 여몄다.

「이상한 기분이 드는군요. 마치 저 경판들이 살아 있는 것 같은 기분이 듭니다.」

그런 기분을 느낀 것은 기미히토뿐만이 아니었다. 큰스님은 합장을 하며 나직한 목소리로 염불을 외웠다.

「성철 큰스님께서 살아 계실 때 경판고로 내려오길 좋아하셨지요. 천 년의 법력을 느낀다고 가끔 말씀하시곤 했는데 소승은 공부가 짧아 아직 그 깊은 힘을 느끼지는 못하고 있습니다.」

「우리에게도 뭔가가 느껴지는데요.」

「아미타불, 그렇다면 정말 경지가 높은 분들이 오신 게로군요.」

일행은 모두 웃었다.

「팔만대장경에는 참으로 신비한 힘이 있다고 성철 큰스님은 말씀하셨습니다. 수많은 환난이 있었지만 언제나 미리 경판을 지키도록 준비된 사람들이 나타나곤 했습니다.」

「아까 저희도 그런 기분을 느꼈습니다. 마치 천지신명이 보호하는 것과도 같은.」

「그럴 것입니다. 팔만대장경이 겪은 가장 큰 환난이라면 아마도 몽고의 침략과 임진왜란일 것입니다. 잘 알다시피 몽고의 침략 정책은 피지배자의 모든 것을 파괴하는 것이었지요. 칭기즈칸은 자신에게 대항한 지역의 모든 생명체들을 깊은 가마솥에 넣고 끓였지요. 그리고 그들이 이룩한 모든 문화와 유적들을 태우거나 부쉈습니다. 고려도 예외가 아니었어요. 끝까지 침략에 저항하던 고려에 대해 몽고군의 원수 살리타이는 직접 대군을 이끌고 침략했지요. 그는 이전에 침략했던 휘하의 장군들에게 초조대장경을 불사르도록 직접 지시했던 인물로, 대장경을 중심으로 다시 뭉치려는 고려인들의 항전 의지를 싹부터 잘라버리려고 했습니다. 그가, 제대로 저항 한번 하지 못하고 뿔뿔이 흩어져 도망하던 고려 사람들을 산 채로 붙잡아 여자들은 발가벗겨 희롱하고 겁탈한 후 인두로 젖과 음부를 지지며 그 고통스러워하는 모습을 즐기고, 남자들은 장난삼아 찔러 죽이고 베어 죽이며 때로는 팔다리를 하나씩 떼어내어 불에 구워 먹으면서 지금의 용인 근처를 지날 때였어요. 산골짜기에서 한 대의 화살이 날아들어 살리타이의 목을 꿰뚫어 즉사시켜버렸습니다.」

「누가 쏜 화살이었습니까?」

서 원장이 울분을 참지 못하고 있다가 성급하게 물었다. 그러나 큰스님은 잔잔한 목소리로 하던 얘기를 계속했다.

「전세계를 지배했던 몽고군은 전쟁 도중 장군이 죽는 경우가 드물었고, 대장군이 죽는 경우는 손에 꼽을 정도였습니다. 더욱이 원수가 전장에서 목숨을 잃은 경우는 전무후무하다 할 것입니다. 그 한 방의 화살을 쏜 사람은 김윤후라는 이름의, 병사가 아닌 서생이었지요. 몽고군의 침략을 피해 용인으로 가 있던 그는 평소 잡아보지도 않았던 활을 들어 적의 무리를 향해 무심하게 당겼던 겁니다. 그런데 놀랍게도 그 화살은 하고많은 군사를 모두 지나쳐서 맨 뒤에 있던 살리타이의 목을 그대로 꿰뚫었던 거지요. 원수를 잃은 몽고군은 모두 퇴각했고 대장경의 제조는 계속되었습니다. 나는 언젠가 대장경에 불어넣었던 우리 민족의 호국 의지가 그분의 화살 한 방을 통해 발현되었다고 생각한 적이 있었어요.」

조 교수는 자기도 모르게 고개를 끄덕였다. 자신도 학생들에게 김윤후라는 사람은 그 정체가 분명하지 않아 하늘에서 떨어졌는지 땅에서 솟아났는지 모를 인물이라고 강의한 적이 있었다. 그런데 큰스님은 지금 그가 대장경을 보호하기 위해 나타난 사람이라고 얘기하고 있는 것이다.

「임진왜란 때는 더욱 묘합니다. 왜는 일찍이 팔만대장경 판본을 하나 얻어가는 것을 최고의 숙원으로 알았고, 대마도에서 사신이 올 때마다 그 판본의 하사를 애타게 빌었습니다. 그러니 임진왜란 때 도요토미 히데요시가 이 팔만대장경을 얼마나 노렸을까는 두말할 필요도 없겠지요. 임진년 4월 13일에 부산포, 14일에는 부산진성을 함락하고 바로 동래성을 무너뜨린 후 양산, 울산, 창원, 창녕을 거쳐 침공 보름 만인 27일에는 해인사의 지근에 있는 성주에 진주했는데, 히데요시에게 문화재 약탈의 특수 임무를 부여받은 시마스 부대는 팔만대장경에 혈안이 되어 부대의 선봉에서 합천 진출만을 고대하고 있었어요. 동래부사 송상현이 무너진 후로는 이렇다 할 저항 한 번 받지 않고 성주까지 진출한 왜군들은 해인사 약탈을 식은 죽 먹기로 생각하고 팔만대장경의 운반 방법까지 의논했습니다. 그러나 이미 수십 년 전에 두 사람의 기인이 대장경을 보호하기 위해 마련한 계책이 발동되었지요.」

「그들이 누구입니까?」

「한 분은 조식 선생이지요. 호가 남명인 이 신비에 싸인 선비는 중앙에서 벼슬을 하는 두 사람의 출중한 제자에게 낙향하여 해인사 부근에서 후진을 양성하고 있으면 때가 올 것이라고 했습니다. 스승의 심지가 깊음을 잘 아는 두 제자 중 한 사람은 거창에, 또 한 사람은 합천의 초야에 묻혀 지내다가 임진왜란이 일어나자 의병을 조직했으니, 바로 거창의 송암 김면 장군과 합천의 내암 정인홍 장군이 그들이었어요.」

「아, 그 유명한 의병장들이 조식 선생의 제자였고, 조식 선생은 앞일을 내다보고 미리 제자들에게 준비를 시켰군요.」

변 교수는 신기한 느낌이 들었는지 자신도 모르게 고개를 끄덕이며 맞장구를 쳤다.

「또 한 분은 휴정 서산대사인데, 그분은 애제자 소암대사에게 난이 일어나면 무엇보다도 팔만대장경을 지키라 분부하고 세상을 떠났어요.」

「하, 어째서 두 분이 다 하필이면 팔만대장경을 지키게 했을까요?」

「알 수 없는 일이지요.」

서 원장의 질문에 큰스님은 잔잔하게 고개를 가로저었다.

「과연 난이 일어나자 소암대사는 즉각 승병을 모아 해인사 입구의 큰 고개를 지키는 데 진력을 다했으니, 왜병들은 이 고개를 넘으려 수없이 시도를 했지만 결국은 해인사 문 앞에도 오지 못했어요. 그래서 이 고개 이름을 지금도 왜구치(倭寇峙)

라고 하지요.」

「호, 그런 연유로 해인사가 지켜졌던 것이군요.」

서 원장이 기쁨에 들뜬 목소리로 자신도 모르게 감탄사를 발했다.

「뿐만이 아닙니다. 임란 최고의 의병장 홍의장군 곽재우가 의령에서 일어나 가야산을 중심으로 활동한 것도 팔만대장경과 무관하지 않아요. 곽재우, 김면, 정인홍, 소암대사를 따라 그 허술한 무기로 봉기한 의병들이 무려 3만이 넘는 왜군과 싸워 이겨냈을 뿐만 아니라 그들을 모두 성주, 영산 등지에 묶어 올라가지도 내려가지도 못하게 했습니다. 그럼으로써 초반에 파죽으로 깨지던 전세를 만회하고 이순신, 원균 등의 수군이 명나라를 치기 위한 길을 빌리겠다고 기세등등하던 왜군들로 하여금 강화를 맺고 돌아가게 했으니, 이것이 모두 팔만대장경의 신묘한 힘을 느낄 수 있는 증거입니다.」

「음…….」

조 교수가 나지막한 신음을 토해냈다.

토우와 팔만대장경

「그런데 팔만대장경이란 무엇입니까? 저는 사실 말은 많이 들었어도 팔만대장경이란 게 무엇인지 확실히 알고 있지는 못하거든요.」

기미히토가 진정 궁금한 얼굴로 물었다. 큰스님은 일본인인 기미히토가 팔만대장경에 대해 깊은 관심을 표하자 진지한 얼굴로 설명하기 시작했다.

「팔만이란 부처님이 중생의 번뇌가 8만 4천 가지에 이른다고 설파하시고 그에 대치하는 8만 4천의 설법을 논하셨기에 그 모두를 담았다는 뜻이지요. 대장경은 세 개의 광주리라는 뜻입니다. 이것은 부처님의 말씀을 담은 경, 부처님의 가르침을 따르는 자들이 지켜야 할 도리를 담은 율, 부처님의 가르침을 연구해놓은 논을 말하는 것으로, 불교 경전 모두를 총괄하는 것이기에 일체경이라고도 합니다.」

「아하, 그렇습니까. 저는 경판의 숫자가 8만 개라서 팔만대장경이라고 하는 줄 알았습니다. 그렇다면 원래는 팔만사천대장경이라 해야 할지도 모르겠군요.」

「여기에는 속장경도 있어요.」

「속장경은 무엇입니까?」

「대장경이 부처님의 설법을 중심으로 하여 이루어진 것이라면 속장경은 한국, 중국, 일본, 거란 등의 학승들이 저술한 것을 말하지요. 인도에서 성립된 대장경에 비해 속장경은 각국의 지역적 특성과 문화적 다양성을 나타내고 있으므로 불교문화의 성숙과 변용의 측면에서 대장경 못지않은 중요성을 가지고 있습니다.」

기미히토는 큰스님을 따라 걸으면서 무엇보다도 대장경의 엄청난 양에 감탄했다.

「8만 4천 가지 설법을 모두 대장경에 담아서인지 경판의 수만 해도 대단하군요.」

「그렇습니다. 이 대장경은 고려시대에 몽고의 침략을 당하자 온 조정과 백성이 16년간이나 전력을 다해 완성한 것입니다. 하루에 한 권씩 읽는다 해도 거의 20년이 걸릴 정도의 방대한 양이지요.」

기미히토의 입이 벌어졌다.

「그 양보다 더 놀라운 것은 경판 하나하나가 만들어진 과정입니다.」

「저도 언젠가 그 경판들이 제조 후 7백여 년이 지난 오늘에 이르기까지 썩거나 좀먹거나 뒤틀리지 않고 온전히 보존되어 오고 있다는 얘기를 읽은 적이 있습니다. 도대체 어떤 과정을 거쳐 만들었기에 이토록이나 내구성이 강할까요?」

기미히토의 물음에 큰스님은 흐뭇한 미소를 짓고는 설명을 계속했다.

「우선 경판 자체가 부패하거나 벌레 먹는 것을 방지하고 나무 재질을 더욱 견고하게 하기 위해 원목을 바닷물에 3년 동안 담가두었다가 꺼내어 판자로 짠 다음, 다시 그것을 소금물에 삶아내서는 그늘에서 말린 뒤 깨끗하게 대패질하여 판을 만들었습니다.」

「재료를 마련하는 데에만 3~4년이 걸렸군요.」

기미히토가 탄성을 자아냈다.

「완성된 밑판은 판각하는 곳으로 옮겨지고, 판각수들은 여기에다 편찬 교정이 끝난 경의 내용을 경판 수치에 알맞게 구양순 필체로 정성껏 써놓은 사경원들의 판하본을 붙여 한 자 한 자 돋을새김으로 새겨넣었어요.」

「신기한 일이군요. 그 많은 사람들이 제각기 작업한 것이 어쩌면 그리도 한 가지 필체로 나올 수 있단 말입니까. 마치 한 사람이 작업한 것처럼요.」

「부처님의 신력이 작용했을 테지요.」

「그렇다 하더라도 미스터리군요.」

「그런 다음 판이 뒤틀리지 않도록 양끝에 가곡으로 마구리를 붙여 옻칠을 하고 마무리 손질을 가한 후, 마지막으로 네 귀를 동판으로 장식하여 한 장의 경판을 완성하는 것입니다.」

「경판의 크기나 두께는 어느 정도입니까?」

큰스님은 기미히토의 깊은 관심이 배어 있는 거듭된 질문에 허허 웃었다.

「그냥 사과 궤짝만한 크기에 두꺼운 어른 손등 정도 되는 두께라고 기억하면 되겠지요.」

「우리 일본에서는 대장경을 만들지 못했습니까?」

기미히토가 부러운 듯 물었다.

「과거에 여러 차례 시도했지만 결국 실패했습니다. 그래서 그들은 더욱 팔만대장경의 수입을 갈구했던 것입니다. 일본인들은 수없이 공물을 바치면서 대장경본을 요구해왔지요. 세종대에는 국사가 들어와 대장경판을 하사하지 않으면 목숨을 끊겠다고 하면서 집단으로 6일간이나 단식한 일도 있었어요.」

「그랬군요.」

기미히토는 충분히 이해할 수 있었다. 그런 일에 크게 관심이 없는 자신이 볼 때에도 팔만대장경은 보통 탐나는 물건이 아니었다.

「충분히 이해가 되셨는지요?」

「물론입니다. 감사합니다.」

큰스님은 작별하면서도 연신 눈길을 사도광탄의 얼굴에 모으고 있었다. 그는 무슨 말인가를 하고 싶어 하는 것처럼 보였으나 사도광탄은 웃음을 지으며 고개만 끄덕였다.

큰스님과 작별하고 서울로 올라오는 차 안에서 조 교수는 복잡한 표정을 지은 채 미간을 찌푸리고 무엇인가를 한참이나 생각하고 있었다.

「이봐, 조 교수. 뭘 그렇게 골똘히 생각하는 거야. 그렇다 하더라도 얼굴은 좀 펴. 기껏 절 구경 잘하고 기분 좋게 돌아가면서 그렇게 찌푸려대면 오며 가며 운전하느라 고생한 이 서영인이 기분이 좋을 리가 있겠어?」

서 원장은 모처럼의 여행이 즐거웠는지 우스갯소리를 했다.

그러나 조 교수는 여전히 잔뜩 찌푸린 채 얼굴을 펴지 않고 연신 뭔가를 중얼거렸다.

「결국 그것이었나?」

「아까부터 자꾸 뭐가 그거였다는 거야?」

「사도 선생이 해인사로 내려오자고 한 것이 그것 때문이었냔 말이야.」

「혼자서 뭐라고 중얼거리는 거야. 얘기를 좀 해. 얘기를 해야 알 것 아냐.」

답답한지 서 원장의 목소리가 약간 올라갔다. 그러나 조 교수는 여전히 대답을 않은 채 이번에는 아예 눈까지 감아버렸다. 그러나 이내 눈을 번쩍 뜨고는 바로 옆에 있는 서 원장을 소리쳐 불렀다.

「이봐, 서 원장!」

「왜?」

「아까 우리가 절에서 나올 때 햇빛이 우리를 정면으로 비치지 않았나?」

서 원장은 무슨 소린가 싶었지만 기억을 더듬어보니 조 교수의 말이 맞는 것 같았다. 오후 늦은 무렵이었지만 햇살이 정면에서 비추고 있었다.

「그래, 나올 때 눈이 부셨지.」

「지금 몇 시지?」

「다섯 시. 그런데 왜 그래?」

「다섯 시에 해가 정면에서 비친다는 것은 무엇을 의미하는 거야?」

「글쎄, 나는 통 무슨 소린지 모르겠는데.」

「방향 말이야.」

「방향? 석양 무렵에 해가 정면에서 비치면 서향이잖아.」

「그래, 바로 서향이야.」

「서향이 뭐 어때서? 어…… 서향? 그 토우가 앉혀졌던 방향이잖아.」

「그래. 드물게도, 아주 드물게도 해인사는 서향이군.」

조 교수가 지적한 대로 해인사가 절로서는 드물게도 서향이라는 사실이 서 원장에게 토우와의 관계를 떠올리게 했다. 이것은 변 교수나 기미히토도 마찬가지였다. 사도광탄은 자신의 입으로는 아무 말도 하지 않았지만, 승려들의 입을 빌려 결국 조선에서 스스로를 지켜온 힘은 팔만대장경이라는 것을 얘기하려 했다는 생각이 들었다.

조 교수가 이제는 또렷한 목소리로 말했다.

「사도 선생이 해인사로 내려가자고 한 이유는 결국 무라야마가 건드리려 했던 것이 팔만대장경이라는 사실을 말하려고 한 것이었나? 조선에서 스스로를 지켜온 유일한 힘이란 팔만대장경을 말함인가?」

「그래, 바로 그거야. 토우가 지키려고 했던 것은 바로 팔만대장경이었어.」

서 원장은 급히 차를 세웠다. 일행은 모두 사도광탄의 굳게 다문 입술을 쳐다봤다. 조 교수가 날카로운 목소리로 물었다.

「어떻게 알 수 있었소? 그 토우가 팔만대장경의 수호사자라는 사실을?」

사도광탄은 깊은 생각에 잠겨 있다가 순간적으로 깨어난 듯 잠시 사람들의 표정을 훑어보고는 이내 무슨 의미인지 깨달은 모양이었다.

「나는 무라야마가 남긴, 조선에서 스스로를 지켜온 유일한 힘이라는 말에 주목했지요. 그리고 토우가 앉혀진 서향이라는 방향도 도움이 되었어요. 그 후는 별로 어렵지가 않더군요.」

「대단한 추리군요.」

변 교수는 감탄하고 있었다. 그러나 조 교수는 실상 그렇게 힘든 추리라는 생각이 들지는 않았다. 오히려 상당히 합리적이라는 생각이 들었다.

사도광탄. 그의 괴이한 주장은 처음에는 엉뚱해 보이지만 언제나 합리적인 사고를 배후에 깔고 있었다. 조 교수가 생각하는 한 그는 대단히 합리적인 사고를 하는 사람이었다. 그에게 보통 사람과 다른 점이 있다면 그 합리적인 사고의 단편들을 창조적으로 이어낸다는 것이었다.

「그런데 토우가 팔만대장경의 수호사자였다는 사실은 무엇을 말하는 거지?」

차를 출발시키던 서 원장이 갑자기 충격적인 생각이라도 떠오른 듯 외쳤다.

「…….」

「그 토우가 파헤쳐졌다는 사실은 도대체 무엇을 말하는 거냔 말이야?」

「글쎄…….」

조 교수는 언뜻 대답을 할 수가 없어 말을 얼버무렸다.

「설마 팔만대장경에 무슨 일이 있었던 건 아니겠지?」

「팔만대장경에?」

「그래, 팔만대장경이 훼손되거나 하지는 않았겠지?」

「그럼, 아무 이상이 없잖아?」

「그런데 이상하잖아. 그들이 수호사자인 토우를 파헤쳤다면 대장경에 손을 대지 않았을 리가 없잖아?」

「그건 정말 이상하군요.」

서 원장의 생각에 변 교수도 동감을 표시했다. 일행은 사도광탄의 얼굴에 시선을 모았다. 이제 무슨 궁금한 점이 있으면 사도광탄을 쳐다보는 것이 모두의 습관처럼 되어 있었다.

「이치상으로는 손을 안 댔을 리 없지요. 수호사자를 파헤치고 나서 팔만대장경을 그냥 두었을 리는 없겠지요. 다만…….」

「다만 뭔가요?」

서 원장이 조급하게 말을 재촉했다.

「다만, 대장경의 법력을 당할 수 없었겠지요.」

「무라야마는 대장경을 해하려고 안간힘을 쓰다가 결국 대장경의 보이지 않는 힘에 의해 죽었다는 얘긴가요?」

「그렇지요. 그런데 이상한 일이 있어요.」

「뭐예요?」

「애초부터 그는 대장경을 상대할 수 있는 사람이 아니었어요.」

「무슨 뜻이죠?」

「토우를 파헤칠 정도의 실력이 있는 사람이 아니었다는 뜻이에요.」

「그렇다면 무라야마의 배후에 누군가가 있었다는 얘긴가요?」

「그래요.」

「그게 누구일까요?」

「알 수 없어요. 다만 무라야마보다 훨씬 위에 있는 사람이라는 것은 생각할 수 있겠죠.」

기미히토는 사도광탄의 말을 들으며 놀라움을 금치 못했다. 언젠가 스기하라가 했던 말이 생각났기 때문이다. 그는 무라야마가 자신을 살리기 위해 누군가와 의논을 했다며 자신이 살아 있는 것은 그 사람의 덕분일지 모른다고 했었다. 기미히토는 놀란 눈길로 사도광탄의 옆얼굴을 쳐다보다가 얼굴 한편에 음울한 기색이 감도는 것을 느꼈다.

「사도 선생님의 얼굴이 어두워 보이는 것은 무슨 까닭입니까?」

「아까 경판고에서 뭔가 개운치 못한 기분을 느꼈어요. 나는 그 이유를 생각해보고 있던 중이었는데, 비록 그들이 팔만대장경을 어떻게 하지는 못했다 하더라도 어쩌면 상상 이상으로 흠이 많이 생겼을지도 모르지요.」

「어떤 흠이 있단 말입니까?」

「세상에 신비력이 있지만 무시로 달려드는 현실적 힘에 항상 견딜 수 있는 것이 아니고 보면 신비력과 현실적 힘은 언제나 보완하는 것이지요. 그러나 식민지배 당시는 우리 민족의 현실적 힘이 너무나 없었기 때문에 일본인들의 음모를 완전히 이겨낼 수 없었을 겁니다.」

「그렇다면 임진왜란 때도 건재했던 팔만대장경이 결국 식민지배 때는 그들의 마수를 벗어나지 못했다는 말인가요?」

「그렇지요. 그들이 무슨 짓이라도 했을 겁니다. 당시 토우가 스기하라의 동료들을 해한 사실이 그것을 증명하고 있지 않습니까?」

「어째서 토우가 그것을 증명한다는 거지요?」

조 교수는 사도광탄의 추측이 마음에 안 드는지 따지듯 물었다.

「토우는 경판을 지키는 수호사자가 아닌가요. 경판이 완전하다면 그 당시 토우가 일본에서 움직일 필요가 없었다는 생각이 드는군요. 확실하진 않지만 대장경판 중 일부가 일본으로 유출되었을 가능성이 있지요.」

「그러면 이제껏 가만있던 토우가 지금에 와서 다시 움직이는 이유도 경판과 관련된 것일까요?」

「그렇진 않을 겁니다.」

「같은 토우인데 차이가 있을까요?」

「지금의 토우는 야마자키연구소에서 도쿄대로 보낸 어떤 작업에 대해서만 선택적 장애를 일으켰다고 하셨지요?」

「그 작업이 팔만대장경과 무슨 관계가 있을까요?」

「대장경에는 우리 민족의 안전을 지키려는 수많은 염원이 들어 있어요. 몽고의 침입에 속수무책으로 당하기만 하던 고려가 그들을 물리치기 위해 벌였던 일은 오직 팔만대장경의 제조뿐이었지요. 조정이 중심이 되어 판을 조각하고 온 나라의 법술사가 모두 주문을 넣었어요. 천지신명의 기와 부처의 법력이 대장경에 들어 있단 말입니다. 이 세상에 과학으로 규명되지 않는 어떤 힘이 있다면, 그 힘은 틀림없이 대장경에 들어 있을 겁니다. 그 힘이 대장경을 보호해왔고 우리 민족을 보호해왔습니다. 그러니 우리가 그 숱한 위기를 넘기고 세계사에 머리를 내밀고 있는 게 아닐까요. 그리고 이제 그 신통력이 바다 건너 일본에서 한민족과 관련된 너무도 중요한 일이 생기자 토우를 움직이는 게 아닐까요. 아마 대장경 못지않게 중요한 성물이 토우를 자극한 것인지도 모르지요.」

「대장경 못지않게 중요한 성물이라니 그게 도대체 뭔가요?」

「가서 알아보기 전에는 대답할 수 없군요.」

「그 토우의 힘은 영원한 것입니까?」

「그렇지 않아요. 토우의 신통력이 떨어지기 전에…….」

도난

「흠이 있을 것 같다는 얘기는 결국 경판에 문제가 있다는 얘기입니까?」

「아마 그런 것 같습니다. 경판의 기가 고르게 전달되어 오지 않았어요.」

「빛나는 우리의 문화유산이라고 자랑스럽게 세계문화재로 등록한 대장경에도 일본인들의 침탈의 마수가 뻗쳤다니!」

여태껏 대장경에 별다른 관심이 없었던 서 원장조차 애통한지 비장한 목소리로 말했다. 그러나 조 교수는 비교적 냉정한 편이었다. 그로서는 사도광탄이 경판고에서 느낀 이상한 기분만으로 문제가 있을 것이라고 생각하는 것이 아무래도 마음에 걸렸다. 그것은 학자의 태도가 아니었다.

「나는 팔만대장경에 무슨 문제가 있다는 얘기를 들어본 바가 없소. 해인사의 팔만대장경이 정말 완전치 않은지, 일본인들이 손을 댔다면 어느 정도로 훼손되었는지는 전문가에게 의뢰를 해야만 알 수 있는 일이 아니겠소? 판단은 대장경의 전문가를 수배하여 알아본 이후로 미루는 것이 온당할 거요.」

사도광탄은 조 교수의 말에 고개를 끄덕였다.

「중요한 문제이니만큼 내가 신중하게 알아보겠소.」

조 교수는 학자다운 조심스러운 태도로 말했다.

기미히토는 자신이 감격했던 팔만대장경을 일본인들이 훼손했다는 말을 듣고 가슴이 아파왔다. 직접 토우의 신비를 체험한 그는 이제 팔만대장경의 신력에 대해 누구보다 강하게 믿고 있었다. 일행은 기미히토의 낯빛이 점점 붉게 물들어가는 것을 보았다.

전후 세대인 기미히토는 언제나 자신의 조국 일본이 미개한 조선을 개화와 문명으로 이끌었다고 배웠고, 그런 점에서 일본의 조선 합방은 정당하다고 생각해왔다.

그러나 지금 세계의 문화유산이라는 팔만대장경을 자신의 선조들이 유린했다는 사실을 듣게 되자 낯을 들 수 없었다. 기미히토는 목소리를 가다듬었다.

「수호 토우를 묻어 지키려던 그 신물이 무엇인지를 알기 위해 우리는 무척 애를 썼습니다. 그러나 안타깝게도 아무도 알 수 없었습니다. 조선총독부에서 귀중한 자료를 모두 불태워버렸기 때문입니다. 이 기미히토가 일본인을 대신하여 사과하는 것을 받아주십시오.」

그러자 변 교수가 기미히토의 팔을 잡으며 숙연해지려는 분위기를 부드럽게 막았다.

「기미히토 교수님처럼 문화에 대한 열정을 가지고 우리나라에 와주신 분이 있다는 것을 저는 잊지 못할 것입니다.」

「아까 사도광탄 선생께서 토우가 다시 움직인 것을 보고 일본인들이 한국과 관련된 음모를 꾸미고 있다고 하셨는데, 옳다고 생각됩니다. 일본에서 태어나 일본에서 성장한 저는 이런 역사 관계에 대해 백지와 같은 상태였는데, 팔만대장경을 노려온 것만 봐도 일본의 오류가 무엇이었는지 짐작이 됩니다. 저는 지금 토우가 움직이는 이유 역시 한국과 관련된 일이라고 확신합니다. 그렇지 않으면 한국에서 온 토우가 괴력을 발휘할 리가 없지 않습니까?」

일리 있는 말이었다. 조 교수를 비롯한 일행은 고개를 끄덕이며 기미히토의 얼굴을 번갈아 쳐다보았다. 사도광탄 역시 묵묵히 고개를 끄덕였다.

「저는 일본으로 돌아가서 이 음모를 밝혀내는 데 최선을 다하겠습니다. 그 음모가 한국과 관련된 어떤 것일 거라는 생각이 저를 못 견디게 하는군요.」

사도광탄은 고개를 끄덕이다가 갑자기 뭔가 생각난 듯 기미히토에게 물었다.

「언제 일본으로 갈 예정이지요?」

「팔만대장경의 분실 여부에 대한 결론을 보고 가야 할 것 같습니다.」

「그때 같이 가시죠.」

기미히토의 표정이 환해졌다.

「그러면 좋겠군요. 사도 선생께서도 그 토우를 보는 것이 좋겠습니다.」

「음, 토우보다도…….」

조 교수는 서울로 돌아온 다음날부터 관련 학계에서 팔만대장경과 관련된 문헌을 집중적으로 조사했다. 그러나 뜻밖에도 팔만대장경에 대해 서지학적으로 정통한 학자가 없다는 것을 알고는 깜짝 놀랐다. 학자와 문헌에 따라 모두 제각각의 주장을 늘어놓고 있었다.

「이럴 수가…….」

영인본이 있긴 하나 경의 종과 책의 수에 대해서는 하나도 통일된 견해가 없이 중구난방이었다. 의지할 문헌도 없는 가운데 그나마 정신문화연구원에서 펴낸 《민족대백과사전》에 팔만대장경에 대해 비교적 자세하게 설명되어 있었다.

조 교수는 무엇보다도 경판의 총수량에 주목했다. 경전의 종수나 권수에는 차이가 날 수도 있다고 생각했다. 그것은 해석상의 문제이기 때문이다. 그러나 경판의 수는 늘리거나 줄일 수 없는 것이기 때문에 문제가 있었는지의 여부는 경판의 수를 확인하면 정확히 알 수 있을 것이라고 생각했다.

그러나 그 경판의 수조차도 일치하지 않아 결국 조 교수는 분노를 터뜨리고 말았다. 조 교수는 상기된 표정으로 팔만대장경에 정통하다는 문화재 위원을 찾아갔다.

「팔만대장경의 경판 수는 1968년에 경북대학교의 서수생 교수가 조사한 것이 가장 정확하지 않겠소. 서 교수는 당시 문공부의 의뢰로 현지에서 정밀하게 팔만대장경을 조사했으니 말이오.」

문화재 위원은 조 교수가 무슨 말을 꺼낼지 경계하는 듯한 표정으로 고개를 끄덕였다.

「서 교수의 조사에 의하면 팔만대장경은 총 1,541종에 6,844권, 81,240매의 경판이 있었소. 그런데 한국정신문화연구원에서 펴낸 민족대백과사전에는 1,501종, 6,708권에 경판은 81,258매로 되어 있어요. 일치하지가 않아요.」

조 교수는 흥분한 상태였다. 그는 겨레의 성물이라고 할 수 있는 팔만대장경의 현황이 불확실하다는 것이 견딜 수 없었다.

「이것은 보통 문제가 아니오.」

문화재 위원은 계속 말없이 고개만 끄덕였다.

「종수나 권수의 불일치는 해석상의 차이로 볼 수 있소. 하지만 경판의 수는 틀릴 수가 없는 것 아니오?」

「그렇지요.」

「그런데 분명히 차이가 나지 않소. 경판의 수가 무려 열여덟 장이나.」

「거기에 대한 조 교수님의 견해는 어떻습니까?」

「이상한 일이 아닐 수 없소. 종잇장도 아니고 사과 궤짝보다 큰 나무판을 잘못 헤아릴 수도 없는 일인데 어째서 그렇게나 차이가 난단 말이오?」

「전적의 종수나 권수는 분류하는 사람마다 다른 견해를 가질 수 있으므로 그 차이를 일일이 시비하는 것은 대장경의 훼손이나 도난과 무관하다 할 것입니다. 그러나 경판의 수는 처음 만든 것이 지금에 이르기까지 똑같을 수밖에 없는 것이죠. 서수생 교수가 센 경판의 수가 틀릴 리는 없습니다. 서 교수는 사람들을 동원하여 경판을 세고 세고 또 세었으니까요. 정확하게 81,240매가 나왔습니다.」

「그렇다면 민족대백과사전의 81,258매는 어떻게 해서 나온 숫자죠?」

「그 81,258매는 그전에 세었던 기록이죠. 유감스럽게도 팔만대장경에는 총 경판 수에 대한 기록이 없습니다. 그러나 대장경은 제조 후 항상 왕궁의 보호를 받아왔기 때문에 분실이란 생각할 수조차 없었습니다. 이런 상태에서 일제강점기 데라우치 총독이 일본 천용사에 헌정하려고 인경할 때 조사한 경판

수는 81,258매였죠. 정신문화연구원에서 펴낸 민족대백과사전의 81,258매라는 경판의 매수가 데라우치 총독 시대에 조사한 것을 그대로 옮긴 것인지는 모르지만, 적어도 일제강점기에 조사한 것과 해방 후에 조사한 것과는 열여덟 매의 차이가 납니다.」

「그렇다면 그 열여덟 매는 도난당했을까요?」

「그 수량은 알 도리가 없습니다. 다만 한 가지 분명한 것이 있습니다.」

「무엇이죠?」

「팔만대장경판의 일부가 없어졌다는 사실만은 틀림이 없습니다.」

「뭐라구요?」

조 교수는 자신도 모르게 고함을 지르고 말았다.

「도대체 어떻게 그런 것이 없어질 수 있단 말이오? 그토록이나 귀중한 겨레의 성물이?」

「일제강점기이긴 한데 어떤 경위로 없어졌는지는 알 수 없습니다. 일부가 도난당한 것은 확실한데…….」

「그럼 도난당했다는 사실은 어떻게 알 수 있지요?」

「문서가 있습니다.」

「문서라구요?」

「그렇습니다. 유감스럽게도 지금 사무실에는 없습니다. 그러나 다음에 오시면 보여드리죠.」

「내일 당장 오죠.」

문화재 위원의 사무실을 나서며 조 교수는 아찔한 심정이었다. 팔만대장경판이 도난당한 사실을 국사학과 교수인 자신조차 모르고 있었다는 사실은 보통 심각한 일이 아니었다. 그러면서도 한편으로는 사도광탄의 육감에 놀라지 않을 수 없었다. 도대체 기(氣)가 무엇이기에 그는 경판고 안에서 이미 팔만대장경에 문제가 있다는 것을 느꼈을까.

다음날 조 교수는 먼저 병원에 들러 사도광탄과 같이 문화재 위원의 사무실로 갔다. 문화재 위원은 책상 서랍에서 한 장의 서류를 꺼냈다. 서류는 원본을 복사한 것이었다.

「1937년에 해인사 주지 장제월이 미나미 총독에게 경판의 도난 사실을 문서로 보고한 것입니다.」

문화재 위원은 조 교수에게 서류를 내밀었다. 조 교수는 서류를 빼앗듯이 받아서는 급한 눈길로 훑어 내려갔다. 번득이는 눈동자가 서류를 훑어 내려가는 동안 조 교수의 손이 가늘게 떨렸다.

〈국보 및 사찰 재산 도난 보고의 건〉

본년 8월 28일 당사가 안장하고 있는 고려대장경 판목 전부를 만주국 정부의 의뢰로 탑탁(판목을 종이에 찍어 인쇄)함에 있어 허가를 상신했던바, 본년 9월 11일부로 본부(총독부)의 인가가 내렸기로 경성제국대학 법문학부 교수 다카하시 박사의 지휘 아래 인경 공사를 실시할 제, 당사 소유 국보 고려대장경 판목 및 당사 소유 재산 귀중품이 도난되었음을 발견하였음. 도난 당한 날짜는 미상임.

도난당한 경판명 : 대반야바라밀다경 1장

대장엄경론 1장

대장경목록 1장

석교분기원통초 1장

-이구열, 《한국문화재 수난사》, 돌베개

「아, 겨레의 성물이 이렇게 유린당하고 말았다니!」

조 교수는 쓰고 있던 안경을 벗으며 탄식했다. 그는 미련이 담긴 목소리로 물었다.

「이것이 총독부의 공문임에 틀림없습니까?」

「그렇습니다.」

「그렇다면 잃어버렸다는 네 매의 경판이 그 후 어떻게 되었는지는 알 수 없습니까?」

「찾았다는 기록이 없습니다.」

「이 네 매의 경판은 그 열여덟 매 안에 포함되어 있을까요?」

「아마 그럴 겁니다.」

조 교수는 맥이 풀린 발걸음으로 문화재 위원의 사무실을 나올 수밖에 없었다. 사도광탄을 옆자리에 태운 그는 무엇인가를 곰곰이 생각하다가 이해가 가지 않는다는 표정으로 물었다.

「왜 열여덟 매에 대한 도난 보고가 아니고 네 매에 대한 도난 보고만이 되어 있을까요?」

「그 점을 생각해보았는데, 무라야마는 토우를 파헤치고 대장경을 보호하는 신력을 일시 흩뜨린 후 몇 매의 중요한 경판만을 빼내어 가지고 갔을지 모르죠. 법술사인 그에게 있어서 궁극의 목표는 조선의 신력을 무너뜨리는 것이지 대장경 전부를 일본으로 인출해 가는 것은 아니었기 때문이지요. 또한 그 자신 대장경 전부를 손댄다는 것은 도저히 불가능하다는 것을 너무도 잘 알고 있었을 테니까요.」

「그렇다면 대장경에 손댄 사람이 무라야마 말고도 또 있다는 얘깁니까?」

「그렇지요. 대장경의 신력이 얼마간 흩뜨려지자 그 작업에 하수인으로 참가했던 자들이 뜻도 모르고 몇 매씩 빼갔을 수도 있겠지요. 어쩌면 무라야마 자신은 단 한 매의 경판도 일본으로 가지고 가지 않았을 수도 있어요. 대장경의 무서운 힘을 너무도 잘 알았기에 그것을 피하려 했을지도 모르는 일이지요. 그래서 뜻도 모르는 하수인들의 손으로 대장경의 신력을 흩뜨려버렸을 수도 있는 거지요.」

「그러면 지금 우리는 대장경의 완전한 경판 수도 모르고 있단 말인가요?」

조 교수의 한탄에 이어 잠시 생각하던 사도광탄의 말이 이어졌다.

「지금으로서는 어떤 수량도 대장경의 총 경판 수로 단정해버려서는 안 됩니다. 81,240매도 81,258매도 옳지 않을 수 있으니까요. 아무 주장이나 받아들여 팔만대장경의 경판 수로 확정을 지어버리면 돌이킬 수 없는 역사의 오류를 범하고 말 우려가 있어요.」

「맞는 말이오. 일제강점기에 세었던 것이 틀렸다고 해석해버리고 요즘 센 것을 기준으로 하여 우리의 팔만대장경은 81,240매이다, 그러니 아무런 이상이 없다고 단정했을 때에는 정말 큰 문제를 일으키게 되는 것이군요.」

「사과 궤짝 넓이만한 것을 세는데 일제강점기라 해서 잘못 세었다고 생각할 수도 없고, 도난이 보고된 다음에 센 것을 정확하다고 주장해서도 안 되겠지요.」

「그렇군요, 우리에게는 대장경이 세계의 문화유산이니 뭐니 하기 전에 해야 할 일이 있군요.」

〈2권에 계속〉